NOBLESSE OBLIGE

DU MÊME AUTEUR

Mort à la Fenice
Mort en terre étrangère
Un Vénitien anonyme
Le Prix de la chair
Entre deux eaux
Péchés mortels

DONNA LEON

NOBLESSE OBLIGE

roman

Traduit de l'anglais (américain)
par William Olivier Desmond

CALMANN-LÉVY

Titre original américain :
A NOBLE RADIANCE
(Première publication : William Heinemann, Londres 1998)

ISBN 2-7021-3197-2

Pour Biba et La Bianca

La nobilita ha dipinta negli occhi l'onesta.

« L'honnêteté se lit dans les yeux de la noblesse. »

MOZART, *Don Giovanni*

1

LE BOUT DE CHAMP n'avait pas grand-chose de remarquable : un hectare d'herbe roussie derrière un petit village, au pied des Dolomites, au bas d'une pente couverte d'arbres susceptibles de faire un bon combustible – le seul argument pour demander un certain prix du terrain et de la bâtisse vieille de deux cents ans qui s'élevait dessus, lorsque le tout avait été vendu. Au nord, un sommet montagneux donnait l'impression de se pencher sur Col di Cugnan ; Venise se trouvait à cent kilomètres au sud du petit village, bien trop loin pour avoir une influence sur la politique et les coutumes de la région. Les habitants de Col di Cugnan ne parlaient italien qu'à contrecœur, préférant le dialecte de Belluno.

Le champ n'avait pas été cultivé depuis presque un demi-siècle, et la maison de pierre était restée vide. Les énormes dalles qui constituaient le toit s'étaient déplacées avec le temps, les brusques changements de température, et peut-être aussi les séismes qui avaient touché la région au cours des siècles où elles avaient protégé la maison de la neige et de la pluie ; si bien qu'elles ne remplissaient plus ce rôle, et que plusieurs gisaient au sol, laissant les pièces de l'étage exposées aux intempéries. La propriété étant l'objet d'un litige autour d'un testament contesté, aucun des huit héritiers ne s'était soucié de réparer les fuites, dans la crainte de ne jamais récupérer les quelques milliers de lires que ces travaux auraient coûtés. Aussi la pluie et la neige avaient commencé par s'infiltrer, puis avaient coulé à l'intérieur du bâtiment, pour grignoter peu à peu plâtres et planchers, et chaque année le toit s'inclinait un peu plus vers la terre.

Le champ avait été laissé à l'abandon pour les mêmes raisons. Aucun des héritiers possibles n'avait voulu dépenser son temps ou de l'argent à en travailler la terre, aucun ne voulait affaiblir sa position légale en risquant d'être vu en train d'utiliser gratuitement la propriété. Les mauvaises herbes prospéraient, d'autant plus que les derniers à avoir cultivé ce lopin l'avaient régulièrement engraissé des déjections de leurs lapins.

C'est l'odeur d'une monnaie étrangère qui finit par régler la querelle autour du testament. Deux jours après la proposition d'achat faite par un médecin allemand à la retraite, les huit héritiers s'étaient réunis dans la maison de leur aîné. Avant la fin de la soirée, ils avaient décidé à l'unanimité de vendre maison et terrain, et de ne signer que si l'étranger doublait l'offre qu'il avait faite – soit s'il mettait sur la table quatre fois le prix de ce que n'importe lequel de leurs voisins aurait voulu ou pu payer.

Trois semaines après la conclusion de l'accord, les échafaudages s'élevaient, et les dalles centenaires taillées à la main dégringolaient sur le sol de la cour pour s'y briser. L'art de poser les lauzes s'était éteint avec la disparition des artisans qui savaient les tailler, et elles furent donc remplacées par des rectangles de ciment préfabriqués présentant une vague ressemblance avec des tuiles en terre cuite. Le médecin ayant eu la bonne idée d'engager l'aîné des héritiers comme contremaître, les travaux avaient progressé rapidement ; et comme on était dans la province de Belluno, le travail fut exécuté avec soin et honnêtement. La restauration de la maison était presque terminée au milieu du printemps et, avec l'approche de la belle saison, le nouveau propriétaire, qui avait passé l'essentiel de sa vie professionnelle enfermé dans des salles d'opération aux lumières aveuglantes et dirigé les travaux par fax et téléphone depuis Munich, commença à mettre en œuvre la création du jardin dont il rêvait depuis toujours.

Les villageois ont la mémoire longue, et chacun savait

que ce jardin était, jadis, situé le long de la rangée de châtaigniers qui partait de l'arrière de la maison ; c'est donc là qu'Egidio Buschetti, le contremaître, décida de retourner la terre. Comme il était encore gamin quand ce labour avait été fait pour la dernière fois, il jugea plus prudent de faire passer son tracteur par deux fois, une première pour couper les mauvaises herbes, qui atteignaient un mètre de haut, et une seconde pour faire remonter à la surface le riche humus sur lequel elles prospéraient.

Au premier abord, Buschetti crut qu'il avait affaire à un cheval : il n'avait pas oublié que les anciens propriétaires en avaient possédé deux. Si bien qu'il poursuivit son chemin, avec le tracteur, jusqu'au point qui, à ses yeux, constituait le bout du futur jardin. Brassant son gros volant, il fit faire demi-tour à la machine pour repartir en sens inverse, admirant avec fierté la régularité impeccable de ses sillons, heureux d'être au soleil et d'avoir repris les travaux des champs, convaincu que le printemps était bel et bien arrivé. Il vit alors un os qui dépassait en travers du sillon qu'il venait d'ouvrir, sa blancheur contrastant avec la couleur presque noire de la terre. Non, il n'était pas assez long et gros pour avoir appartenu à un cheval, et il ne se souvenait pas avoir jamais vu de moutons ici. Intrigué, il ralentit ; il lui répugnait de passer sur l'os et de le broyer.

Il se mit au point mort et, après avoir serré le frein à main, quitta son siège métallique surélevé pour se diriger vers l'endroit où l'os pointait vers le ciel. Il commença à se pencher pour le prendre et l'écarter du chemin du tracteur, mais quelque chose le mit mal à l'aise, et il se redressa. Du bout de sa lourde botte, il voulut dégager l'os, mais sans succès. Il décida de récupérer la pelle accrochée derrière le siège de son tracteur. Lorsqu'il se retourna, ses yeux tombèrent sur une forme ovale et blanche, un peu plus loin dans le creux du sillon. Aucun cheval, aucun mouton n'avaient jamais regardé le ciel par les orbites d'un crâne aussi rond ; aucun ne lui aurait adressé ce ricanement de dents carnivores aiguisées qui ressemblaient de manière si terrifiante aux siennes.

2

LA PROPAGATION D'UNE NOUVELLE, dans une petite agglomération, ne se fait jamais aussi vite que lorsqu'elle concerne un décès ou un désastre ; si bien que la découverte d'ossements humains dans le jardin de la vieille maison Orsez avait fait tout le tour de Col di Cugnan avant le dîner. Il fallait remonter à la mort du fils du maire, dans un accident de voiture ayant eu lieu près de l'usine de ciment, sept ans auparavant, pour avoir vu une nouvelle se répandre aussi vite ; même l'histoire de Graziella Rovere et de son électricien avait mis deux jours à être connue de tous. Ce soir-là, les villageois, c'est-à-dire en tout soixante-quatorze personnes, éteignirent leur télévision pendant le repas ou bien parlèrent sans en tenir compte, pour essayer de deviner comment une telle chose avait pu arriver et, plus fascinant encore, de qui il pouvait s'agir.

La blonde en vison qui changeait tous les soirs de lunettes pour présenter les informations, sur la RAI 3, passa totalement inaperçue pendant qu'elle égrena les dernières horreurs qui venaient de se produire en ex-Yougoslavie, et personne ne porta la moindre attention à l'arrestation d'un ancien ministre de l'Intérieur accusé de corruption. Ces nouvelles relevaient du train-train quotidien, tandis que la découverte d'ossements humains dans le champ, derrière la maison de l'étranger – ça, c'était du nouveau. À l'heure de se mettre au lit, on racontait que le crâne avait été diversement fracassé d'un coup de hache pour les uns, d'un coup de feu pour les autres, et montrait des traces prouvant qu'on avait tenté de le dissoudre à l'acide pour les plus futés. Sûr et certain, la police avait déjà déterminé qu'il s'agissait du cadavre d'une femme enceinte, d'un jeune homme, et du mari de Luigina Menegaz, parti pour Rome douze ans auparavant et que l'on n'avait jamais revu depuis. Ce soir-là, les habitants de Col di Cugnan fermèrent leurs portes à double tour, et ceux qui avaient perdu leurs clefs depuis des années et ne s'étaient pas souciés de changer les serrures dormirent moins bien que les autres.

À huit heures, le lendemain matin, deux véhicules tout-terrain des carabiniers arrivèrent au domicile du docteur Litfin et roulèrent sur la pelouse fraîchement plantée pour passer dans la prairie, se garant de part et d'autre des deux longs sillons ouverts la veille. Ce ne fut qu'une heure plus tard qu'arriva une voiture de Belluno, la capitale provinciale, avec à son bord le médecin légiste de la ville et son équipe. L'homme n'était nullement au courant des diverses rumeurs qui couraient sur l'identité du cadavre ou sur les causes de sa mort, et il fit donc procéder à ce qui lui paraissait évident : il chargea ses assistants de passer au crible la terre du secteur afin de trouver d'autres restes.

Sans doute lassés d'assister à ce processus fastidieux, les six carabiniers firent faire demi-tour à leurs véhicules, réduisant à néant toute espérance d'une pelouse impeccable pour l'été, afin d'aller prendre un café au bar du petit village, puis entreprendre l'interrogatoire des habitants ; ils voulaient savoir si personne n'avait disparu, depuis un certain temps. Le fait que les ossements donnaient l'impression d'avoir été enterrés depuis des années ne les empêchait pas de poser des questions sur les événements les plus récents et, bien entendu, ils revinrent bredouilles de leurs recherches.

Dans le champ au bas du village, les deux assistants du docteur Bortot avaient disposé un fin tamis selon un angle aigu. Lentement, ils déversaient des seaux de terre dessus, se penchant de temps en temps pour en retirer un fragment d'os, ou ce qui aurait pu en être un. À chaque fois, ils montraient leur trouvaille à leur supérieur qui se tenait au bord du sillon, mains dans le dos. Une grande feuille de plastique était étendue à ses pieds, et le médecin leur indiquait au fur et à mesure où disposer les os ; lentement, les morceaux du puzzle macabre prirent forme.

Il demandait de temps en temps à l'un de ses hommes de lui donner un os, et il l'étudiait un moment avant de le placer quelque part sur la feuille de plastique. Il se corrigea par deux fois, la première pour faire passer un petit os du côté droit au côté gauche, et la seconde, avec un grognement étouffé, pour mettre un fragment posé sous le métatarse à la hauteur de ce qui avait été jadis un poignet.

À dix heures, le docteur Litfin arriva ; quelqu'un l'avait averti la veille de ce qu'on avait découvert dans son jardin, et il avait roulé toute la nuit pour venir de Munich. Il se gara devant chez lui et descendit de voiture, raidi par l'ankylose. De l'autre côté de la maison, il vit dans quel état était le gazon qu'il avait lui-même semé, avec un plaisir sans mélange, seulement trois semaines auparavant : couvert de traces de roues s'entrecroisant dans tous les sens. Puis il aperçut trois hommes dans le champ, un peu plus loin, qui se tenaient juste devant les framboisiers qu'il avait apportés d'Allemagne et plantés à la même époque. Il s'engagea sur son gazon détruit puis s'arrêta brusquement, en entendant un ordre lancé avec force, quelque part sur sa droite. Il se tourna mais ne découvrit que les trois vieux pommiers, qui avaient continué de pousser autour d'un puits en ruine. Ne voyant personne, il reprit son chemin. Il n'avait fait que quelques pas, cependant, lorsque deux hommes, portant la menaçante tenue noire des carabiniers, surgirent de dessous le pommier le plus proche, braquant leur mitraillette sur lui.

Le docteur Litfin avait vécu l'occupation de Berlin par les Russes, et même si cet événement remontait cinquante ans en arrière, son corps se rappelait ce qu'il fallait faire quand on voyait des hommes en uniforme. Il mit les mains sur la tête et se pétrifia sur place.

Les carabiniers sortirent alors complètement de l'ombre, et le médecin vécut un moment de délire lorsqu'il vit s'avancer vers lui ces uniformes d'un noir mortuaire sur l'arrière-plan agreste des pommiers roses de fleurs. Leurs bottes brillantes piétinaient un tapis de pétales venant juste de tomber.

« Qu'est-ce que vous fichez ici ? » demanda l'un d'eux d'un ton autoritaire.

« Qui êtes-vous ? » voulut savoir l'autre, sur un ton aussi peu amène.

Dans un italien rendu encore plus maladroit par la peur, l'homme répondit :

« Je suis le docteur Litfin, le... »

Il s'interrompit, à la recherche du terme qui lui échappait.

« Je suis le *padrone*, ici. »

On avait dit aux carabiniers que le nouveau propriétaire était allemand ; l'accent semblait tout à fait authentique et ils abaissèrent leurs armes, sans que leur doigt, toutefois, ne s'éloigne beaucoup de la détente. Litfin estima que cela l'autorisait à baisser les bras, mais il le fit très lentement. Étant allemand, il n'ignorait pas qu'une arme à feu l'emportera toujours sur toute prétention à exercer son bon droit, et il attendit donc que les deux pandores s'approchent, ce qui ne l'empêcha cependant pas d'observer un instant les trois hommes qui se tenaient au bord des sillons creusés la veille, à présent aussi immobiles que lui-même, leur attention ayant été attirée par l'intervention des carabiniers.

Les deux carabiniers, soudain moins assurés en face de quelqu'un qui pouvait s'offrir la restauration d'une telle propriété, continuèrent d'approcher ; mais l'équilibre du pouvoir changeait un peu plus de camp à chacun de leurs pas. Litfin s'en aperçut, et n'hésita pas à profiter de l'occasion.

« Qu'est-ce que cela veut dire ? » demanda-t-il avec un geste qui englobait le paysage autour de lui, laissant aux policiers le soin de déduire s'il parlait de son gazon piétiné ou des trois hommes dans le champ.

« On a trouvé un cadavre sur votre propriété, monsieur, dit le premier.

– Je le sais bien, mais à quoi rime toute cette... »

Une fois de plus, il essaya de trouver le mot qui convenait, mais tout ce qu'il put trouver fut *distruzione*.

Les marques de pneu, soudain, parurent devenir plus profondes sous les yeux de ceux qui les contemplaient, jusqu'à ce que l'un des policiers finisse par dire :

« Il fallait bien qu'on passe dans le champ. »

Il s'agissait d'un mensonge éhonté, mais le médecin préféra l'ignorer. Il fit demi-tour et se dirigea si rapidement vers les trois hommes qui observaient la scène qu'aucun des deux carabiniers n'essaya de l'arrêter. Lorsqu'il fut au début du premier sillon, il interpella celui qui paraissait manifestement diriger les opérations.

« Qu'est-ce que c'est ?

– Vous êtes le docteur Litfin ? » demanda le médecin légiste, qui savait déjà qu'un Allemand avait acheté la propriété et même combien il avait dépensé, jusqu'ici, pour la faire restaurer.

Litfin acquiesça et, comme l'autre mettait du temps à réagir, il répéta sa question.

« Je dirais que nous avons affaire à un homme d'une vingtaine d'années », répondit le docteur Bortot.

Puis il se retourna vers ses assistants et leur fit signe de continuer.

Il fallut un certain temps à Litfin pour se remettre de la sécheresse avec laquelle on lui avait répondu, mais, cela fait, il s'avança sur la terre retournée et vint se placer à côté de son confrère. L'un et l'autre gardèrent longtemps le silence, suivant des yeux les deux hommes qui creusaient la tranchée et s'y enfonçaient lentement.

Au bout de quelques minutes, l'un d'eux tendit un nouvel os au docteur Bortot ; après lui avoir accordé un simple coup d'œil, le médecin se pencha et le plaça à l'extrémité de l'autre poignet. Deux autres furent ainsi rapidement mis à leur place.

« Regardez sur votre gauche, Pizzetti », dit Bortot.

Il lui montrait un minuscule objet rond qui gisait sur le bord de la tranchée, de l'autre côté. L'homme à qui il venait d'adresser la parole se tourna, attrapa la chose et la tendit au médecin légiste, qui l'étudia un moment, la tenant délicatement entre le pouce et l'index, avant de se tourner vers l'Allemand.

« Deuxième cunéiforme ? »

Litfin se mit à étudier l'os avec une moue dubitative. Avant même qu'il ait ouvert la bouche, Bortot le lui tendait. Litfin le retourna quelques instants dans sa main, puis jeta un coup d'œil aux pièces déjà disposées sur la bâche.

« Possible. Ou peut-être le premier, répondit-il, plus à l'aise avec les termes médicaux qu'avec l'italien courant.

– Oui, tout à fait, tout à fait. »

Bortot lui indiqua le pied du squelette en cours de reconstitution, et Litfin se pencha pour disposer le cunéiforme à l'extrémité du tibia. Il se redressa, et les deux hommes examinèrent le résultat.

« *Ja, ja* », marmonna Litfin, tandis que Bortot acquiesçait.

C'est ainsi que, pendant l'heure suivante, les deux médecins restèrent debout à côté du sillon ouvert par le tracteur, tandis qu'était tamisée la terre grasse et riche. Ils échangeaient de temps en temps quelques mots à propos d'un nouveau fragment, mais ils tombaient en général d'accord sur l'identité des pièces que leur tendaient les deux terrassiers.

Le soleil de printemps les inondait de sa lumière ; au loin, un coucou se mit à lancer son appel amoureux, auquel, au bout d'un moment, plus personne ne porta attention. La chaleur augmentant, ils enlevèrent leur manteau, puis leur veston, et les vêtements se retrouvèrent accrochés aux branches basses de l'un des arbres qui marquaient les limites de la propriété.

Pour passer le temps, Bortot commença à poser quelques questions sur la maison, et Litfin lui expliqua que les restaurations de remise hors d'eau étaient terminées, mais qu'il restait tout l'intérieur à rénover, et qu'il y faudrait certainement tout l'été. Quand le médecin légiste voulut savoir comment il se faisait que son confrère allemand parlât si bien l'italien, celui-ci lui expliqua qu'il venait passer ses vacances en Italie depuis vingt ans et que, en vue de son installation pour y prendre sa retraite, il suivait depuis un an des cours de conversation, trois fois par semaine. La cloche du village, un peu plus haut, sonna douze coups.

« Je crois bien que c'est tout, Dottore », dit l'un des hommes qui maniaient la pelle, enfonçant solidement celle-ci dans le sol et s'accoudant sur elle pour bien faire comprendre qu'il parlait sérieusement. Il prit un paquet de cigarettes et en alluma une. L'autre terrassier s'arrêta également, sortit un mouchoir de sa poche et s'épongea le visage.

Bortot étudia la portion de terrain qui venait d'être creusée, qui couvrait maintenant quelque chose comme trois mètres carrés, puis les ossements et organes desséchés répartis sur la bâche de plastique.

« Qu'est-ce qui vous fait penser qu'il s'agissait d'un jeune homme ? » demanda soudain Litfin.

Avant de répondre, le légiste se pencha pour prendre le crâne.

« Les dents, bien sûr », dit-il en le tendant à son collègue.

Mais au lieu d'examiner les dents, qui étaient en effet en bon état et ne portaient pas les signes d'usure caractéristiques de l'âge, Litfin retourna le crâne entre ses mains – et poussa un petit grognement de surprise. Au milieu de l'occiput, juste au-dessus de l'indentation qui s'emboîtait sur la première vertèbre encore manquante, on voyait un petit trou rond. Ce n'était pas la première fois qu'il voyait ce genre de témoignage d'une mort violente, et il ne fut ni choqué, ni troublé.

« Mais pourquoi masculin ? » demanda-t-il, rendant le crâne à Bortot.

Comme la fois précédente, le légiste ne répondit pas tout de suite et commença par remettre le crâne à sa place, au sommet des autres ossements, avant de tirer quelque chose de sa poche.

« Cet objet, qui se trouvait près de sa tête. Je ne pense pas qu'il ait pu appartenir à une femme. »

La bague qu'il venait de tendre à Litfin était une épaisse chevalière en or, au chaton circulaire et aplati. L'Allemand la déposa dans la paume de sa main gauche et la fit tourner du bout de son index droit. Le dessin était tellement usé que, sur le coup, il ne put le distinguer. Puis, comme une photo dans un révélateur, il finit par s'imposer à lui ; finement gravé, il représentait un motif compliqué : une aigle droite tenant un drapeau dans sa serre gauche et une épée dans la droite.

« Je ne sais pas comment on dit en italien. Est-ce que ce serait un emblème de famille ?

– Un blason, oui.

– Oui, un blason, répéta Litfin. Et est-ce que vous le reconnaissez ? »

Bortot acquiesça.

« Il appartient à quelle famille ?

– À celle des Lorenzoni. »

Litfin secoua la tête ; le nom ne lui disait rien.

« Est-ce qu'ils sont de la région ? »

Ce fut cette fois à Bortot de faire non de la tête.

« Et d'où sont ces Lorenzoni ? voulut savoir l'Allemand en lui rendant la bague.

– De Venise. »

3

À PEU PRÈS tout le monde, en Vénétie, et pas seulement le docteur Bortot, connaissait le nom des Lorenzoni. Les amateurs d'histoire auraient évoqué un comte Lorenzoni, compagnon d'armes du doge aveugle Dandolo, lors du sac de Constantinople, en 1204 ; la légende voulait que ce fût ce Lorenzoni qui ait donné son épée au vieil homme tandis qu'ils franchissaient les murailles écroulées de la ville. Les mélomanes, pour leur part, auraient rappelé que la construction du premier opéra de Venise avait été possible grâce à l'importante contribution d'un autre Lorenzoni. Quant aux bibliophiles, ils auraient reconnu le nom de l'homme qui avait prêté de l'argent à Alde Manuce pour qu'il montât la première presse à imprimer de la ville, en 1495. Ce sont là, néanmoins, les souvenirs de spécialistes et d'historiens, de personnes ayant de bonnes raisons de connaître le passé glorieux et les grands personnages de Venise. Les Vénitiens de la rue, eux, se souvenaient surtout du nom de l'homme qui, en 1944, avait procuré aux SS le moyen de trouver les noms et adresses des Juifs habitant la Cité des doges.

Ces Juifs étaient deux cent cinquante-six avant la guerre, huit après. Mais ce n'est qu'une façon purement comptable de voir les choses. Pour les présenter plus crûment, cela signifie que deux cent quarante-huit personnes, citoyens italiens et résidents de ce qui avait été jadis la sérénissime république de Venise, avaient été arrachées de force à leur foyer et finalement assassinées.

Les Italiens sont avant tout des gens pragmatiques, si bien que pour beaucoup, si ce n'avait pas été Pietro Lorenzoni, père du comte actuel, qui avait révélé aux SS où se cachait le responsable de la communauté juive, quelqu'un d'autre l'aurait fait à sa place. Il y en avait aussi qui pensaient que l'homme avait subi des pressions et des menaces ; car tout de même, depuis la fin de la guerre, les diverses branches de la famille s'étaient indiscutablement consacrées au bien de la ville, non seulement en pratiquant la charité et en se montrant généreuses envers diverses institutions privées, mais en ayant également rempli un certain nombre d'emplois publics – y compris le poste de maire, même si le Lorenzoni en question ne l'occupa que six mois –, faisant preuve de zèle et de dévouement, comme on dit toujours dans ces cas-là. Un Lorenzoni avait été recteur de l'université ; un autre, l'organisateur de la Biennale pendant un certain temps, au cours des années 60 ; un autre encore, après sa mort, avait fait don de sa collection de miniatures persanes au musée Correr.

Même si elle ne connaissait pas tous ces détails, la plupart du temps, la population de Venise se rappelait que Lorenzoni était le nom d'un jeune homme que l'on avait kidnappé deux ans auparavant ; l'enlèvement avait eu lieu en présence de sa fiancée, alors qu'ils étaient garés devant le portail de la villa familiale, dans les environs de Trévise. La jeune fille avait appelé aussitôt la police, et non la famille, si bien que les avoirs de celle-ci avaient été immédiatement gelés, avant même qu'elle fût mise au courant du crime. La première demande de rançon arriva rapidement. On exigeait sept milliards de lires ; à l'époque, il y eut beaucoup de spéculations, car les gens se demandaient où les Lorenzoni pourraient trouver une telle somme. La demande suivante, trois jours après la première, n'exigeait plus que cinq milliards.

Mais déjà les forces de l'ordre, alors que leur enquête ne semblait pas faire le moindre progrès, avaient réagi comme il était de règle dans les affaires d'enlèvement, et bloqué effectivement toute tentative qu'aurait pu faire la famille pour emprunter de l'argent ou en faire venir de l'étranger ; si bien que la seconde demande de rançon ne put être satisfaite. Le comte Ludovico, père du jeune homme enlevé, vint supplier, sur les antennes de la télévision nationale, qu'on lui rendît son fils. Il déclara être prêt à prendre sa place, sans cependant expliquer, tant il était bouleversé, comment cela pourrait se faire.

Son appel ne suscita aucune réaction, et il n'y eut pas de troisième demande de rançon.

Ces événements s'étaient déroulés deux ans auparavant. Depuis, il n'y avait eu aucun signe du jeune homme, prénommé Roberto, et aucun progrès dans l'enquête – en tout cas de progrès qui fussent connus publiquement. Si les avoirs de la famille avaient été débloqués au bout d'une période de six mois, ils étaient restés pendant encore un an sous la surveillance d'un administrateur judiciaire qui devait approuver ou refuser tout mouvement ou retrait supérieurs à cent millions de lires. Beaucoup de sommes de cet ordre circulèrent sur les comptes d'affaires de la famille Lorenzoni, pendant cette période, mais tous ces mouvements étaient légitimement motivés, et avaient donc été autorisés. Une fois la tutelle administrative officiellement levée, un œil judiciaire aussi discret qu'invisible continua de surveiller les transactions et les dépenses des Lorenzoni, sans que jamais ses soupçons fussent éveillés. Leurs affaires suivaient leur cours normal.

Officiellement, il aurait fallu attendre trois ans de plus pour que le jeune homme fût déclaré mort ; mais aux yeux de sa famille, c'était déjà le cas. Ses parents le pleurèrent chacun à sa façon, le comte Ludovico en consacrant plus que jamais toute son énergie à ses affaires, tandis que la comtesse vouait tout son temps à la dévotion et aux actions pieuses et charitables. Roberto était leur seul enfant, et la famille s'était donc retrouvée sans héritier direct. C'est ainsi qu'un neveu, fils du frère cadet de Ludovico, commença à être initié aux affaires des Lorenzoni, qui comprenaient d'importantes participations en Italie et à l'étranger, avec pour objectif d'en prendre plus tard la tête.

La nouvelle qu'on venait de découvrir le squelette d'un jeune homme portant une bague aux armes des Lorenzoni parvint à la police de Venise via le téléphone d'un des véhicules des carabiniers, et c'est le sergent Lorenzo Vianello qui reçut l'appel. Il prit soigneusement note de l'endroit, du nom du propriétaire des lieux, et de celui de l'homme qui avait découvert le corps.

Après avoir reposé le téléphone, le sergent alla à l'étage frapper à la porte de son supérieur immédiat, le commissaire Guido Brunetti. Ce n'est qu'après avoir entendu un vigoureux « *Avanti !* » que Vianello entra dans le bureau.

Il salua le commissaire et n'attendit pas d'y être invité pour s'installer sur le siège qu'il avait l'habitude de prendre, en face du bureau derrière lequel était assis Brunetti, un gros dossier ouvert devant lui. Vianello remarqua alors que son supérieur portait des lunettes ; il ne se souvenait pas de les lui avoir déjà vues.

« Depuis quand portez-vous des lunettes, commissaire ? » s'étonna Vianello.

Brunetti releva alors la tête, ses yeux bizarrement grossis par les verres.

« Oh, seulement pour lire, répondit-il, les enlevant pour les jeter sur le document qu'il étudiait. Je n'en ai pas vraiment besoin, mais ces paperasses de Bruxelles sont écrites tellement petit... »

Il se prit l'arête du nez entre le pouce et l'index et se le frotta, comme pour chasser la sensation de poids des lunettes, ou peut-être aussi l'impression que lui avait laissée un texte indigeste.

Il releva les yeux sur le sergent.

« Qu'est-ce qui se passe ?

– Nous venons de recevoir un coup de téléphone des carabiniers depuis un patelin qui s'appelle... Col di Cugnan », acheva-t-il après avoir consulté le papier qu'il tenait.

Brunetti ne réagissant pas, il ajouta :

« C'est dans la province de Belluno », comme si cette précision géographique pouvait apporter quelque chose.

Mais Brunetti restait toujours sans réaction.

« Un fermier du coin est tombé sur un cadavre enterré

dans un champ. Il semble qu'il s'agisse de celui d'un jeune homme d'une vingtaine d'années.

– D'après qui ? intervint Brunetti.

– Je crois que c'est d'après le médecin légiste, monsieur.

– Quand a été faite cette découverte ?

– Hier.

– Et pourquoi nous appellent-ils ?

– On a trouvé avec le corps une bague portant les armoiries des Lorenzoni. »

De nouveau, Brunetti se pinça le haut du nez, fermant les yeux.

« Ah, le malheureux garçon », dit-il avec un soupir.

Il reposa sa main sur le bureau et regarda Vianello.

« Sont-ils bien sûrs ?

– Je ne sais pas, monsieur, dit Vianello, répondant plutôt à la partie de la question que Brunetti n'avait pas posée. L'homme qui m'a parlé a simplement dit qu'ils avaient identifié la bague.

– Ce qui ne signifie pas pour autant qu'elle était la sienne, ni qu'elle appartenait à... »

Brunetti s'interrompit, à la recherche du prénom du jeune homme.

« Roberto.

– Quelqu'un qui n'appartiendrait pas à la famille porterait-il une chevalière de ce genre ?

– On ne peut pas savoir, Vianello. Mais si celui qui a enterré le corps à cet endroit n'avait pas voulu que le corps puisse être identifié, il aurait certainement commencé par retirer la bague. Était-elle à sa main ?

– Je ne sais pas, monsieur. Ils ont simplement dit que la bague était *avec* le cadavre.

– Qui est responsable, sur place ?

– Le carabinier qui a téléphoné m'a dit que c'était le médecin légiste qui avait demandé qu'on nous appelle. J'ai relevé son nom quelque part. »

Il consulta le papier qu'il tenait toujours.

« Bortot. C'est tout. Il ne m'a pas donné son prénom. »

Brunetti secoua la tête.

« Redis-moi le nom de ce patelin, veux-tu ?

– Col di Cugnan. »

Devant le regard intrigué de Brunetti, le sergent haussa les épaules pour montrer que lui non plus n'en avait jamais entendu parler.

« C'est du côté de Belluno. Vous savez bien les noms bizarres qu'ils ont, par là-bas. Roncan, Nevegal, Polpet.

– Les noms de famille ne sont pas tellement mieux, non plus, si je me souviens bien. »

Vianello agita son papier.

« Comme celui du médecin légiste.

– Les carabiniers ont-ils relevé autre chose ?

– Non, mais j'ai pensé qu'il valait mieux vous mettre au courant, commissaire.

– Oui, tu as bien fait, répondit distraitement Brunetti. A-t-on contacté la famille ?

– Je ne sais pas. Il ne m'en a pas parlé, en tout cas. »

Brunetti tendit la main vers le téléphone. Il demanda au standardiste de le mettre en contact avec le poste des carabiniers, à Belluno. Lorsqu'on lui passa la communication, il s'identifia et demanda à parler au responsable de l'enquête sur le corps découvert la veille. Quelques secondes après, il avait le lieutenant Bernardi en ligne. Non, on ne savait pas si la bague était au doigt de l'homme au moment de la découverte du cadavre. Si le commissaire avait été présent, il aurait vu à quel point cela avait été difficile à déterminer. Peut-être le médecin légiste serait-il mieux à même de répondre à cette question. En fait, le lieutenant n'avait pratiquement aucune autre information à lui fournir que celles figurant sur le bout de papier de Vianello. On avait transporté les restes à l'Hôpital civil de Belluno, où ils devaient demeurer jusqu'à ce qu'on puisse pratiquer l'autopsie. Oui, il avait le numéro de téléphone du docteur Bortot. Il le donna à Brunetti, qui n'avait plus rien à lui demander.

Il coupa la communication et décrocha à nouveau pour composer le numéro qu'il venait de noter.

« Bortot, répondit le médecin.

– Bonjour, docteur. Je suis le commissaire Guido Brunetti, de la police de Venise. »

Il marqua un temps d'arrêt, tellement il était habitué à ce que ses correspondants marquent le coup et lui demandent la raison de son appel. Comme Bortot ne réagissait pas, il reprit :

« Je vous appelle à propos de ce cadavre de jeune homme qui a été trouvé hier. Et de la bague qui était avec lui.

– Oui, commissaire ?

– J'aimerais savoir où elle se trouvait exactement.

– Pas sur l'une des phalanges de la main, si c'est ce que vous voulez savoir. Mais cela ne signifie pas pour autant qu'elle n'y était pas auparavant.

– Pouvez-vous m'expliquer pourquoi, docteur ?

– Il est difficile de dire ce qui s'est passé exactement, commissaire. Il y a des éléments qui montrent que le cadavre a été dérangé. Par des animaux. Ce qui n'a rien d'anormal, si l'on songe qu'il est resté longtemps en terre. Certains des os et des organes manquent, et le reste a été passablement déplacé. Si bien qu'il est difficile de préciser où se trouvait la bague quand le cadavre a été enterré.

– Enterré ?

– Tout laisse à penser qu'il a été abattu d'un coup de feu.

– Mais encore ?

– On peut voir un petit trou d'environ deux centimètres de diamètre à la base du crâne.

– Seulement un trou ?

– Oui.

– Et la balle ?

– Mes hommes se servaient d'un tamis ordinaire à grosses mailles, lorsqu'on a fouillé le site pour rechercher le reste des ossements, si bien que des fragments de plomb ont pu passer au travers, s'il y en avait.

– Les carabiniers ont-ils poursuivi les recherches ?

– Je l'ignore, commissaire.

– Est-ce vous qui allez pratiquer l'autopsie ?

– Oui. Ce soir.

– Et les résultats ?

– Pourriez-vous me dire quels sont les renseignements qui vous intéressent ?

– Âge, sexe, cause de la mort.

– Je peux déjà vous donner l'âge : il devait avoir un peu plus de vingt ans, et je ne pense pas que l'autopsie viendra changer cette estimation de beaucoup, ou la rendre plus précise. Il était très certainement de sexe masculin, étant donné la longueur des os des bras et des jambes. Et la cause de la mort est très probablement une balle.

– Pensez-vous pouvoir confirmer ces éléments ?

– Cela dépendra de ce que je trouverai.

– Dans quel état était le corps ?

– Voulez-vous savoir ce qu'il en restait, exactement ?

– Oui.

– Suffisamment pour pouvoir recueillir des échantillons de tissu et de sang, même si une bonne partie des tissus avait disparu – dévorée par des animaux, comme je vous l'ai dit. Mais certains gros ligaments et des muscles, en particulier ceux de la cuisse et de la jambe, sont en assez bon état.

– Quand aurez-vous vos résultats, docteur ?

– Est-ce que c'est urgent, commissaire ? Après tout, cela fait au moins un an qu'il attend.

– C'est à sa famille que je pense, docteur, pas à l'enquête de police.

– Vous voulez parler de la bague ?

– Oui. S'il s'agit bien du fils Lorenzoni, il me semble qu'on devrait les avertir le plus vite possible.

– Commissaire, je ne possède pas suffisamment d'éléments pour pouvoir l'identifier – lui ou quelqu'un d'autre. Je ne peux rien vous dire de plus que ce que je vous ai dit jusqu'ici. Tant que je n'aurai pas les archives dentaires et ne connaîtrai pas le passé médical du jeune Lorenzoni, je ne pourrai être sûr de rien, mis à part l'âge, le sexe et peut-être la cause du décès. Et de quand date ce dernier.

– Avez-vous une estimation, pour ce dernier point ?

– Depuis quand le jeune homme avait-il disparu ?

– Environ deux ans. »

Il y eut un long silence.

« C'est possible, dans ce cas, à en croire ce que j'ai vu. Mais j'ai tout de même besoin de ces informations pour faire une identification catégorique.

– Bien. Je vais contacter la famille, et leur demander ces informations. Dès que je les aurai, je vous les communiquerai par fax.

– Merci, commissaire, pour les deux choses. Je n'aime pas devoir parler aux familles. »

Brunetti se fit la réflexion que personne ne devait aimer ça, mais il la garda pour lui, se contentant de dire au médecin légiste qu'il le rappellerait dans la soirée pour savoir si l'autopsie confirmait ses premières impressions.

Lorsqu'il reposa le téléphone, Brunetti se tourna vers Vianello.

« Tu as entendu ?

– Suffisamment. Si vous voulez bien vous charger de contacter la famille, je vais de mon côté appeler Belluno pour savoir si les carabiniers n'auraient pas retrouvé la balle. Sinon, je leur demanderai de retourner sur place et de fouiller le site jusqu'à ce qu'ils l'aient. »

Le signe de tête de Brunetti servit à la fois d'assentiment et de remerciement. Le sergent parti, il prit l'annuaire du téléphone, dans le dernier tiroir de son bureau, et se mit à feuilleter les pages des L. Il trouva trois Lorenzoni, tous ayant la même adresse dans le quartier de San Marco : Ludovico, avocat, Maurizio, ingénieur, et Cornelia, sans indication de profession.

Il commença par tendre la main vers le téléphone, mais finalement ne décrocha pas, préférant se lever pour aller s'entretenir avec la signorina Elettra.

Lorsqu'il arriva dans la petite antichambre précédant le bureau de son supérieur hiérarchique, le vice-questeur Giuseppe Patta, la jeune secrétaire était au téléphone. En le voyant, elle lui sourit et leva dans sa direction un index à l'ongle magenta. Il s'approcha du bureau et, pendant qu'elle finissait sa conversation, parcourut les titres du journal. Lire à l'envers était un talent qu'il avait acquis avec le temps et qui s'était souvent révélé des plus utile. « L'exilé d'Hammamet », proclamait le premier, et il se demanda pourquoi les politiciens qui fuyaient la justice de leur pays étaient toujours des exilés, et non des fugitifs.

« Bon, on se retrouve à huit heures », dit la signorina Elettra, ajoutant : « *Ciao, caro* », avant de reposer le combiné.

Quel jeune homme avait bien pu susciter ce dernier et provocant éclat de rire ? Qui, ce soir, allait se retrouver vis-à-vis de ces beaux yeux sombres ?

« Un nouvel amoureux ? » ne put s'empêcher de demander Brunetti avant de mesurer à quel point la question était audacieuse.

Même s'il avait été trop direct, la signorina Elettra ne parut pas s'en formaliser.

« *Magari*, répondit-elle avec une expression de résignation fatiguée. Si seulement c'était ça. Non, c'est mon agent d'assurance. On se voit une fois par an. Il m'offre un verre, et je lui donne un mois de salaire. »

Bien qu'accoutumé aux fréquents excès rhétoriques de la jeune femme, Brunetti n'en trouva pas moins cela surprenant.

« Un mois ?

– Enfin... pas tout à fait, mais presque.

– Et puis-je savoir, si ce n'est pas trop indiscret, ce que vous assurez ?

– Pas ma vie, certainement pas ! » répondit-elle en riant.

Le commissaire se retint de lui répondre, quand il se rendit compte à quel point il le pensait, que rien ne pourrait jamais compenser une perte pareille.

« Mon appartement, les objets qu'il contient, ma voiture et, depuis trois ans, une assurance médicale privée.

– Votre sœur est-elle au courant ? » voulut-il savoir, se demandant ce qu'un médecin qui travaillait dans le système national de santé aurait pensé d'un proche qui payait pour ne pas avoir à passer par ce système.

« Et d'après vous, qui m'a conseillé de prendre cette assurance-maladie ?

– Comment, c'est elle ?

– Elle a souvent l'occasion de se rendre dans les hôpitaux, et elle ne sait que trop comment ça se passe. »

Elle médita un instant là-dessus, puis ajouta :

« Ou bien il vaudrait peut-être mieux parler de ce qui ne s'y passe pas. La semaine dernière, une de ses patientes a été hospitalisée au Civile, dans une chambre avec six autres femmes. Elles sont restées deux jours sans qu'on leur apporte à manger, et elles n'ont jamais pu savoir pour quelle raison et qui était responsable.

– Et comment ont-elles fait ?

– Heureusement, les parents de quatre d'entre elles sont venus leur rendre visite. Elles ont partagé avec les autres. Sinon, elles n'auraient rien mangé. »

La voix de la jeune femme s'était élevée au fur et à mesure qu'elle parlait ; lorsqu'elle enchaîna, elle était encore plus véhémente.

« Si vous voulez qu'on change vos draps, il faut payer. Ou pour avoir le bassin. Barbara a fini par baisser les bras, et c'est pour ça qu'elle m'a conseillé d'aller dans une clinique plutôt que dans un hôpital, si jamais j'en avais besoin.

– Et j'ignorais que vous aviez une voiture », dit-il pour changer de conversation, mais aussi parce que cela le surprenait toujours d'apprendre qu'une personne habitant et travaillant à Venise en avait une.

Il n'en avait jamais possédé, pas plus que sa femme, Paola, même s'ils savaient tous les deux conduire – fort mal.

« Elle est chez mon cousin, à Mestre. Il s'en sert en semaine, et je la prends pour les week-ends, si je veux sortir.

– Et l'appartement ? demanda Brunetti, qui ne s'était jamais soucié d'assurer le sien.

– J'ai eu comme camarade de classe une femme qui en avait un du côté du Campo della Guerra. Vous vous rappelez, l'incendie ? Le sien faisait partie de ceux qui ont entièrement brûlé.

– Je croyais que la commune avait payé pour la remise en état.

– Oui, mais seulement pour les gros travaux, le corrigea-t-elle. Pas pour des babioles comme ses vêtements, ses objets personnels, son nouveau mobilier.

– Et vous croyez qu'avec une assurance ce serait mieux ? » s'étonna Brunetti, qui avait entendu d'innombrables et épouvantables histoires sur la difficulté de se faire rembourser par les assurances, aussi légitime que soit une demande.

« Je préfère avoir affaire à une compagnie privée qu'à la Ville.

– Évidemment, vu comme ça, observa Brunetti d'un ton résigné.

– Cela dit, qu'est-ce que je peux faire pour vous, commissaire ?

– J'aimerais que vous alliez dans les archives voir si vous pouvez retrouver le dossier de l'affaire Lorenzoni. Vous savez, l'enlèvement. »

L'atmosphère du bureau redevint chagrine.

« Roberto Lorenzoni ?

– Vous l'avez connu ?

– Non, mais mon petit ami de l'époque avait un frère plus jeune qui allait à l'école avec lui. À la Vivaldi, je crois. Il y a une éternité.

– Ce petit ami vous a-t-il jamais parlé de lui ?

– Je ne m'en souviens pas exactement, mais il me semble qu'il ne l'aimait pas beaucoup.

– Vous rappelez-vous pour quelle raison ? »

Elle inclina la tête et pinça les lèvres en une moue serrée qui aurait fort enlaidi la plupart des femmes. Dans le cas de la signorina Elettra, cela ne fit que souligner la ligne délicate de sa mâchoire et la rougeur de sa bouche en cœur.

« Non, finit-elle par dire. J'ai complètement oublié. »

Brunetti ne savait pas trop comment présenter sa question suivante.

« Vous avez dit "mon petit ami de l'époque"... Est-ce que vous, euh... vous voyez encore ? »

Un sourire vint éclairer le visage de la jeune femme,

tout autant à cause de la question que de la maladresse avec laquelle elle avait été posée.

« Je suis la marraine de son premier fils. Je n'aurai donc aucun mal à l'appeler pour qu'il demande à son frère ce dont il se souvient. Je m'en occuperai dès ce soir. »

Elle se leva.

« Je vais tout de suite aller chercher ce dossier. Dois-je vous l'apporter là-haut ? »

Il lui fut reconnaissant de ne pas avoir demandé pourquoi il voulait le consulter. Superstitieusement, il avait l'impression que le fait de ne pas en parler pouvait empêcher de découvrir qu'il s'agissait bien de Roberto Lorenzoni.

« Oui, s'il vous plaît. »

Sur quoi il regagna son bureau pour l'attendre.

4

ÉTANT LUI-MÊME père, Brunetti décida de n'appeler la famille Lorenzoni qu'après avoir eu les résultats de l'autopsie. À la lumière de ce que lui avait dit Bortot, et en tenant compte de la présence de la bague, il paraissait peu probable que le médecin légiste découvrît quelque chose excluant la possibilité que ce fût Roberto Lorenzoni ; mais tant que cette possibilité existait, Brunetti voulait épargner à la famille des souffrances peut-être inutiles.

Tandis qu'il attendait le dossier, il essaya de se remettre en mémoire les souvenirs qu'il en avait. L'enlèvement ayant eu lieu dans la province de Trévise, c'était la police de cette ville qui avait conduit l'enquête préliminaire, même si la victime était vénitienne. Brunetti, occupé à l'époque par une autre affaire, n'avait cependant pas oublié l'atmosphère diffuse de frustration qui avait peu à peu gagné la questure, lorsque l'enquête s'était poursuivie à Venise sans que la police pût trouver la moindre trace de ceux qui avaient enlevé le jeune homme.

De tous les crimes, il avait toujours trouvé que celui d'enlèvement était le plus horrible, non seulement parce qu'il était lui-même père de famille, mais aussi parce qu'il faisait désespérer d'une humanité capable d'attribuer un prix arbitraire à une vie et de détruire celle-ci, s'il n'était pas payé. Ou pire encore : on enlevait une personne, on prenait l'argent, mais on ne relâchait jamais l'otage. Il avait été présent lorsqu'on avait retrouvé le corps d'une femme de vingt-sept ans que ses kidnappeurs avaient placée vivante dans une tombe, un mètre sous terre, jusqu'à ce qu'elle mourût de suffocation. Il se souvenait encore des mains de la femme, aussi noires que la terre sous laquelle on l'avait ensevelie, restées agrippées à son visage, impuissantes, jusque dans la mort.

On ne pouvait dire qu'il connût l'un ou l'autre des membres de la famille Lorenzoni, même s'il avait été présent, en compagnie de Paola, à un dîner officiel auquel assistait aussi le comte Ludovico. Comme c'est inévitablement le cas à Venise, il lui arrivait de croiser le vieil homme dans la rue, mais ils ne s'étaient jamais adressé la parole. Le commissaire qui avait eu la responsabilité de la partie vénitienne de l'enquête, à l'époque, avait été transféré à Milan un an auparavant, si bien que Brunetti ne pouvait lui demander, en tête à tête, la manière dont s'étaient passées les choses et les impressions qu'il en conservait. Il arrivait souvent que ce genre de réactions personnelles, ne figurant pas dans les archives, se révélât utile, en particulier quand on rouvrait un dossier. Brunetti acceptait certes la possibilité – le corps découvert dans un champ pouvant ne pas être, en fin de compte, celui du fils Lorenzoni – que ce dossier ne fût pas rouvert et que l'affaire restât entre les mains de la police de Belluno. Mais comment expliquer la présence de la bague ?

La signorina Elettra était déjà à sa porte alors qu'il n'avait toujours pas répondu à sa propre question.

« Entrez, je vous en prie, lui lança-t-il. Vous avez fait très vite. »

Chose qui n'arrivait que fort rarement avec les prédécesseurs de la jeune femme à la questure.

« Depuis combien de temps travaillez-vous ici, Signorina ?

– Cela fera trois ans cet été, commissaire. Pourquoi cette question ? »

Il aurait bien aimé lui répondre : « Afin que je puisse mieux mesurer ma chance », mais voilà qui aurait trop ressemblé à l'une de ces envolées rhétoriques dont elle était la spécialiste. Il se contenta donc de dire :

« Afin que je puisse commander des fleurs pour célébrer cet anniversaire. »

Elle éclata de rire, et tous deux évoquèrent la stupéfaction de Brunetti devant l'une des toutes premières décisions qu'elle avait prises en prenant le poste de secrétaire du vice-questeur : se faire livrer deux fois par semaine des fleurs, jamais par moins de douze, qui faisaient des bouquets spectaculaires. Patta, pourvu que ses notes de frais de restaurant (fréquentes, et elles aussi souvent spectaculaires) fussent couvertes par l'allocation que lui octroyait la municipalité, ne remit jamais ces dépenses en question ; c'est ainsi que l'antichambre était devenue un des lieux les plus agréables de la questure. Il était cependant impossible de dire si le plaisir du personnel tenait à la robe que la signorina Elettra avait décidé de porter ce jour-là, au nouveau bouquet embaumant la petite pièce, ou à la satisfaction de savoir que c'était le gouvernement qui le payait. Brunetti était tout autant ravi de ces trois aspects de la question. Un vers, qu'il pensait être de Pétrarque, lui revint vaguement à l'esprit : le poète y bénissait le mois, le jour et l'heure qui avaient vu sa rencontre avec Laure. Se gardant bien de le déclamer, il prit le dossier et le posa devant lui.

Il ne l'ouvrit que lorsqu'elle fut partie, et commença à le lire. Brunetti se rappelait seulement que l'enlèvement avait eu lieu en automne ; c'était exactement le 28 septembre, un mardi, un peu avant minuit. La petite amie de Roberto était venue garer son véhicule (suivaient la marque, le modèle, l'année et le numéro d'immatriculation) devant les grilles de la villa familiale des Lorenzoni : elle avait baissé la vitre et pianoté le numéro de code de la serrure numérique qui les contrôlait. Comme les grilles refusaient de s'ouvrir, Roberto était descendu de voiture pour voir ce qui se passait. Une grosse pierre était calée contre le portail, juste de l'autre côté ; son poids suffisait à empêcher l'ouverture.

Roberto, avait déclaré la jeune fille lors de sa déposition, s'était baissé pour essayer de déplacer la pierre ; c'est à ce moment-là que deux hommes avaient surgi de buissons tout proches. Le premier avait mis le canon d'un pistolet contre la tempe de Roberto, tandis que le second s'était avancé jusqu'à sa portière en braquant une arme sur elle. Ils portaient tous les deux des cagoules de ski.

Elle avait expliqué qu'elle avait tout d'abord cru qu'on voulait les dépouiller et qu'elle avait mis les mains entre ses genoux pour essayer de se débarrasser discrètement de son émeraude en la laissant tomber sur le plancher de la voiture, hors de la vue des voleurs. La radio de bord diffusait de la musique et elle n'avait donc pas entendu ce que s'étaient dit les deux hommes, et ce n'était que lorsqu'elle avait vu Roberto faire demi-tour et précéder son ravisseur au milieu des buissons qu'elle avait compris qu'il s'agissait d'autre chose que d'un vol.

Leur second agresseur n'avait pas bougé, continuant à braquer son arme sur elle ; il n'avait pas prononcé une seule parole, lorsque, quelques instants plus tard, il partit à reculons et disparut à son tour dans les buissons.

Elle commença par verrouiller les portières de la voiture, puis attrapa son téléphone portable ; mais ses batteries étaient à plat. Elle attendit de voir si Roberto n'allait pas revenir. Comme rien de tel ne se produisait – elle ignorait combien de temps elle avait patienté –, elle avait fait une marche arrière dans l'allée et pris la direction de Trévise jusqu'à ce qu'elle eût trouvé une cabine téléphonique au bord de la route. Elle avait composé le 113 et raconté ce qui venait d'arriver. Encore à ce moment-là, elle ne croyait toujours pas à l'enlèvement ; elle se demandait même si ce n'était pas une mauvaise plaisanterie.

Brunetti lut le reste du compte rendu, voulant savoir si le policier qui avait interrogé la jeune femme avait pensé à lui demander ce qui avait pu lui faire croire qu'il s'agissait d'une plaisanterie ; mais il ne l'avait pas fait. Le commissaire ouvrit un tiroir, à la recherche d'un bout de papier ; n'en trouvant pas, il se pencha sur sa corbeille et en tira une enveloppe froissée, au dos de laquelle il rédigea une courte note avant de reprendre sa lecture.

La police avait contacté la famille, sachant seulement que le jeune homme avait été enlevé sous la menace d'une arme à feu. Le comte Ludovico était arrivé à la villa à quatre heures du matin, son neveu, Maurizio, lui servant de chauffeur. La police traitait déjà à ce moment-là l'affaire comme un enlèvement probable, si bien que les mécanismes destinés à bloquer tous les avoirs de la famille s'étaient déjà mis en branle. Ce qui ne pouvait être fait qu'avec les comptes ouverts en Italie ; les Lorenzoni avaient donc toujours accès à leurs avoirs dans des banques à l'étranger. Sachant cela, le commissaire de Trévise qui avait la responsabilité de l'enquête tenta de bien faire comprendre au comte Ludovico qu'il était vain d'obtempérer aux demandes de rançon. Ce n'était qu'en empêchant toute tentative de donner aux ravisseurs ce qu'ils exigeaient qu'on pourrait les dissuader de poursuivre leurs activités criminelles. La plupart du temps, expliqua-t-il au comte, les personnes enlevées n'étaient pas rendues aux leurs et, souvent, on ne les retrouvait même jamais.

Le comte Ludovico refusait de croire qu'il pût s'agir d'un kidnapping. Il parlait de vol, de mauvaise blague, ou alors prétendait qu'il y avait eu erreur sur la personne. Brunetti ne connaissait que trop bien ce besoin de nier l'horreur ; souvent, il avait eu lui-même affaire à des personnes qu'on n'arrivait pas à persuader qu'un membre de leur famille était en danger, ou mort. Si bien que l'attitude du comte était parfaitement compréhensible. Brunetti, cependant, se demanda une fois de plus pourquoi était évoquée l'hypothèse d'une mauvaise plaisanterie. Quelle était donc la personnalité du jeune Roberto, pour que les personnes qui le connaissaient le mieux pussent faire une telle supposition ?

Mais la preuve qu'il ne s'agissait pas d'un canular arriva deux jours plus tard, avec une première lettre. Envoyée en express de la poste centrale de Venise, et probablement glissée dans l'une des fentes disposées à l'extérieur du bâtiment, elle exigeait sept milliards de lires, sans préciser, cependant, comment le paiement devrait être effectué.

L'enlèvement de Roberto Lorenzoni faisait à ce moment-là la une de tous les journaux de la presse nationale ; les ravisseurs savaient donc parfaitement que la police était sur l'affaire. La seconde lettre, envoyée de Mestre un jour plus tard, ramenait le montant de la rançon à cinq milliards et disait que les informations sur la procédure à suivre seraient communiquées via un coup de téléphone à un ami de la famille, mais celui-ci n'était pas désigné. C'est après avoir reçu cette note que le comte Ludovico supplia les ravisseurs, à la télévision, de lui rendre son fils. Le texte de son message était joint au rapport. Il expliquait qu'il n'avait aucun moyen de rassembler cette somme, que tous ses avoirs avaient été gelés. Il disait que si les ravisseurs voulaient bien contacter la personne dont ils avaient parlé, il serait heureux de prendre la place de son fils et qu'il obéirait à tout ce qu'ils lui commanderaient. Brunetti prit une deuxième note sur son enveloppe, se disant qu'il lui fallait un enregistrement de la déclaration télévisée du comte.

Également jointe au rapport se trouvait une liste de noms, ceux des personnes que l'on avait interrogées dans le cadre de l'affaire, les raisons pour lesquelles la police les avait interrogées, ainsi que leurs relations avec les Lorenzoni. Enfin, les retranscriptions ou les résumés de ces entretiens figuraient dans un dossier à part.

Brunetti parcourut la liste des yeux. Il reconnut les noms d'une bonne demi-douzaine de criminels récidivistes, sans cependant voir le lien qu'il y avait entre eux. L'un était un cambrioleur, un autre un voleur de voitures, et le troisième, comme le savait très bien Brunetti puisque c'était lui qui l'avait mis là, croupissait en prison pour attaque de banque. Quelques-uns, parmi eux, étaient peut-être tout simplement des informateurs de la police de Trévise. Tout cela ne menait nulle part.

Il reconnut certains autres noms, non pas parce qu'il s'agissait de ceux de criminels, mais à cause de leur situation sociale : celui du prêtre de la paroisse dont dépendait la famille Lorenzoni, celui du directeur de la banque où la plupart des fonds de celle-ci se trouvaient, ceux de l'avocat et du notaire de la famille.

Il s'obstina et lut tous les comptes rendus, sans sauter

une ligne ou même un seul mot ; il étudia même la calligraphie en lettres bâton de la demande de rançon, placée sous feuille plastique transparente. Le rapport du laboratoire qui l'accompagnait précisait qu'elle ne comportait pas d'empreintes digitales ; quant au papier lui-même, il était de qualité courante, et on en trouvait partout. Il examina les photos du portail ouvert de la villa, prises de près et de loin ; il y avait même un cliché de la pierre qui avait bloqué le mouvement de la grille. Brunetti constata qu'elle était trop grosse pour avoir été passée entre les barreaux. Celui qui l'avait placée là avait donc dû procéder depuis l'intérieur. Il prit une autre note.

Les derniers documents du dossier étaient relatifs aux finances des Lorenzoni et détaillaient l'ensemble de leurs participations dans des entreprises en Italie, ainsi que celles qu'ils avaient à l'étranger, mais cette dernière liste n'était peut-être pas exhaustive. Brunetti connaissait plus ou moins la plupart des sociétés italiennes, comme tout le monde dans le pays. Parler acier ou coton revenait plus ou moins à prononcer le nom de la famille. Leurs affaires à l'étranger présentaient davantage de diversité : une entreprise de transports routiers en Turquie, une usine de sucre de betterave en Pologne, une chaîne d'hôtels de luxe sur les plages de Crimée, et une cimenterie en Ukraine. Comme pour tant de sociétés d'Europe occidentale, les affaires de la famille Lorenzoni s'étendaient au-delà des limites du continent, nombre d'entre elles suivant la progression victorieuse du capitalisme en direction de l'est.

Il lui fallut plus d'une heure pour lire l'ensemble des rapports ; quand il eut fini, il rapporta le dossier dans le bureau de la signorina Elettra.

« Pourriez-vous m'en faire une copie intégrale, Signorina ? demanda-t-il en le déposant devant elle.

– Les photos aussi ?

– Oui, si c'est possible.

– On aurait retrouvé le fils Lorenzoni ?

– On a découvert un corps, répondit Brunetti qui, conscient que sa réponse était évasive, ajouta : C'est probablement le sien. »

Elle serra les lèvres et haussa les sourcils, puis secoua la tête.

« Pauvre garçon... et pauvres parents. »

Ils restèrent quelques instants silencieux, puis elle reprit :

« Avez-vous vu le comte, quand il est passé à la télévision ? »

Brunetti répondit que non, sans toutefois savoir comment il pouvait en être aussi sûr.

« On l'avait complètement maquillé, reprit-elle, comme les présentateurs des informations. Je me rends parfaitement compte de ce genre de choses, et je me souviens m'être dit que cela devait avoir été bizarre pour lui, de se soumettre à ça dans de telles circonstances.

– Quel effet a-t-il produit sur vous ? » demanda Brunetti.

Elle réfléchit un moment avant de répondre.

« Il paraissait ne pas y croire lui-même. Comme s'il était absolument certain que, quoi qu'il dise ou promette, ils ne le lui rendraient jamais.

– Désespéré, autrement dit ?

– C'est ce à quoi on pense, n'est-ce pas ? »

Elle détourna les yeux et réfléchit de nouveau un instant.

« Non, ce n'était pas exactement du désespoir, finit-elle par dire. Une sorte de résignation fatiguée, comme s'il savait d'avance ce qui allait arriver et qu'il ne pourrait rien faire pour l'empêcher. »

Elle regarda de nouveau le commissaire et accompagna son haussement d'épaules d'un sourire.

« Je suis désolée de ne pas pouvoir mieux vous expliquer ; peut-être comprendriez-vous ce que je veux dire si vous pouviez voir un enregistrement.

– Vous croyez que je pourrais en avoir une copie ?

– La RAI doit certainement en avoir une dans ses archives. Je vais appeler quelqu'un que je connais à Rome et voir ce que je peux faire.

– Vous connaissez quelqu'un... ? »

Brunetti en venait à se demander, parfois, s'il y avait un

homme entre vingt et un et cinquante ans, en Italie, que la signorina Elettra ne connaissait pas.

« Eh bien, en fait, c'est Barbara qui le connaît ; c'est un de ses anciens petits amis. Il travaille à la rédaction de la RAI. Ils sont copains de fac.

– Est-il aussi médecin ?

– Il a passé les examens, mais je ne crois pas qu'il ait jamais pratiqué. Son père était à la RAI, et on lui a proposé un poste dès sa sortie de l'université. Comme ils peuvent dire qu'il est médecin, on le charge de répondre à toutes les questions médicales qui se présentent – vous savez, comme ils font toujours : s'ils ont un sujet sur les régimes ou les coups de soleil, et qu'ils veulent être sûrs de ne pas dire d'âneries, ils envoient Cesare faire les recherches. Parfois, il lui arrive même d'être interviewé, dottor Cesare Bellini, et il explique aux gens les dernières fabuleuses trouvailles de la médecine.

– Combien d'années d'étude a-t-il faites ?

– Sept, je crois, comme Barbara.

– Tout ça pour parler des coups de soleil ? »

Le sourire revint, mais pour disparaître aussitôt dans un haussement d'épaules.

« On a déjà trop de médecins ; il a eu de la chance d'avoir ce poste. Et Rome lui plaît.

– Eh bien, appelez-le, si vous voulez bien.

– Certainement, Dottore, et je vous apporterai la copie du dossier dès qu'elle sera prête. »

Il comprit qu'elle avait envie de lui dire quelque chose de plus.

« Oui ?

– S'il faut rouvrir l'enquête, voulez-vous que je fasse une copie pour le vice-questeur ?

– C'est peut-être encore trop tôt pour cela, et une seule suffira, dit Brunetti d'un ton parfaitement ambigu.

– Bien, Dottore, répliqua la signorina Elettra, avec une neutralité tout aussi parfaite. Je veillerai à ce que l'original retrouve sa place dans les archives.

– Bien. Merci.

– Après quoi, j'appellerai Cesare.

– Merci, Signorina. »

Le commissaire regagna son bureau, se perdant en réflexions sur un pays qui avaient trop de médecins mais où il était de plus en plus difficile de trouver un charpentier ou un cordonnier.

5

SI BRUNETTI NE CONNAISSAIT PAS le policier qu'on avait chargé de l'enquête sur l'enlèvement du jeune Lorenzoni à Trévise, il se souvenait en revanche très bien de Gianpiero Lama, lequel avait eu la responsabilité de la partie des investigations qui s'était déroulée à Venise. Lama, venu à Venise précédé d'une réputation flatteuse pour avoir non seulement réussi à arrêter un tueur de la Mafia, mais à obtenir ensuite sa condamnation, n'avait travaillé dans la ville que deux ans avant d'être promu au poste de vice-questeur et envoyé à Milan, où Brunetti pensait qu'il devait se trouver encore.

Les deux policiers avaient eu l'occasion de collaborer, mais aucun des deux n'avait gardé un très bon souvenir de cette expérience. Lama avait trouvé son collègue trop timoré dans sa manière de poursuivre le crime et les criminels, lui reprochant de refuser de courir des risques que lui-même estimait nécessaire de prendre. Comme Lama jugeait aussi qu'on pouvait parfois ignorer la loi, ou du moins l'interpréter très librement afin d'effectuer une arrestation, il fallait parfois, malheureusement, relâcher les individus qu'il confiait à la justice à cause de quelque vice de forme relevé par la magistrature. Comme ceci se produisait en général un certain temps après l'affaire, on voyait rarement dans ses méthodes la cause du classement sans suite du dossier ou de l'annulation d'une condamnation. L'audace voyante dont il faisait preuve avait lancé sa carrière, et, telle une fusée, il s'élevait de plus en plus haut, chaque promotion étant comme un nouvel étage mis à feu pour le propulser jusqu'à la prochaine.

Brunetti se souvenait que c'était Lama qui avait interrogé la petite amie du jeune Lorenzoni, lui qui n'avait pas cherché à en savoir davantage sur les raisons qui faisaient dire à la jeune fille, comme au comte Ludovico, que l'enlèvement était peut-être une plaisanterie. Ou alors, s'il avait posé la question, celle-ci n'apparaissait pas dans son rapport, pas plus que la réponse qui y avait été donnée.

Le commissaire tira l'enveloppe défroissée à lui et commença à rédiger une liste, celle des personnes qui pourraient lui en apprendre davantage, non pas sur l'enlèvement lui-même, mais sur la famille Lorenzoni. En tête de cette liste, il plaça automatiquement le nom de son beau-père, le comte Orazio Falier. S'il y avait quelqu'un pour maîtriser avec tact le jeu subtil et entrelacé des relations entre noblesse, monde des affaires et grandes fortunes, c'était bien le comte Orazio.

L'entrée de la signorina Elettra l'arracha momentanément à sa liste.

« J'ai appelé Cesare, dit-elle en déposant le dossier photocopié sur le bureau. Il a jeté un coup d'œil dans son ordinateur et trouvé la date. Aucun problème pour avoir une copie de l'émission, d'après lui. Il nous l'enverra par courrier cet après-midi. »

Avant même que Brunetti ait pu lui demander comment elle avait obtenu ce miracle, elle ajouta :

« Cela n'a rien à voir avec moi, Dottore. Il m'a dit qu'il venait à Venise le mois prochain, et je crois qu'il a bien envie de prétexter cette conversation pour reprendre contact avec ma sœur.

– Mais comment l'envoie-t-il, exactement ?

– Il va joindre la copie au rapport que prépare la RAI sur l'autoroute de l'aéroport », répondit-elle, rappelant à Brunetti l'un des derniers grands scandales financiers du pays.

Certains amis bien placés du gouvernement avaient touché des milliards pour faire construire l'autoroute, totalement inutile, qui conduisait au minuscule aéroport de

Venise. Quelques personnes avaient bien été condamnées par la suite pour abus de biens sociaux, mais l'affaire était en train de s'engluer dans le marécage des procédures d'appel ; quant à l'ancien ministre à l'origine du faramineux projet, non seulement il continuait à toucher sa retraite qui, selon la rumeur, dépassait les dix millions de lires, mais il se serait réfugié à Hong-Kong où il amasserait une nouvelle fortune.

Il dut faire un effort pour s'arracher à sa rêverie et leva les yeux sur la signorina Elettra.

« Ne manquez pas de le remercier de ma part, s'il vous plaît.

– Oh, non, Dottore. Je crois qu'il faut qu'il pense que c'est nous qui lui rendons service, en lui permettant de reprendre contact avec Barbara. Je lui ai même promis de dire un mot pour lui à ma sœur, et il aura donc un prétexte pour l'appeler.

– Mais... pourquoi donc ? »

Elle parut étonnée que Brunetti n'ait pas compris.

« Au cas où nous aurions encore besoin de lui. On ne sait jamais, n'est-ce pas, quand on pourra avoir besoin d'un coup de main de la télévision. »

Nouvelle allusion à un scandale, celui des dernières élections, lorsque le propriétaire de trois grandes chaînes privées s'était servi sans vergogne de sa position pour faire sa campagne. Il attendit le commentaire de la jeune femme.

« Je crois qu'il est temps que la police les utilise aussi, plutôt que les autres. »

Brunetti, que toute discussion politique rendait méfiant, trouva plus sage de pas insister ; il tira le dossier à lui et la remercia.

Le téléphone sonna alors qu'elle venait juste de partir, et avant qu'il ait le temps de seulement penser au premier appel qu'il voulait faire. Lorsqu'il décrocha, c'est la voix familière de son frère qu'il entendit.

« *Ciao*, Guido, comment vas-tu ?

– Bien », répondit Brunetti, se demandant pour quelle raison Sergio l'appelait à la questure.

Il pensa aussitôt, avec un serrement de cœur, à sa mère.

« Quelque chose ne va pas, Sergio ?

– Non, non, pas du tout. Ce n'est pas à propos de maman que j'appelle. »

Comme elle l'avait toujours fait depuis qu'ils étaient enfants, la voix de son frère le calma. Il lui assura que tout allait bien, ou n'allait pas tarder à aller bien.

« Enfin, il ne s'agit pas d'elle directement. »

Le policier ne dit rien.

« Je sais que tu es allé voir maman les deux dernières semaines, Guido. Non, ne dis rien. J'irai dimanche prochain. Mais je voudrais te demander si tu pourrais y aller à ma place les deux dimanches suivants.

– Bien évidemment. »

Sergio continua comme s'il n'avait pas entendu.

« C'est important, Guido. Sans quoi, je ne te le demanderais pas.

– Je le sais bien. J'irai, c'est promis. »

Brunetti se sentit cependant gêné de vouloir lui demander pour quelle raison Sergio faisait cette requête. Mais ce dernier poursuivit de lui-même.

« Figure-toi que j'ai reçu une lettre, aujourd'hui, qui a mis trois semaines pour venir de Rome. Trois semaines ! *Puttana Eva*, j'aurais le temps d'y aller à pied, en trois semaines ! Ces crétins avaient pourtant le numéro de fax du labo – mais non, il a fallu qu'ils l'envoient par courrier. »

Une longue expérience avait appris au policier qu'il fallait faire tout de suite dévier la conversation lorsque son frère commençait à s'en prendre à l'incompétence de l'un ou l'autre des services de l'État.

« Mais qu'y avait-il dans cette lettre ?

– L'invitation, bien entendu. C'est pour ça que je t'appelle.

– Pour la conférence sur Tchernobyl ?

– Oui. On nous a demandé de présenter notre communication. C'est Battestini qui va la lire, puisque c'est lui qui l'a signée, mais il m'a demandé d'expliquer la partie de la recherche dont je me suis occupé et de l'aider à répondre ensuite aux questions. Je ne pouvais pas le savoir tant que nous n'avions pas reçu cette maudite invitation, sans quoi je t'aurais appelé avant, Guido. »

Chercheur dans un laboratoire de radiologie médicale, Sergio lui avait parlé de cette conférence depuis ce qui lui semblait une éternité, même si, en réalité, cela ne faisait que quelques mois. Les dégâts entraînés par l'incompétence d'un autre système politique ne pouvaient plus être dissimulés, et cette prise de conscience avait donné lieu à une série sans fin de conférences sur les conséquences de l'explosion et des retombées radioactives qui avaient suivi ; la dernière devait s'ouvrir à Rome la semaine suivante. Personne, se disait Brunetti dans les moments où il était le plus cynique, personne n'irait jusqu'à suggérer qu'on ne construisît plus de réacteurs nucléaires et qu'on renonçât définitivement à toute forme d'essai (il maudissait en passant les Français), mais tout le monde se précipitait à ces conférences dont on ne voyait pas la fin pour battre collectivement sa coulpe et échanger des informations plus épouvantables les unes que les autres.

« Je suis content que tu aies l'occasion d'y aller, Sergio. Mes félicitations. Maria Grazia pourra-t-elle t'accompagner ?

– Je ne sais pas encore. Elle en a pratiquement terminé avec l'appartement du côté de la Giudecca, mais on lui a demandé de faire les plans et une estimation des travaux pour la restauration d'un *palazzo* de quatre étages, du côté du Ghetto ; il faudrait qu'elle ait terminé d'ici huit jours. Sinon, j'ai bien peur qu'elle ne puisse pas venir.

– Quoi ? Elle a assez confiance en toi pour te laisser aller tout seul à Rome ? » demanda Brunetti, même s'il savait très bien, en la posant, que la question n'avait pour but que de taquiner son frère.

Se ressemblant à bien des titres, les *fratelli* Brunetti avaient une conception identique de la fidélité conjugale qui était même une source d'amusement pour leurs amis.

« Si elle décroche ce contrat, je pourrais bien aller tout seul jusque dans la lune, elle ne s'en apercevrait même pas.

– De quoi parle ta communication ? demanda Brunetti, sachant cependant que le contenu de la réponse risquait de lui échapper.

– Oh, c'est purement technique. Il s'agit des fluctuations de taux des différents types de cellules du sang après les premières semaines où les gens ont été exposés à une radioactivité intense. Nous sommes en relation avec d'autres chercheurs, à Auckland, qui travaillent sur la même question que nous, et il semble qu'ils aient trouvé des résultats identiques. C'est une des raisons pour lesquelles je tenais à participer à cette conférence – Battestini y serait allé de toute façon, lui ; mais comme ça, notre déplacement est payé. Nous pourrons voir les Néo-Zélandais et comparer nos résultats.

– Je suis vraiment très heureux pour toi, Sergio. Combien de temps vas-tu passer à Rome ?

– La conférence elle-même dure six jours, de dimanche à vendredi, mais je voudrais rester deux jours de plus là-bas, ce qui ne me ferait rentrer que le lundi suivant. Un instant, je vais te donner les dates. »

Brunetti entendit un bruit de pages qu'on tournait.

« Voilà. Je serai absent du 8 au 16. En principe, je dois rentrer dans la matinée du 16. Et bien entendu, j'irai les deux dimanches suivants, Guido.

– Ne sois pas idiot, Sergio. Ce sont des choses qui arrivent. J'irai pendant ton absence, puis tu iras le dimanche suivant ton retour, et j'irai encore le suivant. Tu as fait la même chose pour moi.

– Je ne voudrais pas que tu croies que je ne veux pas aller la voir, tu comprends.

– Ne parlons pas de ça, d'accord, Sergio ? » demanda Brunetti, surpris de trouver encore aussi douloureux d'évoquer l'état de leur mère.

Depuis plus d'un an, il s'efforçait, avec un singulier manque de réussite, de se dire que sa mère, cette femme si dynamique et optimiste, qui les avait élevés et aimés avec une dévotion absolue, s'était réfugiée en un autre lieu où elle attendait, la langue toujours aussi bien pendue et toujours prête à sourire, que l'enveloppe à la dérive qui était son corps vînt la rejoindre, pour qu'ensemble ils pussent atteindre le lieu de la paix définitive.

« Je n'aime pas te demander ce service, Guido », répéta Sergio, ce qui rappela à Brunetti que son frère avait toujours pris grand soin de ne pas abuser de sa position d'aîné et de l'autorité que celle-ci aurait pu lui conférer.

Il décida donc d'employer la technique que les Américains appellent *stonewalling*, autrement dit, d'allumer un contre-feu.

« Parle-moi plutôt des enfants, Sergio. »

Celui-ci ne put s'empêcher d'éclater de rire à l'idée qu'ils étaient retombés dans leur vieux rituel : son besoin de tout justifier, son frère refusant de l'écouter.

« Marco a presque fini son service militaire ; il aura quatre jours de permission à la fin du mois et il viendra à la maison. Et Maria Luisa ne parle plus qu'anglais ; elle sera mûre pour aller à l'institut Courtauld en automne. C'est tout de même un monde, tu ne trouves pas ? Aller en Angleterre pour étudier la restauration. »

Paola, la femme de Brunetti, enseignait la littérature anglaise à l'université de Ca Foscari. Son frère ne pouvait pas lui apprendre grand-chose, en vérité, sur les aberrations du système universitaire italien.

« Son anglais est-il assez bon ? demanda-t-il.

– Vaudrait mieux, hein ? Sinon je l'expédie chez vous pour l'été.

– Et qu'est-ce qu'il faudra faire ? Parler anglais tout le temps ?

– Oui.

– Désolé, Sergio, mais ça ne nous arrivait que lorsqu'on ne voulait pas que les enfants comprennent. Et ils le parlent tellement bien, aujourd'hui, qu'on ne peut même plus faire ça.

– Essaie le latin, répliqua Sergio avec un petit rire. Tu as toujours été bon en latin.

– J'ai bien peur que cela ne remonte à loin », dit Brunetti avec tristesse.

Sergio, qui pouvait être tout à fait sensible à des choses

qu'il n'aurait su nommer, perçut aussitôt l'humeur de son frère.

« Je t'appellerai avant de partir, Guido.

– Entendu. Porte-toi bien.

– *Ciao.* »

Et Sergio raccrocha.

Brunetti avait souvent entendu des gens commencer une phrase par l'expression « Ah, si ce n'était pas pour lui... ». À chaque fois, il substituait le nom de son frère au pronom personnel. Alors que Brunetti avait dix-huit ans et était considéré comme l'intellectuel de la famille, il fut cependant décidé que cette même famille n'avait pas les moyens de l'envoyer à l'université et de retarder davantage le moment où il pourrait apporter sa contribution financière au pot commun. Il ressentait un désir d'étudier aussi fort que le désir que certains de ses amis éprouvaient pour les femmes, mais il se plia à la décision familiale et commença à chercher du travail. Cependant Sergio, qui venait tout juste d'être embauché dans un laboratoire médical comme technicien, proposa d'aider davantage ses parents, financièrement, si cela signifiait que son jeune frère pourrait poursuivre ses études. Déjà, Brunetti savait qu'il voulait faire du droit, moins pour ses applications concrètes immédiates que pour comprendre pour quelles raisons historiques il avait pris la forme qu'on lui connaissait.

Comme Ca Foscari n'avait pas de fac de droit, cela signifiait qu'il devait aller faire ses études à Padoue, le coût de ses déplacements venant s'ajouter aux frais que Sergio avait accepté d'assumer. Le mariage de son frère aîné en avait été retardé de trois ans, mais pendant cette période Brunetti s'était rapidement retrouvé au premier rang de sa classe, et gagnait un peu d'argent en donnant des cours particuliers à des étudiants plus jeunes que lui.

S'il n'avait pas fait ces études, il n'aurait pas rencontré Paola à la bibliothèque de l'université, et il ne serait pas devenu commissaire de police. Il se demandait parfois s'il aurait été le même homme, si les choses qu'il y avait en lui et qu'il considérait comme vitales se seraient épanouies de la même manière, s'il s'était retrouvé agent d'assurances ou bureaucrate dans l'administration de la Ville, par exemple. Mais tout cela n'était que vaines spéculations, il le savait bien, et il tendit la main vers le téléphone.

6

De même que Brunetti avait toujours estimé qu'il serait grossier de demander à Paola combien de pièces comptait le *palazzo* familial et ignorait donc encore aujourd'hui leur nombre, de même il n'avait aucune idée de la quantité exacte de lignes téléphoniques qui reliaient le Palazzo Falier au reste du monde. Il connaissait au moins trois numéros : celui, plus ou moins public, que l'on donnait aux amis et aux associés d'affaires ; un deuxième, réservé aux membres de la famille ; et enfin le numéro privé du comte, qu'il n'avait jamais trouvé nécessaire d'utiliser.

Il composa le premier, étant donné que son appel n'avait guère d'urgence et ne relevait pas du domaine privé.

« Palazzo Falier, fit, au bout de la troisième sonnerie, une voix masculine que Brunetti ne connaissait pas.

– Bonjour. Guido Brunetti à l'appareil. J'aimerais parler à... »

Il hésita un instant, se demandant s'il devait désigner le comte par son titre ou préciser qu'il était son beau-père.

« Il est déjà en ligne, Dottor Brunetti. Est-ce qu'il peut vous rappeler dans... ah, le voyant vient juste de s'éteindre. Je vais vous le passer. »

Il y eut un léger cliquetis, après quoi Brunetti entendit le timbre grave de baryton du père de Paola.

« Falier. »

Rien de plus.

« Bonjour, c'est Guido. »

La voix, comme cela lui arrivait souvent depuis peu, se radoucit.

« Ah, Guido, comment vas-tu ? Et comment vont les enfants ?

– Tout le monde va très bien, merci. Et tous les deux ? Comment allez-vous ? »

Il avait encore du mal à dire « Donatella » quand il parlait de sa belle-mère, mais ne se voyait pas davantage l'appeler « la comtesse ».

« Très bien, merci. Qu'est-ce que je peux faire pour toi ? reprit le comte, sachant très bien que cet appel devait avoir une raison précise.

– J'aimerais que tu me dises tout ce que tu sais sur la famille Lorenzoni. »

C'est tout juste si, pendant le silence qui s'ensuivit, Brunetti n'entendit pas le comte faire le tri entre des informations, des scandales et des rumeurs s'étendant sur plusieurs dizaines d'années : des renseignements comme il en possédait sur la plupart des notables de la ville.

« Qu'est-ce que tu aimerais savoir exactement, Guido ? demanda finalement le comte, ajoutant aussitôt : si tu as la liberté de me le dire, bien entendu.

– On a retrouvé le corps d'un jeune homme enterré dans un champ, près de Belluno. Il y avait une chevalière dans la tombe. Aux armes des Lorenzoni.

– Il pourrait s'agir d'une personne l'ayant volée, observa le comte.

– Il pourrait s'agir d'à peu près n'importe qui, pour le moment, admit Brunetti. Mais je viens d'étudier le dossier de l'enquête sur l'enlèvement, et j'aimerais bien éclaircir certaines choses, si c'était possible.

– Comme quoi ? »

Cela faisait plus de vingt ans que Brunetti connaissait le comte, mais il ne l'avait jamais surpris en train de commettre une indiscrétion ; de plus, rien de ce que Brunetti avait à dire ne relevait de ce qu'on appelle le secret de l'instruction.

« Deux témoins ont déclaré qu'il aurait pu s'agir d'une

blague. Et la pierre qui bloquait le portail avait forcément été disposée de l'intérieur.

– Je n'ai pas un souvenir très précis des événements, Guido. Je crois que nous n'étions pas en Italie, à l'époque. Ça s'est passé dans leur villa, n'est-ce pas ?

– Devant, très exactement », répondit Brunetti.

Mais quelque chose, dans l'intonation du comte, l'avait alerté.

« La connais-tu ?

– J'y suis allé une ou deux fois, répondit le comte d'un ton neutre.

– Dans ce cas, tu te souviens sans doute du portail ? »

Brunetti se garda bien de demander au comte dans quelle mesure il connaissait les Lorenzoni. En tout cas, ce n'était pas le moment.

« Oui. Les grilles s'ouvrent vers l'intérieur. Il y a un portier électronique avec Interphone, à l'extérieur, et les visiteurs doivent sonner et s'identifier. On peut ouvrir ce portail depuis la maison.

– Ou de l'extérieur, quand on a le code, ajouta Brunetti. C'est ce qu'a voulu faire la petite amie du jeune homme, mais les grilles n'ont pas bougé.

– La fille Valloni, n'est-ce pas ? »

Il avait lu le nom dans le rapport.

« En effet, Francesca Valloni.

– Une jolie fille. Nous sommes allés à son mariage.

– À son mariage ? Il y a combien de temps ?

– Il y a un petit peu plus d'un an. Elle a épousé le jeune Salviati. Enrico, le fils de Fulvio, celui qui aime les bateaux ultrarapides. »

Brunetti eut un marmonnement d'assentiment ; il se souvenait vaguement du garçon.

« Connaissais-tu Roberto ?

– Je l'avais rencontré deux ou trois fois. Je n'avais pas une très haute opinion de lui. »

Brunetti se demanda si c'était la position sociale de son beau-père qui lui permettait de dire du mal des morts, ou si cela tenait au fait que le jeune homme avait disparu depuis deux ans.

« Et pourquoi ?
– Parce qu'il avait tout l'orgueil de son père, mais rien de son talent.
– Et quel genre de talent a le comte Ludovico ? »
Il entendit un bruit, à l'autre bout du fil, comme si une porte se refermait. Puis le comte lui dit :
« Excuse-moi un instant, Guido. »
Quelques secondes passèrent.
« Je suis désolé, Guido, mais je viens de recevoir un fax à l'instant, et je dois passer quelques coups de fils tant que mon agent à Mexico est encore à son bureau. »
Brunetti n'en était pas sûr, mais il lui semblait bien que le Mexique était en retard d'une demi-journée sur l'Italie.
« Ils ne sont pas au milieu de la nuit, là-bas ?
– Si. Mais il est payé pour être là, et je tiens à le joindre avant son départ.
– Ah, je vois. Quand puis-je rappeler ? »
La réponse du comte arriva tout de suite.
« Est-ce qu'on ne pourrait pas déjeuner ensemble, Guido ? J'ai aussi certaines choses dont je voudrais t'entretenir. Nous pourrions faire les deux.
– Avec plaisir. Quand ?
– Aujourd'hui, si tu es libre.
– Je le suis, pas de problème. Je vais appeler Paola pour l'avertir. Dois-je lui demander de se joindre à nous ?
– Non, répondit le comte, presque avec brusquerie. Certaines des choses dont je veux te parler la concernent, et il vaut mieux qu'elle ne soit pas là. »
Perplexe, Brunetti se contenta de dire :
« Très bien. Où nous retrouvons-nous ? »
Il s'attendait à ce que son beau-père lui donne l'adresse de quelque restaurant chic de la ville.
« Je te propose cette petite trattoria, près du Campo del Ghetto. La fille d'un de mes amis la tient avec son mari, et la nourriture y est excellente. Si ce n'est pas trop loin pour toi, nous pourrions déjeuner là.
– Parfait. Comment s'appelle-t-elle ?
– *La Bussola*. Juste à côté de San Leonardo, en allant vers le Campo del Ghetto Nuovo. Une heure ?

– Une heure, entendu. À tout à l'heure. »

Brunetti raccrocha et tira de nouveau l'annuaire à lui. Il le feuilleta jusqu'aux S, trouva un certain nombre de numéros au nom de Salviati, mais un seul Enrico, signalé comme *consulente* – terme qui amusait Brunetti autant qu'il le laissait perplexe.

Il y eut six sonneries avant qu'une voix de femme réponde « *Pronto* », d'un ton qui disait que l'appel la dérangeait.

« Signora Salviati ? » demanda Brunetti.

Elle haletait, comme si elle avait dû courir pour venir décrocher.

« Oui, qu'est-ce qu'il y a ?

– Signora Salviati, je suis le commissaire Guido Brunetti, de la police de Venise. J'aimerais vous poser quelques questions à propos de l'enlèvement de Roberto Lorenzoni. »

Il entendit, venant de derrière la femme, les braillements aigus d'un bébé, ce cri génétiquement programmé qu'aucun être humain ne peut ignorer.

Le combiné claqua contre une surface dure – il avait eu juste le temps de l'entendre lui demander de patienter – puis tous les sons furent engloutis dans les braillements, qui s'élevèrent jusqu'à une note suraiguë et s'interrompirent aussi brusquement qu'ils avaient commencé.

Elle avait repris le combiné.

« Je vous ai dit tout ce que je savais il y a des années. Je ne m'en souviens plus très bien, aujourd'hui. Tant de temps a passé, tellement de choses sont arrivées...

– Je le comprends bien, Signora, mais votre aide nous serait précieuse, si vous pouviez nous consacrer quelques minutes. Je vous garantis que ce ne sera pas long.

– Pourquoi ne pas le faire par téléphone, alors ?

– Je préférerais vous voir en personne, Signora. Je crois que je n'aime pas beaucoup le téléphone.

– Quand ? demanda-t-elle, décidant soudain d'accepter.

– J'ai vu dans l'annuaire que vous habitiez près de Santa Croce. J'ai à faire dans ce secteur, ce matin (ce qui était faux, mais l'endroit était proche de la station du *tra-*

ghetto de San Marcuola et il pourrait donc rapidement gagner San Leonardo pour déjeuner avec le comte) et je pourrais facilement passer. Si cela vous convient, bien entendu.

– Attendez, je regarde mon agenda », dit-elle, reposant le téléphone.

Elle avait dix-sept ans au moment de l'enlèvement, et elle n'en avait donc même pas vingt aujourd'hui. Et il y avait le bébé. Un agenda ?

« Vous n'avez qu'à venir à midi moins le quart, on aura le temps de parler. Mais je suis prise pour le déjeuner.

– Cela me convient parfaitement, Signora. À tout à l'heure », répondit-il rapidement avant qu'elle ne changeât d'avis ou se mît à vérifier de nouveau son agenda.

Il appela ensuite Paola pour l'avertir qu'il ne rentrerait pas déjeuner. Elle prit l'information – comme d'habitude – avec une telle égalité d'humeur qu'il se demanda un instant si elle n'avait pas prévu autre chose.

« Et toi, qu'est-ce que tu vas faire ? demanda-t-il.

– Moi ? Oh, je vais lire.

– Et les enfants ?

– Je les ferai manger, Guido, ne t'inquiète pas. Tu sais comme ils engloutissent la nourriture, quand nous ne sommes pas là pour leur apprendre les bonnes manières. J'aurai tout mon temps.

– Et toi, tu mangeras ?

– Tu es vraiment obsédé par la nourriture, Guido, je te l'ai déjà dit cent fois.

– Seulement parce que tu ne cesses de me rappeler son existence, mon trésor », répliqua-t-il en riant.

Il avait bien pensé à lui dire qu'elle était obsédée par la lecture, mais elle aurait simplement pris cela comme un compliment, et il se contenta donc d'ajouter avant de raccrocher qu'il serait à la maison pour le dîner.

Il quitta la questure sans dire à personne où il se rendait, prenant l'escalier de derrière pour ne pas tomber sur le vice-questeur Patta dont on pouvait légitimement penser, vu qu'il était déjà onze heures passées, qu'il se trouvait dans son bureau.

Une fois à l'extérieur, Brunetti, qui portait un costume en lainage et un pardessus léger contre la fraîcheur du petit matin, constata avec étonnement qu'il faisait presque chaud, à présent. Il longeait déjà le quai, et s'apprêtait à s'engager dans le dédale de rues qui devait le conduire jusqu'au Campo Santa Maria Formosa, et de là au Rialto, lorsqu'il s'arrêta brusquement et enleva son manteau. Il fit demi-tour et revint à la questure, où le policier de garde le reconnut et pressa aussitôt le bouton qui commandait les grandes portes de verre. Il se dirigea vers le petit bureau, sur la droite, et aperçut Pucetti qui parlait au téléphone. En voyant son supérieur, le jeune policier dit quelque chose, raccrocha et bondit sur ses pieds.

Brunetti fit un geste de la main pour l'inviter à se rasseoir.

« Je voudrais le laisser ici quelques heures, Pucetti, dit-il en montrant le manteau. Je le reprendrai à mon retour. »

Mais au lieu de se rasseoir, le policier s'avança et lui prit le manteau des mains.

« Je vais aller le ranger dans votre bureau, Dottore, avec votre permission.

– Non, non, il peut très bien rester ici. Ne prends pas cette peine.

– J'aimerais autant, monsieur. Un certain nombre de choses ont disparu, par ici, depuis quelques semaines.

– Quoi ? Des choses disparaissent jusque dans la grande salle de la questure ? demanda Brunetti, sincèrement étonné.

– Ce sont eux », répondit Pucetti avec un geste du menton en direction de l'interminable file qui s'étirait devant la porte de l'*Ufficio Stranieri*.

On avait l'impression que c'était par centaines que les étrangers attendaient de remplir les formulaires qui légaliseraient leur présence dans la ville.

« Nous avons beaucoup d'Albanais et de Slaves, et vous savez combien ils sont voleurs. »

Si jamais Pucetti avait déclaré la même chose à Paola, elle lui aurait instantanément volé dans les plumes, le traitant de raciste et de xénophobe, et lui faisant remarquer qu'il était impensable de dire que *tous* les Albanais et *tous* les Slaves étaient quoi que ce soit. Mais elle n'était pas là, et comme Brunetti, dans l'ensemble, partageait les sentiments exprimés par son subordonné, il se contenta de remercier celui-ci et de quitter le bâtiment.

7

TANDIS QU'IL QUITTAIT le Campo Santa Maria Formosa, Brunetti se souvint soudain de ce qu'il avait vu, l'automne dernier, Campo Santa Marina, si bien qu'il coupa tout de suite à droite pour rejoindre la petite place. Les cages métalliques avaient déjà été accrochées à l'extérieur de l'animalerie, et il s'approcha pour voir si le *merlo indiano* s'y trouvait toujours. Il crut le reconnaître dans l'une des cages, avec son plumage noir et brillant, son œil de jais tourné vers lui.

Il fit un pas de plus et, regardant l'oiseau, le salua d'un « *Ciao !* ». Pas de réaction. Nullement découragé, Brunetti recommença, prenant soin de bien détacher les deux syllabes. Le mainate se mit à sautiller nerveusement d'un barreau de la cage à un autre, se tourna et examina le policier de son autre œil. Brunetti regarda brièvement autour de lui et remarqua une femme âgée, à cheveux blancs, qui s'était arrêtée devant l'édicule situé au milieu de la place et l'observait avec une expression bizarre. Il l'ignora et reporta son attention sur l'oiseau.

« *Ciao !* » répéta-t-il.

Il lui vint tout à coup à l'esprit qu'il pouvait s'agir d'un autre animal ; après tout, rien ne ressemblait davantage à un mainate qu'un autre mainate. Après une dernière tentative tout aussi infructueuse, déçu, il fit demi-tour et adressa un sourire embarrassé à la vieille dame, qui n'avait pas bougé et l'observait toujours.

À peine avait-il parcouru trois pas que, derrière lui, il

entendit sa propre voix lancer un *« Ciao ! »* dont la dernière syllabe se prolongea exagérément, comme font les oiseaux parleurs.

Il revint aussitôt reprendre sa place devant la cage.

« Come ti stai ? » demanda-t-il cette fois, observant un certain temps de silence avant de poser de nouveau sa question. Il sentit plus qu'il ne vit une présence à côté de lui et, se tournant, reconnut la femme aux cheveux blancs. Il lui sourit, et elle lui rendit son sourire.

« Come ti stai ? » répéta-t-il à l'oiseau ; celui-ci, avec une fidélité d'intonation surnaturelle, répondit : *« Come ti stai ? »*

« Il sait dire autre chose ? demanda la vieille dame.

– Je ne sais pas, Signora. Je ne l'ai jamais entendu prononcer d'autres paroles.

– C'est merveilleux, vous ne trouvez pas ? »

Lorsque Brunetti se tourna vers elle, elle affichait un sourire de pur ravissement, et on devinait sous ses rides le visage de la jeune femme qu'elle avait été.

« Oui, merveilleux », répondit-il. Sur quoi il la laissa devant le magasin, tandis qu'elle répétait *« Ciao, ciao, ciao »* à l'oiseau.

Il coupa par Santi Apostoli et remonta la Strada Nuova jusqu'à San Marcuola, où il prit le *traghetto* pour traverser le Grand Canal. La réfraction du soleil sur l'eau était tellement intense qu'il regretta de ne pas avoir pris de lunettes noires. Mais qui, par cette matinée brumeuse et humide du début du printemps, aurait imaginé que la ville réservait tant de splendeurs à ses habitants ?

Une fois de l'autre côté, il prit par la droite, tourna à gauche, puis de nouveau à droite, suivant sans y prêter attention les instructions que des dizaines d'années passées à parcourir la ville en tous sens avaient programmées en lui : pour rendre visite à des amis, ramener des jeunes filles chez elles, aller prendre un café, ou pour faire l'une de ces mille choses que font les jeunes gens sans une pensée consciente pour leur itinéraire ou leur destination. Il ne tarda pas à déboucher sur le Campo San Zan Degola. Personne ne savait, croyait-il se souvenir, si c'était le corps décapité de San Giovanni ou au contraire sa tête manquante que l'on vénérait dans cette église. Il ne voyait pas, de toute façon, ce que cela changeait.

Le Salviati qu'avait épousé la jeune femme à qui Brunetti rendait visite était le fils de Fulvio, le notaire, et il savait donc qu'elle devait habiter au bout de la deuxième ruelle, sur la droite, troisième maison à gauche. Il ne s'était pas trompé : le numéro était bien celui qu'il avait relevé dans l'annuaire, même si trois Salviati différents logeaient ici. La sonnette inférieure portant la mention E. Salviati, Brunetti appuya sur celle-ci, se demandant s'il allait lui falloir grimper jusque dans les étages supérieurs du bâtiment, ceux qu'occupent en général les plus jeunes générations.

La porte s'ouvrit avec un cliquetis, et il entra. Devant lui, un étroit couloir conduisait à une cour intérieure d'où partait un escalier. Des tulipes aux couleurs joyeuses bordaient l'allée des deux côtés, et un magnolia courageux entrouvrait ses premières fleurs au milieu de la petite pelouse, à gauche de cette allée.

Il grimpa les marches et entendit la porte qui s'ouvrait lorsqu'il arriva à leur sommet. De l'autre côté, il y avait un nouvel escalier, avec au bout un palier sur lequel donnaient deux portes.

Il n'avait pas encore atteint le haut des marches que celle de gauche s'ouvrait ; une jeune femme en franchit le seuil.

« Vous êtes le policier ? demanda-t-elle. J'ai oublié votre nom.

– Brunetti », répondit-il tandis qu'il montait les dernières marches.

Elle l'attendait devant sa porte, n'affichant aucune expression sur un visage qui, sinon, aurait été ravissant. Si le bébé était bien le sien, et s'il avait l'âge que suggéraient les cris qu'il avait entendus au téléphone, elle n'avait pas perdu de temps pour retrouver ses formes ; elle était moulée dans une jupe rouge serrée et un chandail noir plus serré encore. Un nuage de cheveux noirs bouclés encadrait son visage et lui retombait sur les épaules, et elle le regardait avec un étonnant manque d'intérêt.

« Merci d'avoir accepté de me parler, Signora », dit-il lorsqu'il se retrouva en face d'elle.

Elle ne prit pas la peine de répondre à cette politesse, ni même celle d'au moins acquiescer, et se tourna pour le précéder dans l'appartement, ignorant jusqu'à l'incontournable « *Permesso* » qu'il marmonna.

« Nous n'avons qu'à nous mettre là », lui lança-t-elle par-dessus l'épaule, le conduisant dans une grande salle de séjour, sur la gauche.

Sur les murs, des gravures représentaient des scènes d'une telle violence qu'elles ne pouvaient être que de Goya. Trois fenêtres donnaient sur un espace clos qu'il supposa être la cour par laquelle il était arrivé ; le volume était désagréablement resserré. Elle s'assit au milieu d'un canapé bas et croisa les jambes, exhibant plus de longueur de cuisse, estima Brunetti, qu'on ne s'y serait attendu de la part d'une jeune maman. Lui faisant signe de la main de s'installer en face d'elle, elle lui demanda enfin ce qu'il voulait savoir.

Le policier tenta d'évaluer les émotions qui émanaient d'elle, instinctivement à la recherche de nervosité ; mais il ne trouva que de l'irritation.

« Pouvez-vous me dire pendant combien de temps vous avez connu Roberto Lorenzoni ? »

Elle repoussa une mèche rebelle de la main, sans se rendre compte, probablement, combien ce geste la faisait paraître impatiente.

« J'ai déjà tout raconté à l'autre policier.

– Je le sais, Signora. J'ai lu le rapport, mais j'aimerais vous l'entendre dire avec vos mots à vous.

– J'espère que ce sont mes mots à moi qui sont dans ce rapport, répliqua-t-elle sèchement.

– Je n'en doute pas. Cependant, je voudrais entendre moi-même ce que vous avez à dire de lui. Il me semble que je comprendrais mieux le genre d'homme qu'il était.

– Vous avez trouvé ceux qui l'ont enlevé ? » demanda-t-elle.

C'était sa première manifestation de curiosité depuis que le policier était arrivé.

« Non. »

Elle parut déçue, mais ne fit pas de commentaires.

« Pouvez-vous me dire pendant combien de temps vous l'avez connu ? recommença-t-il.

– Je suis sortie avec lui pendant à peu près un an. Jusqu'à ce que ça arrive, bien sûr.

– Et quel genre d'homme était-il ?

– Que voulez-vous dire par là ? Nous allions à l'école ensemble. On avait des choses en commun, on aimait faire les mêmes choses. Il me faisait rire.

– Est-ce pour cette raison que vous avez pensé un moment que l'enlèvement aurait pu être une plaisanterie ?

– J'ai pensé quoi ? demanda-t-elle, sincèrement prise de court.

– C'est ce que j'ai lu dans le rapport, expliqua Brunetti. Que vous avez tout d'abord pensé qu'on lui faisait une blague. Au moment où ça s'est produit. »

Elle détourna les yeux de Brunetti, comme si elle prêtait l'oreille à une musique lointaine, jouée si bas qu'elle seule pouvait l'entendre.

« J'ai dit ça ? »

Brunetti acquiesça.

Après un long silence, elle reprit :

« Eh bien, c'est possible, sans doute. Roberto avait des amis très bizarres.

– Quel genre d'amis ?

– Oh, vous savez, des étudiants...

– Excusez-moi, mais je ne vois pas ce qu'il y a de bizarre à être étudiant, Signora.

– Eh bien, aucun d'eux ne travaillait, mais ils avaient tous beaucoup d'argent. »

Se rendant compte de la faiblesse de son argument, elle se reprit.

« Non, ce n'est pas ça. Ils tenaient des propos bizarres. Ils disaient qu'ils pouvaient faire tout ce qu'ils voulaient dans la vie, ou de leur vie. Des choses comme ça. Le genre de trucs que disent des étudiants. »

Devant l'expression interrogative mais polie de Brunetti, elle ajouta :

« Et ils étaient complètement fascinés par la peur.

– La peur ?

– Oui, ils ne lisaient que des livres d'horreur et n'allaient voir que des films pleins de violence, des histoires d'épouvante. »

Le policier acquiesça, émettant un petit bruit d'encouragement.

« En fait, c'était même l'une des raisons pour lesquelles j'étais presque décidée à quitter Roberto. Et puis c'est arrivé, et je n'ai pas eu besoin de le lui dire. »

Il crut discerner une certaine note de soulagement dans sa voix.

La porte s'ouvrit, et une femme d'âge mûr entra, tenant dans ses bras un bébé qui, la bouche ouverte, était sur le point de se mettre à pleurer. Quand elle vit Brunetti, la femme s'arrêta, et le bébé se tourna vers ce qui avait provoqué la surprise de la femme.

Brunetti se leva.

« C'est le policier, maman, expliqua la jeune femme, sans porter la moindre attention au bébé. Tu voulais quelque chose ?

– Non, non, Francesca, mais c'est l'heure de la tétée.

– Il faudra bien que le bébé attende un peu, non ? répliqua la jeune femme, comme si cette idée lui faisait plaisir. À moins que tu préfères que je fasse la nourrice devant le policier ? »

La femme poussa un son inarticulé et serra un peu plus le bébé contre elle. Le nourrisson – quand ils étaient si petits, Brunetti était bien incapable de dire si c'était un garçon ou une fille – continua de le regarder un instant puis se tourna vers sa grand-mère et eut un petit rire gargouillant.

« On doit pouvoir attendre dix minutes, sans doute », dit la mère de Francesca.

Elle se tourna et quitta la pièce avec, dans son sillage, les rires du bébé qui diminuaient.

« Votre maman ? demanda Brunetti, qui éprouvait des doutes là-dessus.

– Celle de mon mari, répondit-elle sèchement. Que voulez-vous savoir d'autre sur Roberto ?

– Avez-vous pensé, à l'époque, que certains de ses amis auraient pu monter le coup ? »

Avant de répondre, elle se passa la main dans les cheveux.

« Vous ne voulez pas me dire pourquoi vous voulez le savoir ? »

La manière dont elle avait posé la question avait quelque chose d'enfantin, par rapport à l'attitude qu'elle avait affichée jusqu'ici, et Brunetti dut se rappeler qu'elle n'avait pas vingt ans.

« Cela vous aidera-t-il à répondre à ma question ?

– Je ne sais pas. Mais je connais encore plusieurs de ces personnes, et je ne voudrais pas dire quelque chose qui pourrait... »

Elle n'acheva pas sa phrase, laissant à Brunetti le soin de décider ce qu'elle avait sous-entendu.

« Nous avons découvert un corps qui est peut-être le sien, dit-il, sans donner davantage d'explications.

– Dans ce cas, il ne pouvait s'agir d'une plaisanterie », observa-t-elle sur-le-champ.

Brunetti sourit et acquiesça pour lui donner l'impression qu'il était d'accord avec elle, se gardant bien de lui dire qu'il avait connu bien des affaires où ce qui avait commencé comme une simple plaisanterie avait mal tourné et eu des conséquences violentes.

Elle se mit à examiner l'ongle de son index droit et à tirer sur les cuticules.

« Roberto prétendait que son père aimait davantage Maurizio, son cousin, que lui. C'est pourquoi il faisait des choses qui obligeaient son père à faire attention à lui.

– Quelles choses ?

– Oh, il faisait des bêtises en classe, il disait des grossièretés aux professeurs, des petites choses. Mais une fois, il a fait trafiquer sa voiture par des amis, puis il leur a demandé de la voler. Il s'est arrangé pour que ça se passe dans le parking, en face des bureaux de son père, à Mestre, où il parlait au même moment avec ce dernier : de cette façon, le comte Ludovico ne pouvait l'accuser d'avoir oublié les clefs sur le tableau de bord, ou de l'avoir prêtée à quelqu'un.

– Et qu'est-ce qui s'est passé ?

– Ils ont été jusqu'à Vérone et ils l'ont laissée dans un parking souterrain, puis ils sont rentrés en train. On ne l'a retrouvée qu'au bout de plusieurs mois, et il a fallu rembourser l'assurance, sans compter le parking, qu'il a fallu payer.

– Comment se fait-il que vous soyez au courant de tous ces détails, Signora ? »

Elle ouvrit la bouche pour répondre, la referma, réfléchit.

« C'est Roberto qui me l'a dit. »

Brunetti résista à l'envie de lui demander quand. Sa question suivante était plus importante.

« Est-ce que ce sont ces mêmes amis qui auraient pu lui faire une blague pareille ?

– Pareille que quoi ?

– Un faux enlèvement. »

Elle examina de nouveau son doigt.

« Ce n'est pas ce que j'ai dit. Et du moment que vous avez trouvé son corps, la question ne se pose pas, n'est-ce pas ? Ça ne pouvait pas être une blague. »

Brunetti ne fit aucun commentaire et attendit un peu avant de reprendre.

« Pourriez-vous me donner leurs noms ?

– Pourquoi ?

– J'aimerais leur parler. »

Un instant, il pensa qu'elle allait refuser, mais finalement elle céda.

« Carlo Pianon et Marco Salvo. »

Il se souvenait de ces noms, qui figuraient dans le dossier d'instruction. Comme ils étaient les meilleurs amis de Roberto, la police avait envisagé qu'ils pourraient être les personnes que les auteurs de l'enlèvement allaient contacter comme intermédiaires. Mais ils se trouvaient l'un et l'autre en stage linguistique en Angleterre au moment des faits.

Il la remercia, puis lui demanda :

« Vous venez de dire que c'était l'une des raisons qui vous poussaient à vouloir le quitter. Quelles étaient les autres ?

– Oh, il y en avait beaucoup », répondit-elle de manière vague.

Brunetti ne dit rien, laissant se réverbérer dans la pièce cette réponse peu convaincante. Finalement, elle ajouta :

« Eh bien, je ne le trouvais plus drôle du tout, en particulier depuis une semaine ou deux. Il était tout le temps fatigué, et il disait qu'il ne se sentait pas bien. Il en était arrivé à un point où il ne pouvait parler que de ça, qu'il était fatigué et affaibli. J'en avais assez de l'entendre se plaindre tout le temps. Il lui arrivait de s'endormir dans la voiture, des trucs comme ça.

– Était-il allé voir un médecin ?

– Oui. Tout de suite après avoir commencé à dire qu'il avait perdu l'odorat. Lui qui s'était toujours plaint que les cigarettes empestaient – il détestait ça encore plus que les Américains –, il disait qu'il ne sentait même plus l'odeur du tabac. »

Le nez de la jeune femme frémit en réaction à l'absurdité d'une telle chose.

« Il a donc décidé d'aller voir un spécialiste.

– Qu'est-ce qu'a dit le médecin ?

– Qu'il n'avait rien. »

Elle marqua une pause.

« Sauf les diarrhées, mais le docteur lui a donné quelque chose pour ça.

– Et... ?

– Je suppose qu'elles se sont arrêtées », répondit-elle.

On sentait qu'elle n'avait guère envie de s'étendre sur le sujet.

« Mais a-t-il continué à se plaindre qu'il était fatigué, comme vous venez de me le décrire ?

– Oui. Il n'arrêtait pas de dire qu'il était malade, et les médecins n'arrêtaient pas de dire qu'il n'avait rien.

– Les médecins ? Il est allé en voir plusieurs ?

– Il me semble. Il m'a parlé d'un spécialiste, à Padoue. C'est finalement celui-là qui lui a dit qu'il faisait de l'anémie. Il lui a donné des pilules. Mais c'est peu après qu'il y a eu l'enlèvement, et voilà.

– Croyez-vous qu'il était réellement malade ?

– Oh, je ne sais pas. Il aimait attirer l'attention sur lui. »

Brunetti s'efforça de trouver une manière délicate de poser sa question suivante.

« Vous a-t-il donné des raisons concrètes de croire qu'il était réellement malade ou anémique ?

– Que voulez-vous dire par “il m'a donné des raisons concrètes” ?

– Était-il, euh... moins énergique qu'avant ? »

La jeune femme regarda Brunetti comme s'il débarquait d'une autre planète.

« Ah, vous voulez dire, quand on faisait l'amour ? »

Le policier acquiesça.

« Oui, on aurait dit que ça ne l'intéressait plus. C'est une des raisons pour lesquelles je voulais le quitter.

– Savait-il que vous aviez l'intention de mettre un terme à vos relations ?

– Je n'ai pas eu le temps de le lui dire. »

Brunetti réfléchit un instant avant de poser une nouvelle question.

« Pourquoi alliez-vous à la villa, ce soir-là ?

– Nous revenions d'une soirée à Trévise, et Roberto ne voulait pas faire toute la route de nuit jusqu'à Venise. On avait prévu de dormir à la villa et de rentrer le lendemain matin.

– Je vois. En dehors de cette fatigue dont il se plaignait, son comportement vous a-t-il paru différent, dans les semaines qui ont précédé l'enlèvement ?

– Que voulez-vous dire ?

– Vous paraissait-il particulièrement nerveux ?

– Non, ça ne m'a pas frappée. Il se mettait en colère contre moi, mais ça lui arrivait avec tout le monde. Il s'était disputé avec son père. Et aussi avec Maurizio.

– Savez-vous à quel sujet ?

– Non. Il ne me parlait jamais de ce genre de choses. D'autant que ça ne m'intéressait pas beaucoup.

– Qu'est-ce qui vous plaisait en lui, Signora ? dit Brunetti qui, devant le regard qu'elle lui lança, ajouta : Si je puis me permettre de poser la question.

– Oh, on était bien ensemble. Au début, du moins. Et il avait toujours beaucoup d'argent. »

Le policier se dit que pour les classer par ordre d'importance, il aurait fallu inverser ces deux arguments, mais il ne dit rien.

« Je vois. Connaissez-vous son cousin ?

– Maurizio ? demanda-t-elle – inutilement, se dit Brunetti.

– Oui.

– Je l'avais rencontré deux ou trois fois, avant. Chez Roberto. Et dans une soirée.

– Vous plaisait-il ? »

Elle se mit à contempler une des gravures, puis, comme si elle avait puisé de l'inspiration dans sa violence, répondit que non.

« Pourquoi ? »

Elle haussa les épaules avec dédain, devant un souvenir d'une telle ancienneté.

« Je ne sais pas. Je le trouvais prétentieux... Oh, Roberto aussi l'était, par moments. Mais Maurizio était simplement... Eh bien, il n'arrêtait pas de dire aux gens ce qu'ils devaient faire. C'est l'impression qu'il me donnait, en tout cas.

– L'avez-vous revu, depuis la disparition de Roberto ?

– Bien sûr, répondit-elle, surprise par la question. Tout de suite après l'enlèvement, il est arrivé avec les parents de Roberto. Et à chaque fois qu'ils ont reçu une des lettres. Je peux dire que je l'ai vu.

– Et après l'arrivée des lettres ?

– Non, pas vraiment. Il m'est arrivé de le croiser dans la rue, de temps en temps, mais nous n'avions rien à nous dire.

– Et les parents de Roberto ?

– Eux ? Non, jamais. »

Brunetti imaginait mal les parents d'un garçon kidnappé restant en contact avec l'ex-petite amie de celui-ci, en particulier lorsqu'elle avait ensuite épousé un autre homme.

Il n'avait plus rien à demander à la jeune femme, mais il tenait à ce qu'elle restât disposée à répondre à d'autres questions, si jamais il lui en venait à l'esprit.

« Je ne voudrais pas vous empêcher de vous occuper de votre bébé, Signora, dit-il en jetant un coup d'œil à sa montre.

– Oh, ça n'a pas d'importance, je m'en fiche. »

Brunetti se rendit compte avec surprise qu'il la croyait tout à fait – et qu'il ne l'en détestait que davantage. Il se mit vivement debout.

« Merci beaucoup, Signora. Je crois que ce sera tout pour le moment. Si jamais on découvre que c'est bien le corps de Roberto, l'enquête sera rouverte, et j'ai bien peur qu'on n'interroge à nouveau toutes les personnes qui ont été concernées de près ou de loin par l'affaire. »

Elle fit une petite grimace d'irritation qui lui étira les lèvres et signifiait à quel point tout cela lui faisait perdre son temps.

Il se dirigea vers la porte pour ne pas lui laisser le temps de se plaindre.

« Encore une fois merci, Signora. »

Elle se leva du canapé et se dirigea vers lui. Son visage avait repris cette curieuse impassibilité qu'il affichait lorsqu'il l'avait vue pour la première fois, faisant disparaître toute beauté de ses traits.

Elle le raccompagna jusqu'à la porte, qu'elle lui ouvrit, pendant que le bébé pleurait quelque part dans le fond de l'appartement. Elle n'eut pas l'air de le remarquer et demanda :

« Vous m'avertirez, si c'est vraiment Roberto ?

– Bien entendu, Signora. »

Il s'engagea dans l'escalier, et les cris du bébé furent coupés lorsque la porte se referma.

8

BRUNETTI CONSULTA sa montre en quittant la maison Salviati. Il était une heure moins vingt. Il reprit le *traghetto* et, lorsqu'il en descendit, à San Leonardo, traversa le campo et prit la première rue à gauche. Quelques tables vides étaient dressées dans l'ombre, devant le restaurant.

À l'intérieur, il vit tout d'abord à sa gauche un comptoir derrière lequel trônaient, sur une étagère, quelques dames-jeannes de vin, un long tuyau de caoutchouc retombant de leur col. Sur la droite, deux arches donnaient sur une autre salle ; c'est là qu'attendait son beau-père, le comte Orazio Falier, à une table située contre le mur. Il avait devant lui un verre de ce qui paraissait être du *prosecco* et lisait le journal local, *Il Gazzettino*. Brunetti fut surpris de le voir plongé dans ce canard, car cela pouvait signifier deux choses : soit qu'il se faisait du comte une plus haute opinion que celui-ci ne le méritait, soit qu'il en avait une trop mauvaise du *Gazzettino*.

« *Buon di* », dit-il en s'approchant de la table.

Le comte jeta un coup d'œil par-dessus son journal, le laissa étalé sur la table et se leva.

« *Ciao*, Guido. »

Les deux hommes se serrèrent la main.

« Ça me fait plaisir de te voir.

– C'est moi qui ai demandé à te parler, il ne faut pas l'oublier », répondit Brunetti.

La mémoire revint sans peine au comte.

« Les Lorenzoni, hein ? »

Brunetti dégagea la chaise placée en face du comte et s'assit. Il eut un coup d'œil pour le journal, se demandant si l'information n'y figurait pas déjà, par hasard, même si le corps n'avait pas encore été identifié.

Le comte interpréta correctement ce coup d'œil.

« Non, pas encore. »

Il prit le temps de replier soigneusement le journal en deux, puis en quatre.

« Ça devient vraiment effrayant, n'est-ce pas ? demanda-t-il, brandissant la feuille de chou entre eux.

– Sauf si l'on aime les histoires de cannibalisme, d'inceste et d'infanticide, observa le policier.

– Tu l'as lu, aujourd'hui ? »

Brunetti secoua la tête.

« Ce matin, il y a un article sur une femme de Téhéran qui a tué son mari et haché son cœur pour le manger dans un plat qui s'appelle *ab goosht.* »

Avant que Brunetti ait pu manifester son étonnement et son dégoût, il enchaîna :

« Eh bien, figure-toi qu'ils ont ouvert une parenthèse pour donner la recette du plat en question. Tomates, oignons et, bien entendu, viande hachée. (Il secoua la tête.) Mais pour qui écrivent-ils ? Qui peut avoir envie de lire ce genre de choses ? »

Cela faisait longtemps que Brunetti avait plus que des réserves sur le goût du public en général.

« Les lecteurs du *Gazzettino*, pardi », répondit-il donc.

Le comte le regarda un instant et acquiesça.

« Tu dois avoir raison, dit-il en jetant le journal sur la table voisine. Que veux-tu savoir, sur les Lorenzoni ?

– Ce matin, tu m'as dit au téléphone que le garçon était loin d'avoir le talent de son père. De quel talent s'agit-il ?

– *Ciappar schei* », répondit le comte, utilisant le dialecte vénitien.

Tout de suite à l'aise, Brunetti lui répondit en l'utilisant aussi.

« Faire de l'argent comment ?

– De toutes les manières possibles : aciéries, cimenteries, transports terrestres et maritimes. Si tu as quelque chose à déplacer, les Lorenzoni s'en chargeront. Quelque chose à faire bâtir, les Lorenzoni te vendront tous les matériaux de construction. »

Réfléchissant à ce qu'il venait de dire, le comte ajouta :

« Voilà qui ferait un bon slogan publicitaire pour eux, non ? »

Brunetti acquiesça.

« Remarque, on ne peut pas dire qu'ils aient besoin de publicité. En tout cas pas en Vénétie.

– Est-ce que tu es en affaires avec eux ?

– Par le passé, il m'est arrivé d'utiliser leurs camions pour expédier des textiles en Pologne et pour en rapporter... je crois que c'était de la vodka. C'était il y a au moins quatre ans, et je ne m'en souviens pas très bien. Mais avec la simplification des contrôles douaniers et de la police des frontières, je trouve le transport par rail plus économique, et je ne traite plus avec eux.

– Et sur le plan des relations sociales ?

– Je ne les fréquente pas davantage que quelques centaines d'autres personnes à Venise », répondit le comte en levant les yeux sur la serveuse qui s'approchait de leur table.

Elle portait une chemise d'homme enfoncée dans des jeans fraîchement repassés et avait des cheveux aussi courts que ceux d'un garçon. En dépit de l'absence de tout maquillage, elle n'avait rien de masculin dans son aspect, trahie qu'elle était par la courbe de ses hanches et les trois boutons défaits de sa blouse, qui laissaient penser qu'elle ne portait pas de soutien-gorge et qu'elle aurait peut-être été mieux avisée de le faire.

« Ah, comte Orazio, dit-elle d'un timbre profond de contralto plein de chaleur et de promesse, c'est un plaisir de vous revoir ici. »

Elle se tourna vers Brunetti et l'inclut dans le rayonnement de son sourire.

Brunetti se souvint de ce que lui avait dit le comte : la fille d'un de ses amis tenait l'établissement ; c'était donc peut-être à une personne qu'il connaissait de longue date que le comte demanda :

« Comment vas-tu, Valeria ? »

Sa manière d'utiliser le tutoiement n'avait cependant rien d'avunculaire, et Brunetti regarda la jeune femme pour voir comment elle réagissait.

« Très bien, Signor Conte. Et vous ? répondit-elle, le choix respectueux du vouvoiement en contradiction flagrante avec le ton.

– Très bien, ma chère, très bien, merci. »

De sa main ouverte, il montra Brunetti.

« Voici mon gendre.

– *Piacere*, dit le commissaire à la jeune femme, qui répondit de la même manière, y ajoutant un sourire.

– Qu'est-ce que tu nous recommandes aujourd'hui, Valeria ?

– En entrée, nous avons des *sarde in saor*, dit-elle, ou des *latte di seppie*. Nous avons préparé les sardines hier au soir, et les *seppie* sont arrivés ce matin du Rialto. »

Ils sont peut-être arrivés du Rialto, pensa Brunetti, mais congelés. Ce n'était pas encore la saison des œufs de seiche. Les sardines, elles, devaient être fraîches. Et Paola paraissait ne jamais avoir le temps de les préparer dans leur marinade d'oignons et de raisins – un délice.

« Qu'est-ce que tu en penses, Guido ?

– Les sardines, répondit-il sans hésitation.

– Oui. Pour moi aussi.

– *Spaghetti alle vongole* », enchaîna la jeune femme, d'un ton qui était plus proche de celui d'un ordre que d'une recommandation.

Les deux hommes hochèrent la tête.

« Et ensuite, je vous conseillerai du *rombo*, ou peut-être de la *coda di rospo*. Ils sont frais tous les deux.

– Comment vous les préparez ? demanda le comte.

– Le *rombo* est grillé, et la *coda* cuite au vin blanc, avec *zucchini* et romarin.

– Elle est comment, cette *coda* ? » voulut savoir le comte.

Au lieu de répondre, elle fit claquer ses lèvres.

« Voilà qui règle la question, dit le comte en souriant à la jeune femme. Et toi, Guido ?

– Non, je vais prendre le *rombo*. »

Brunetti trouvait l'autre plat un peu trop compliqué ; il imaginait déjà le poisson servi avec une carotte découpée en forme de rose, ou de la menthe artistiquement ciselée autour de l'assiette.

« Un peu de vin ?

– Est-ce que tu aurais par hasard de ce chardonnay que fait ton père ?

– C'est celui que nous buvons, monsieur le comte, mais en principe on ne le sert pas. »

Voyant sa déception, elle ajouta :

« Je vais vous en apporter une carafe.

– Merci, Valeria. J'en ai goûté chez lui, et il est excellent. »

Elle acquiesça, approuvant manifestement ce jugement, puis ajouta, sur le ton de la plaisanterie :

« Simplement, n'en parlez pas si nous avons un contrôle de la brigade financière. »

Avant que le comte puisse faire un commentaire, un appel sonore retentit dans l'autre salle, et la jeune femme s'éclipsa.

« Pas étonnant que le pays soit dans un tel état, sur le plan économique, gronda le comte, soudain furieux. On ne peut même pas servir le meilleur vin qu'on y fait, tout ça à cause d'une quelconque absurdité de la législation en matière de degré alcoolique, ou parce qu'un crétin, à Bruxelles, estime qu'il est trop proche d'un vin fait au Portugal ou je ne sais où. Seigneur, on est gouverné par des débiles ! »

Brunetti, qui avait toujours considéré que son beau-père faisait plutôt partie des décideurs, trouva que c'était un point de vue curieux de sa part. Mais il n'eut pas le temps de l'interroger là-dessus : Valeria revenait avec une carafe d'un litre d'un vin blanc très clair et, bien qu'ils ne l'eussent demandée ni l'un ni l'autre, une bouteille d'eau minérale.

Le comte remplit à demi les verres de vin et poussa l'un d'eux vers Brunetti.

« Dis-moi ce que tu en penses. »

Le policier en prit une gorgée. Il s'était toujours méfié

des remarques érudites sur le goût du vin, de tout ce baratin sur la « qualité du boisé », ou les « arômes de petits fruits rouges », si bien qu'il se contenta de le déclarer excellent avant de reposer le verre sur la table.

« Reparlons du jeune homme. Tu disais que tu ne l'aimais pas beaucoup. »

Le comte avait eu plus de vingt ans pour s'habituer à son gendre et à ses techniques, et il prit une gorgée de vin avant de répondre.

« Il était obtus et imbu de lui-même, comme je te l'ai dit, une combinaison des plus agaçante.

– Quel poste occupait-il dans la société ?

– Je crois qu'il avait été bombardé quelque chose comme *consulente*, mais je n'ai aucune idée de ce sur quoi on le consultait. Lorsqu'ils invitaient un client à déjeuner, Roberto venait. Sans doute Ludovico espérait-il qu'en le frottant ainsi au monde des affaires, il finirait par devenir un peu plus sérieux, ou au moins par prendre les affaires au sérieux. »

Brunetti, qui avait travaillé pendant tous les étés à l'époque où il faisait ses études, s'étonna :

« Mais on ne se contentait pas de l'emmener dîner ou déjeuner et d'appeler ça un travail ?

– Parfois, quand il y avait une livraison importante à faire, ou des marchandises à acheminer, on faisait appel à Roberto. Si par exemple il fallait envoyer d'urgence des contrats à Paris, ou un nouveau catalogue d'échantillons pour les usines de textiles, c'était lui qu'on chargeait de faire la course, et comme ça il passait une semaine à Paris ou à Prague, ou n'importe où.

– Agréable, comme travail, commenta Brunetti. Et la fac ?

– Trop paresseux ou trop bête », fut l'explication dédaigneuse du comte.

Brunetti était sur le point de lui faire remarquer que, à en croire ce que disait Paola de ses étudiants, aucun de ces deux défauts n'était un obstacle majeur à la poursuite des études, lorsque Valeria arriva à leur table, portant deux assiettes de petites sardines dont la peau luisait sous l'huile et le vinaigre.

« Bon appétit », dit-elle avant de s'éloigner, appelée à une autre table.

Aucun des deux ne prit la peine d'enlever l'arête centrale des minuscules poissons ; ils les engloutirent entiers, dégoulinants d'huile, avec les rondelles d'oignon et les raisins.

« Délicieux », commenta le comte.

Brunetti acquiesça mais ne dit rien, savourant les arômes du poisson mêlés à l'acidité du vinaigre. Il avait entendu dire que des siècles auparavant, les pêcheurs vénitiens avaient été obligés de consommer les sardines ainsi, vidées, étêtées et mises à mariner pour ne pas pourrir, le vinaigre ayant été ajouté pour lutter contre le scorbut. Il ignorait si ces deux aspects de l'histoire étaient vrais, mais si c'était le cas, il pouvait remercier ces pêcheurs inventifs.

Les sardines liquidées, Brunetti prit un morceau de pain et essuya son assiette.

« Et est-ce qu'il avait d'autres occupations, ce Roberto ?

– Tu veux dire dans l'affaire ?

– Oui. »

Le comte remplit à nouveau les verres à moitié.

« Non. Je crois que c'était à peu près tout ce qu'il était capable de faire ou avait envie de faire. »

Il prit une gorgée de vin.

« Ce n'était pas un méchant garçon : il était simplement obtus. La dernière fois que je l'ai vu, je me suis même senti désolé pour lui.

– Ah bon ? Et quand était-ce ?

– Seulement quelques jours avant l'enlèvement, très certainement. Ses parents donnaient une soirée pour leur trentième anniversaire de mariage et ils nous avaient invités, Donatella et moi. Roberto était présent. »

Le comte se tut, et ne reprit qu'au bout de quelques instants :

« Mais c'était comme s'il n'avait pas été là.

– Je ne comprends pas.

– On aurait dit qu'il était invisible. Non, ce n'est pas ce

que j'ai voulu dire. Il était amaigri, et il commençait à perdre ses cheveux. C'était en été, et pourtant on aurait dit qu'il n'avait pas mis le nez dehors depuis l'hiver. Ce même garçon qui était toujours à la plage ou à jouer au tennis. »

Le comte regarda au loin, évoquant cette soirée.

« Je ne lui ai pas parlé, et je n'ai rien dit de lui à ses parents, bien sûr. Mais il avait l'air bizarre.

– Malade ?

– Non, pas malade, pas exactement. Simplement très pâle et amaigri, à croire qu'il avait été mis trop longtemps à la diète. »

Comme si elle avait été convoquée pour mettre un terme à cette conversation sur les régimes alimentaires, Valeria arriva, tenant deux assiettes chargées de spaghettis surmontés de petites palourdes dans leurs coquilles. Le parfum de l'huile d'olive et de l'ail monta vers eux.

Brunetti enfonça sa fourchette dans les spaghettis et la fit tourner pour les enrouler. Lorsqu'il en eut ce qu'il considéra comme une fourchettée suffisante, il la porta à sa bouche, encouragé par la chaleur et l'odeur pénétrante de l'ail. La bouche pleine, il eut un hochement de tête appréciatif pour le comte, qui lui sourit et se mit aussi à manger.

Ce ne fut qu'une fois les pâtes presque terminées, lorsqu'ils se mirent à ouvrir les palourdes, que Brunetti reprit la conversation.

« Et le neveu ?

– J'ai entendu dire qu'il avait un sens inné des affaires. Il a ce qu'il faut de charme pour séduire les clients et assez de tête pour faire des estimations justes et engager les bonnes personnes.

– Quel âge a-t-il ?

– Il était âgé de deux ans de plus que Roberto, ce qui devrait donc lui faire environ vingt-cinq ans.

– Sais-tu autre chose de lui ?

– Quel genre de chose ?

– Oh, tout ce qui peut te venir à l'esprit.

– C'est bien vague. »

Mais avant que Brunetti pût préciser sa pensée, le comte demanda :

« Tu voudrais savoir s'il aurait pu le faire ? En supposant que c'est bien ce qui s'est passé ? »

Brunetti acquiesça et continua de déguster ses palourdes.

« Son père, c'est-à-dire le frère cadet de Ludovico, est mort quand Maurizio avait huit ans. Ses parents étaient déjà divorcés, à l'époque, et sa mère ne s'intéressait manifestement pas à lui. Si bien que lorsque l'occasion s'est présentée, elle l'a confié à Ludovico et Constanza, et ce sont eux qui l'ont élevé. En pratique, il était comme un frère pour Roberto. »

Avec Abel et Caïn en tête, Brunetti demanda :

« Est-ce que tu le sais, ou est-ce qu'on te l'a dit ?

– Les deux, fut la réponse laconique du comte. Il me paraît peu probable que Maurizio ait le moindre lien avec l'enlèvement. »

Brunetti haussa les épaules et laissa retomber la dernière coquille vide dans son assiette, au milieu de celles qui s'y étaient accumulées.

« De toute façon, je ne sais même pas si c'est le fils Lorenzoni.

– Mais alors, pourquoi toutes ces questions ?

– Je te l'ai dit : deux personnes au moins, à un moment donné, ont pensé qu'il s'agissait d'une blague, d'un canular. Et il y a la pierre. Elle n'avait pu être placée là que depuis l'intérieur.

– Ils auraient pu escalader le mur », fit observer le comte.

Brunetti acquiesça.

« Bien entendu. Mais je sens qu'il y a quelque chose qui ne colle pas, dans cette histoire. »

Le comte lui adressa un coup d'œil intrigué, trouvant curieuse l'association de son gendre à ce genre d'intuition.

« En dehors de ce que tu m'as déjà dit, qu'est-ce qu'il y a qui ne te plaît pas, dans cette affaire ?

– Que personne n'ait cherché à savoir pourquoi ces deux personnes ont pu penser à une blague. Qu'il n'y ait aucun compte rendu d'interrogatoire du cousin dans le dossier. Quant à la pierre, personne ne s'en est étonné. »

Le comte posa sa fourchette sur les spaghettis qu'il n'avait pas terminés. Juste à ce moment-là, Valeria arriva pour débarrasser.

« Vous n'avez pas aimé les spaghettis, monsieur le comte ?

– Ils étaient délicieux, ma chère, mais il faut que je garde un peu de place pour la *coda*. »

Elle acquiesça et reprit son assiette, puis celle de Brunetti. Le comte remplissait à nouveau les verres lorsqu'elle revint. Le policier eut le plaisir de constater qu'il avait eu raison pour la *coda* : le poisson était décoré de brins de romarin et d'un radis solitaire.

« À quoi ça rime, ce genre de décoration ? » dit-il avec un mouvement du menton en direction de l'assiette du comte.

« Est-ce une vraie question, ou une simple critique du service ?

– Une question, c'est tout. »

Le comte prit son couteau et sa fourchette et ouvrit le poisson pour voir s'il était cuit à point. Satisfait, il répondit :

« Je me rappelle encore le temps où, pour quelques milliers de lires, on pouvait faire un excellent repas dans n'importe quelle *trattoria* ou *osteria* de la ville. Du risotto, du poisson, une salade et du bon vin. Rien de compliqué, simplement de la bonne nourriture, celle que les propriétaires mangeaient probablement eux-mêmes. L'époque où Venise était encore une ville vivante, où elle possédait encore une industrie, des artisans. Aujourd'hui, nous n'avons plus que les touristes, et les plus riches sont habitués à ce genre de fantaisies. Si bien que pour les séduire, il faut des plats qui soient aussi flatteurs pour l'œil. (Il prit un morceau de poisson.) Au moins celui-ci est-il bon, en plus d'être bien décoré. Et le tien ?

– Très bon. »

Brunetti déposa une arête sur le bord de son assiette avant de reprendre.

« Tu voulais me parler de quelque chose ? »

Le comte avait la tête penchée vers son assiette lorsqu'il répondit :

« C'est à propos de Paola.

– De Paola ?

– Oui, Paola. Ma fille. Ton épouse. »

Brunetti fut soudain balayé par une vague de colère devant le ton dédaigneux du comte ; mais il se retint et répondit simplement, d'une voix qui était le reflet du ton sarcastique de son interlocuteur :

« Et la mère de mes enfants. De tes petits-enfants. Il ne faudrait pas l'oublier. »

Le comte posa ses couverts dans l'assiette et repoussa celle-ci.

« Je ne voulais pas t'offenser, Guido...

– Alors ne me parle pas comme à un gamin », le coupa le policier.

Le comte prit la carafe de vin, mit la moitié de ce qui en restait dans le verre de Brunetti, et le fond dans le sien.

« Elle n'est pas heureuse. »

Il regarda Brunetti pour voir comment celui-ci prenait cette remarque ; comme le policier ne réagissait pas, il enchaîna :

« C'est notre seul enfant, et elle n'est pas heureuse.

– Pourquoi ? »

Le comte leva la main où il portait la chevalière aux armes des Falier. En la voyant, Brunetti ne put s'empêcher de penser aussitôt au cadavre enterré dans le champ ; et s'il s'agissait bien du fils Lorenzoni ? Dans ce cas, à qui allait-il devoir parler ? Au père, au cousin ? À la mère, peut-être ? Comment faire irruption au milieu d'un chagrin qu'allait raviver la macabre découverte ?

« Tu m'écoutes, Guido ?

– Bien sûr, mentit Brunetti. Tu me disais que Paola n'était pas heureuse, et je t'ai demandé pourquoi.

– Et j'étais en train de te l'expliquer, Guido, mais tu étais ailleurs, quelque part avec la famille Lorenzoni et le cadavre qu'on vient de trouver, à te demander comment exercer la justice. »

Il se tut un instant, attendant la réaction de son vis-à-vis.

« L'une des raisons que j'essayais de te donner était précisément cela : tu pourchasses les criminels avec une telle opiniâtreté que... »

Il s'interrompit une nouvelle fois, faisant aller et venir son verre sur la table ; il le tenait entre l'index et le majeur. Il leva les yeux sur Brunetti et sourit, mais sans provoquer de réaction similaire.

« ...que cela t'accapare complètement, Guido. Trop. Et je crois que Paola en souffre.

– Tu veux dire que j'y consacre trop de temps ?

– Non. J'ai dit exactement ce que je voulais dire. Tu te laisses prendre par tes enquêtes, par les gens qui ont commis des crimes et par ceux qui en ont subi les conséquences, et tu en oublies Paola et les enfants.

– Ce n'est pas vrai. Il est bien rare que je ne sois pas là quand ils ont besoin de moi. Nous faisons des tas de choses ensemble.

– Je t'en prie, Guido, dit le comte d'une voix radoucie. Tu es quelqu'un de trop intelligent pour croire, ou attendre de moi que je croie, que le seul fait d'être quelque part avec des gens signifie automatiquement que tu n'as pas la tête ailleurs. N'oublie pas que je t'ai vu fonctionner, pendant tes enquêtes ; je sais de quoi tu as l'air. Ton esprit disparaît. Tu parles, tu écoutes, tu vas ici et là avec les enfants, mais tu n'es pas vraiment avec eux. »

Le comte se servit un peu d'eau minérale et la but.

« D'une certaine manière, tu es comme le fils Lorenzoni, la dernière fois que je l'ai vu : distrait, distant, pas vraiment là.

– C'est Paola qui t'en a parlé ? »

Le comte eut un air presque surpris.

« Voyons, Guido, tu ne vas peut-être pas me croire, mais jamais Paola ne dirait un mot contre toi, ni à moi, ni à personne d'autre.

– Dans ce cas, comment es-tu aussi sûr qu'elle n'est pas heureuse ? »

Brunetti dut faire des efforts, en posant sa question, pour contenir la colère qu'il sentait monter en lui.

Machinalement, le comte prit un petit morceau de pain resté près de son assiette et se mit à le réduire en miettes entre ses doigts.

« À la naissance de Paola, les choses se sont mal passées, et Donatella a mis longtemps à s'en remettre ; c'est donc moi qui me suis presque tout le temps occupé du bébé. »

Devant l'expression interloquée de Brunetti, il éclata de rire.

« Je sais, je sais... Tu dois avoir du mal à m'imaginer en train de donner le biberon ou de changer les couches d'un bébé, mais c'est pourtant ce que j'ai fait pendant les premiers mois ; et lorsque Donatella est revenue à la maison, j'en avais pris l'habitude ; alors j'ai continué. Quand on a passé un an à s'occuper d'un bébé, à le nourrir, à le changer, à lui chanter des berceuses pour l'endormir, on sait très bien quand il est triste ou joyeux. »

Brunetti ouvrit la bouche pour objecter quelque chose, mais le comte enchaîna avant.

« Et peu importe que le bébé en question ait quatre mois ou quarante ans, ou que la cause de sa tristesse soit la colique ou des difficultés dans une relation de couple. On le sait. Je sais qu'elle n'est pas heureuse. »

Les protestations d'ignorance ou d'innocence de Brunetti moururent ici. Il avait lui-même changé les couches de ses enfants quand ils étaient bébés, et passé de nombreuses nuits à les tenir sur ses genoux, leur lisant quelque conte pendant qu'ils pleuraient et finissaient par s'endormir ; il avait toujours considéré que c'était à ces nuits, plus qu'à toute autre chose, qu'il devait le radar avec lequel il percevait immédiatement leur « esprit », pour reprendre une des expressions qu'avait employées son beau-père.

« Je ne sais pas faire ce que je fais autrement que je le fais, finit-il par avouer, d'un ton dont toute colère était tombée.

– Il y a une question que j'ai envie de te poser depuis longtemps, reprit le comte. Pourquoi est-ce aussi important pour toi ?

– Pourquoi *quoi* est si important pour moi ? D'arrêter les auteurs de crimes ? »

D'un geste de la main, Falier balaya l'esquive.

« Non, je ne pense pas que ce soit cela. Je vais reformuler ma question différemment. Pourquoi est-il si important pour toi que justice soit faite ? »

C'est le moment que choisit Valeria pour s'approcher de leur table, mais ni l'un ni l'autre n'avaient envie d'un dessert. Le comte commanda deux grappas et reporta aussitôt son attention sur Brunetti.

« Tu as lu les Grecs, n'est-ce pas ? finit par demander le commissaire.

– Certains, oui.

– Critias ?

– Oh, cela fait si longtemps que je n'en ai que le plus vague des souvenirs. Pourquoi ? »

Valeria réapparut, posa les verres devant eux et repartit en silence.

Brunetti souleva le sien et prit une petite gorgée.

« Je le cite approximativement, bien sûr, mais toujours est-il qu'il dit quelque part que ce sont les lois de l'État qui prendront soin des crimes publics, et que c'est la raison pour laquelle nous avons besoin de la religion, afin de pouvoir nous persuader que la justice divine s'occupera des crimes privés. »

Il s'interrompit pour prendre une nouvelle gorgée.

« Mais voilà, nous n'avons plus de religion, pas vraiment, n'est-ce pas ? (Le comte secoua la tête.) Dans ce cas, c'est peut-être ce que je cherche, même si j'en parle rarement, et même si, en réalité, je n'y pense pas souvent. Si la justice divine n'est plus là pour s'occuper des crimes privés, il est important que quelqu'un d'autre le fasse.

– Et qu'entends-tu exactement par crimes privés ? Par opposition à crimes publics, j'entends ?

– Donner de mauvais conseils pour pouvoir profiter ensuite des erreurs commises. Mentir. Trahir la confiance de quelqu'un.

– Rien de tout ceci n'est nécessairement illégal », observa le comte.

Brunetti secoua la tête.

« Ce n'est pas la question. C'est pour ça que ces exemples me sont venus à l'esprit. »

Il garda un instant le silence avant de reprendre.

« Les politiciens en sont peut-être un meilleur : attribuer des contrats à ses amis, fonder des décisions du gouvernement sur ses intérêts personnels, donner des postes à des membres de sa famille. »

Falier l'interrompit.

« Le quotidien de la vie politique en Italie, en somme ? »

Brunetti eut un acquiescement fatigué.

« Tu ne peux quand même pas décider tout seul dans ton coin que ces choses sont illégales et te mettre à punir les gens, si ?

– Non... Je crois que ce que je veux dire, c'est que je me trouve prisonnier du besoin de trouver les responsables de ce qui va mal, pas seulement des délits ; ou que je n'arrête pas de me poser des questions sur la différence entre les deux, mais que je n'arrive pas à la voir.

– Et ton épouse en souffre. Ce qui nous ramène à ma première remarque. »

Falier posa la main sur le bras de Brunetti.

« Je sais combien tu dois trouver tout ceci offensant, Guido. Mais c'est ma petite, et elle le sera toujours, et c'est pourquoi je voulais te parler. Avant qu'elle ne le fasse.

– Je ne sais pas trop si je dois te remercier ou non pour ce service, avoua Brunetti.

– C'est sans importance. Mon seul souci est le bonheur de Paola. »

Le comte se tut, réfléchissant à ce qu'il allait dire ensuite.

« Et même si cela te paraît difficile à admettre, Guido, le tien aussi. »

Brunetti acquiesça en silence, soudain trop ému pour parler. Voyant cela, Falier se tourna vers Valeria et lui fit signe de rédiger la note. Quand il reporta son attention sur son gendre, c'est d'un ton parfaitement normal qu'il lui demanda :

« Eh bien, qu'est-ce que tu penses de la nourriture, ici ? »

Et c'est aussi d'un ton parfaitement normal que Brunetti répondit :

« Excellente. Ton ami peut être fier de sa fille. Et tu peux être fier de la tienne.

– Je le suis, répondit simplement le comte.

– Merci. Je ne m'en doutais pas. »

Avant de l'avoir dite, Brunetti aurait cru cette déclaration difficile à faire, mais les mots étaient sortis sans peine de sa bouche.

« Non, je ne m'en doutais pas. »

9

Il était quinze heures lorsque Brunetti revint à la questure. Dès qu'il entra, Pucetti émergea du bureau proche de la porte, mais pas pour tendre son manteau au commissaire ; d'ailleurs, le vêtement n'était même pas en vue.

« On me l'a volé, hein ? » dit-il avec un sourire et un mouvement du menton en direction de l'*Ufficio Stranieri*.

Le bureau ayant fermé à midi et demi, la longue file d'attente avait disparu.

« Non, monsieur. Mais le vice-questeur nous a demandé de vous dire qu'il voulait vous voir quand vous rentreriez de déjeuner. »

Même un homme aussi bien disposé envers Brunetti que l'était Pucetti avait du mal à dissimuler sa colère en évoquant le message de Patta.

« Est-il lui-même rentré du sien ?

– Oui, monsieur. Il y a environ dix minutes. Il a demandé après vous. »

Inutile d'être spécialiste en messages secrets pour déchiffrer le code en cours à la questure : la question posée par Patta trahissait quelque chose de plus fort que le mécontentement habituel du vice-questeur envers son subordonné.

« Je vais aller le voir tout de suite, répondit Brunetti, prenant la direction de l'escalier central.

– J'ai mis votre manteau dans votre placard, monsieur », lança Pucetti dans son dos.

Brunetti leva simplement la main pour le remercier.

La signorina Elettra était à son poste, dans l'antichambre du vice-questeur. À l'entrée du commissaire, elle leva les yeux et lui dit aussitôt que le rapport d'autopsie l'attendait sur son bureau. En dépit de sa curiosité, il ne lui demanda pas ce qu'il contenait, même s'il était certain qu'elle l'avait lu. Car s'il ne connaissait pas les résultats, rien ne l'obligeait à parler de l'autopsie à Patta.

Il reconnut les pages d'un orangé pâle du *Il Sole Ventiquattro Ore*, le journal financier de l'Italie.

« Alors ? On travaille à ses actions ? demanda-t-il.

– Si l'on veut.

– C'est-à-dire ?

– J'ai investi dans une société qui a décidé d'ouvrir une usine pharmaceutique au Tadjikistan, et il y a un article, dans le journal, qui analyse le problème de l'ouverture des marchés dans ce qui était autrefois l'Union soviétique. Je voulais me faire une idée, pour savoir si j'allais rester ou retirer mes actions.

– Et ?

– Je crois que ça pue, voilà ce que j'en pense, répondit-elle en refermant le journal d'un grand geste.

– Et pourquoi ?

– Parce qu'on a l'impression que ces gens sont passés directement du Moyen Âge au capitalisme le plus avancé. Il y a cinq ans, ils en étaient encore à échanger des marteaux contre des pommes de terre, et maintenant ce sont des hommes d'affaires avec portable et BMW. D'après ce que j'ai compris, ajouta-t-elle en posant la main sur le journal plié, ils ont autant de sens moral qu'un nœud de vipères, et je n'ai aucune envie d'avoir le moindre rapport avec eux.

– Trop risqué ?

– Non, au contraire, répondit-elle calmement. J'ai l'impression que ce sera un investissement très profitable, mais je préfère ne pas prêter mon argent à des gens qui vont le placer n'importe où, et faire n'importe quoi pourvu qu'il y ait du profit au bout.

– Comme la banque ? » demanda Brunetti.

Lorsqu'elle était entrée dans la police, quelques années

auparavant, la signorina Elettra venait de quitter le poste de secrétaire du président de la Banca d'Italia, parce qu'elle avait refusé de prendre en dictée une lettre destinée à une banque d'Afrique du Sud. Il était manifeste que les Nations unies ne croyaient pas à leurs propres sanctions, mais la signorina Elettra avait jugé qu'elle ne pouvait pas ne pas les respecter, quitte à perdre son travail.

Elle leva les yeux avec le regard brillant d'un cheval de cavalerie qui vient d'entendre les trompettes sonner la charge.

« Exactement. »

Toutefois, s'il s'était attendu à ce qu'elle s'étendît sur la question ou fît la comparaison entre les deux affaires, il fut déçu.

Elle eut un regard significatif pour la porte de Patta.

« Il vous attend.

– Aucune idée ?

– Aucune. »

Le policier eut la soudaine vision d'une peinture qu'il avait vue reproduite dans son livre d'histoire, en cours moyen ; on y voyait un gladiateur romain qui se tournait pour saluer l'empereur avant d'aller livrer bataille à un ennemi qui avait non seulement une épée plus grande mais dix kilos de plus.

« *Ave atque vale*, dit-il avec un sourire.

– *Morituri te salutant* », répondit-elle d'un ton aussi uni que si elle lui lisait les horaires de chemins de fer.

Dans le bureau, le thème romain se poursuivit d'une autre manière : Patta se tenait de profil, exhibant un nez réellement digne d'un empereur. Lorsqu'il se tourna vers Brunetti, cependant, tout ce qu'il avait d'impérial s'évapora, remplacé par une expression vaguement porcine, sans doute due à sa tendance à plisser les yeux, qu'il avait brun foncé ; on avait l'impression qu'ils s'enfonçaient de plus en plus dans les plis de sa peau toujours impeccablement bronzée.

« Vous vouliez me voir, monsieur le vice-questeur ? demanda Brunetti d'un ton neutre.

– Auriez-vous perdu l'esprit, Brunetti ? » rétorqua Patta sans autre préambule.

« Si j'apprenais que quelque chose inquiète ma femme et que je n'ai rien fait pour y remédier, ce serait le cas », eut-il envie de répondre. Mais il se contenta de dire :

« À quel propos, monsieur ?

– À propos de ces recommandations pour les promotions et les félicitations », expliqua Patta en faisant lourdement retomber la main sur le dossier fermé qui se trouvait posé devant lui. Je n'ai jamais vu un cas de favoritisme et de préjugé aussi flagrant de toute ma vie. »

Patta étant sicilien, il devait pourtant en avoir vu beaucoup, songea Brunetti.

« Je ne suis pas sûr de très bien comprendre, monsieur.

– Bien sûr que si. Vous ne recommandez que des Vénitiens : Vianello, Pucetti et – comment s'appelle-t-il, celui-là ? »

Il ouvrit le dossier et parcourut des yeux la première page, puis la seconde. Il frappa soudain celle-ci d'un index vengeur.

« Ah, Bonsuan. Comment pourrions-nous demander la promotion d'un pilote de bateau ?

– De la même manière qu'on demande celle de n'importe quel policier, c'est-à-dire en le faisant progresser d'un grade et en lui accordant le salaire qui va avec.

– Et pour quelle raison ? demanda Patta de manière rhétorique, consultant de nouveau la page. Pour "manifestation évidente de courage lors de la poursuite d'un criminel en fuite", lut-il d'un ton emphatique et sarcastique. Vous voulez lui donner de l'avancement parce qu'il a poursuivi quelqu'un avec son bateau ? »

Patta se tut, mais comme Brunetti ne répondait pas, il continua avec encore plus de sarcasme dans la voix.

« Sans compter qu'ils n'ont même pas rattrapé l'homme qu'ils poursuivaient, n'est-ce pas ? »

Brunetti attendit quelques secondes avant de répondre. Lorsqu'il le fit, ce fut d'un ton dont le calme contrastait furieusement avec celui qu'avait employé Patta.

« Non, monsieur. Pas parce qu'il poursuivait un criminel avec son bateau. Mais parce qu'il a arrêté son bateau, alors qu'on lui tirait dessus, et qu'il s'est jeté à l'eau pour porter secours à un autre policier qui avait reçu un coup de feu et qui venait d'y tomber.

– La blessure n'était pas sérieuse, observa Patta.

– Je ne suis pas sûr que le policier Bonsuan ait eu le loisir ou l'idée d'en évaluer la gravité, monsieur. Surtout lorsqu'il a vu que son collègue était dans l'eau.

– De toute façon, c'est impossible. Nous ne pouvons pas faire monter en grade quelqu'un qui est seulement pilote. »

Brunetti ne dit rien.

« Pour ce qui est de Vianello, on peut peut-être faire quelque chose », concéda Patta avec un singulier manque d'enthousiasme.

Le sergent se trouvait au Standa, un samedi, en début d'après-midi, lorsqu'un homme était entré dans le magasin, armé d'un couteau, et avait menacé le caissier, le chassant de sa place ; après quoi, il s'était mis à vider la caisse, placée non loin de la porte. Vianello, qui se trouvait dans le magasin pour acheter des lunettes de soleil, s'était caché derrière un présentoir et, lorsque l'homme s'était précipité vers la sortie, il l'avait plaqué au sol, désarmé et arrêté.

« Et ne me parlez même pas de Pucetti », reprit Patta avec colère.

Six semaines auparavant, le jeune policier, qui était un fanatique de vélo, alors qu'il faisait une randonnée dans les montagnes au nord de Vicenza, avait failli être renversé par ce qui se révéla être plus tard un conducteur ivre. Quelques minutes plus tard, il était tombé sur la même voiture ; elle venait de s'écraser contre un arbre et avait pris feu. Pucetti avait sorti l'homme du véhicule et s'était, ce faisant, gravement brûlé aux mains.

« Les choses se sont passées hors de notre juridiction, et on ne peut donc pas le citer pour des félicitations », grogna le vice-questeur en guise d'explication.

Il referma le dossier et regarda Brunetti.

« Mais ce n'est pas pour ces raisons que je voulais vous voir. »

S'il s'agissait des autres notices qu'avaient lues Patta, le commissaire savait à quoi il devait s'attendre.

« Non seulement vous n'avez pas recommandé le lieutenant Scarpa pour des félicitations, mais vous avez même suggéré qu'il soit transféré. »

C'est avec le plus grand mal que Patta contenait sa rage. Il avait emmené le lieutenant dans ses bagages quand il avait lui-même été nommé à Venise, quelques années auparavant ; depuis lors, Scarpa tenait le rôle d'assistant du vice-questeur mais, surtout, espionnait pour le compte de son maître.

« C'est exact.

– Je ne saurais le tolérer.

– Tolérer quoi, vice-questeur ? Que le lieutenant soit transféré, ou que je me sois permis de le suggérer ?

– Les deux. »

Brunetti garda le silence, attendant de voir jusqu'où Patta serait capable d'aller pour défendre sa créature.

« Vous savez que j'ai tout pouvoir pour refuser de transmettre ces recommandations ? »

Il garda un instant le silence, avant de préciser :

« De les refuser toutes.

– Oui, je le sais.

– Alors, avant que je fasse mes propres recommandations au questeur, je vous suggère de retirer les remarques que vous avez faites à propos du lieutenant. »

Comme Brunetti restait sans réaction, il ajouta :

« Vous m'avez entendu, commissaire ?

– Tout à fait.

– Eh bien ?

– Rien ne pourra me faire changer d'avis sur le lieutenant Scarpa. Rien ne pourra me faire changer la teneur de mes recommandations.

– Vous savez qu'elles seront lettres mortes, n'est-ce pas ? insista Patta en repoussant cette fois le dossier de côté, comme pour éloigner tout risque de contamination.

– Peut-être, mais elles resteront dans les archives, fit remarquer Brunetti – même s'il était bien placé pour savoir avec quelle facilité pouvait disparaître un dossier gênant.

– Je ne vois vraiment pas à quoi cela pourrait servir.

– Je suis un amateur d'histoire. J'aime que les choses soient classées et conservées.

– Pour ce qui est du lieutenant Scarpa, la seule chose qui mérite d'être conservée est le fait que c'est un excellent officier et un homme digne de ma confiance.

– Dans ce cas, faites archiver cette opinion, vice-questeur, et je ferai archiver la mienne. Et un jour, comme c'est toujours le cas lorsqu'on se penche sur l'histoire, de futurs lecteurs détermineront qui, de nous deux, avait raison.

– Je ne sais pas de quoi vous parlez, Brunetti ; nous n'avons nul besoin de futurs lecteurs, d'histoire, et d'archiver ces choses. Ce dont nous avons besoin est de nous soutenir mutuellement dans un esprit de confiance. »

Brunetti ne répliqua rien, ne voulant pas encourager Patta à débiter ses platitudes habituelles sur la nécessaire poursuite de la justice et le respect de la loi, deux choses qui, aux yeux du vice-questeur, étaient identiques. Ce dernier n'avait pas besoin d'encouragements, cependant, et il s'attarda quelques minutes sur ce thème bien rodé, temps que Brunetti consacra à essayer de déterminer les questions qu'il devait poser à Maurizio Lorenzoni. Indépendamment de ce qu'allaient être les résultats de l'autopsie, il tenait à étudier d'un peu plus près cet enlèvement ; commencer par le neveu, à savoir le petit génie de la famille, n'était pas une mauvaise idée.

Le brusque changement de ton de Patta le tira de sa rêverie.

« Si je vous ennuie, Dottor Brunetti, vous pouvez me le dire et disposer. »

Le commissaire se mit aussitôt debout ; il sourit, ne dit rien, et quitta le bureau de son supérieur.

10

UNE FOIS DANS son bureau, Brunetti alla tout droit à la fenêtre pour l'ouvrir ; il y resta quelques instants à regarder l'endroit où Bonsuan rangeait habituellement son bateau ; ce n'est qu'ensuite qu'il alla s'installer à son bureau pour lire le rapport d'autopsie. Avec les années, il avait fini par s'habituer au jargon et aux idiosyncrasies qui truffaient ce genre de comptes rendus. La terminologie était entièrement médicale dans la désignation des os, des muscles, des organes, des tendons ; la grammaire semblait ne connaître que le subjonctif et le conditionnel : « ... si nous avons affaire au cadavre d'une personne en bonne santé... on n'aurait pas dû déplacer le corps... si on nous demandait une estimation... »

Jeune, de sexe masculin, probablement une vingtaine d'années, traces de travaux sur les dents. Taille estimée : 1,80 m. Poids estimé : pas plus de 60 kg. Cause du décès : très probablement une balle tirée dans la tête (pièce jointe : une photo du trou dans l'occiput, sa petitesse n'empêchant en rien de le faire paraître pour ce qu'il était, mortel). Le sillon apparaissant dans l'os de l'orbite gauche était peut-être la trace laissée par la balle à sa sortie.

Brunetti arrêta un instant sa lecture pour méditer sur ce souci de prudence permanent manifesté par les médecins légistes. Aurait-on trouvé un cadavre avec une dague enfoncée dans le cœur qu'on aurait lu dans le rapport : « La cause de la mort *semble* être... » Il regretta que l'autopsie n'eût pas été pratiquée par Ettore Rizzardi, le médecin légiste de Venise. Cela faisait tellement d'années qu'ils collaboraient que Brunetti arrivait en général à l'obliger à abandonner la langue de bois et la formulation spéculative de ses rapports ; une ou deux fois, il avait même réussi à lui faire envisager la possibilité que la cause du décès fût différente de celle suggérée par l'autopsie.

Le passage du tracteur ayant dispersé une partie des os et brisé le reste, il n'y avait aucun moyen de déterminer si la bague retrouvée avait bien été passée à l'annulaire du défunt. Les policiers arrivés les premiers sur le site n'avaient pas repéré l'emplacement exact où ils l'avaient découverte, avant de la donner au médecin légiste ; impossible, donc, de dire où elle était située par rapport à la position du corps, lequel avait été encore plus dérangé par eux.

Outre une paire de chaussures en cuir noir de taille 42, l'homme portait des chaussettes de coton de couleur sombre, ainsi que des pantalons bleus en lainage et une chemise blanche quand il avait été enterré. Brunetti se rappela que le rapport de police mentionnait que Lorenzoni portait un costume bleu lors de son enlèvement. Du fait des pluies abondantes qui avaient arrosé la province de Belluno l'automne et l'hiver précédents, et de la situation du champ au bas de deux collines, ce qui favorisait l'accumulation de l'eau, la décomposition du tissu des vêtements comme des chairs avait été plus rapide que la normale.

On ne connaîtrait les résultats des examens toxicologiques conduits sur les organes que dans une semaine, ainsi que certains autres examens pratiqués sur les os. Même si les tissus pulmonaires étaient en trop mauvais état pour qu'on puisse se prononcer avec certitude, ils laissaient supposer que l'homme avait été un gros fumeur. Brunetti pensa à ce que lui avait dit la petite amie de Roberto et en vint à désespérer des autopsies. Dans une chemise en plastique transparent, il y avait un jeu complet de radiographies des dents.

« Bon, le dentiste, à présent », dit Brunetti à voix haute, tendant la main vers le téléphone. Il ouvrit le dossier

Lorenzoni et retrouva le numéro de téléphone du comte Ludovico.

« *Pronto*, fit une voix masculine au bout de la troisième sonnerie.

– Comte Lorenzoni ? demanda Brunetti.

– Signor Lorenzoni, corrigea la voix, sans préciser si elle voulait dire par là qu'elle appartenait à Maurizio Lorenzoni ou si c'était le comte affirmant sa solidarité démocratique avec le peuple.

– Signor Maurizio Lorenzoni ?

– Oui.

– Le commissaire Guido Brunetti à l'appareil. J'aimerais vous parler, à vous ou à votre oncle, si possible dès cet après-midi.

– Et à quel sujet, commissaire ?

– Au sujet de Roberto. Votre cousin Roberto. »

Il y eut un long silence à l'autre bout du fil.

« Vous l'avez retrouvé ?

– On a retrouvé un corps dans la province de Belluno.

– Belluno ?

– Oui.

– C'est Roberto ?

– On ne sait pas, Signor Lorenzoni. C'est possible, car il s'agit des restes d'un homme jeune, d'environ vingt ans, mesurant un mètre quatre-vingt...

– Cette description pourrait convenir à la moitié des jeunes gens d'Italie, observa Maurizio.

– On a trouvé avec lui une chevalière aux armes des Lorenzoni, ajouta Brunetti.

– Quoi ?

– Le blason de votre famille.

– Qui l'a identifié ?

– Le médecin légiste.

– Il en est sûr ? demanda Maurizio.

– Oui. À moins que ces armes n'aient fait l'objet d'un changement récent... » ajouta Brunetti d'un ton paisible.

La question suivante du jeune Lorenzoni n'arriva une fois de plus qu'au bout d'un long silence.

« Où était-ce, exactement ?

– Près d'un village qui s'appelle Col di Cugnan, pas loin de Belluno. »

Nouveau silence encore plus prolongé. Puis, d'une voix infiniment plus douce, Maurizio demanda :

« Pouvons-nous le voir ? »

S'il n'y avait eu cet adoucissement dans le ton, Brunetti aurait répondu qu'il n'y avait pas grand-chose à voir. Il préféra employer une autre formule.

« J'ai bien peur qu'il faille procéder à l'identification par d'autres moyens.

– Que voulez-vous dire ?

– Le corps que l'on a retrouvé est resté un certain temps dans le sol, et il est dans un état de décomposition avancé.

– De décomposition ?

– Cela nous aiderait beaucoup si vous pouviez nous mettre en contact avec son dentiste. Il y a des traces importantes de travaux d'orthodontie.

– Oh, mon Dieu, murmura le jeune homme. Roberto a porté un appareil pendant des années.

– Pouvez-vous me donner le nom du dentiste ?

– Francesco Urbani. Son cabinet est Campo San Stefano. Nous allons tous chez lui. »

Brunetti prit note du nom et de l'adresse.

« Merci, Signor Lorenzoni.

– Quand saurez-vous si... ? Dois-je en parler à mon oncle ? »

Il marqua une pause et ajouta, mais ce n'était pas une question :

« Et à ma tante... »

Brunetti prit les clichés de la radiographie bordés de blanc. Il pouvait envoyer Vianello chez le dentiste dès cet après-midi.

« Je devrais être en mesure de vous donner des informations dès aujourd'hui. J'aimerais aussi parler à votre oncle et à votre tante, si c'est possible. Ce soir ?

– Oui, oui, répondit machinalement Maurizio. À ma tante aussi, oui. »

Le dentiste, il en avait la certitude, ne ferait que

confirmer sa conviction intime. Il décida qu'il lui fallait voir les Lorenzoni, tous les Lorenzoni, et le plus vite possible.

« Je vais venir leur parler en personne, si vous préférez.

– Oui, je crois que ça vaut mieux. Mais si le dentiste dit que ce n'est pas Roberto ?

– Dans ce cas, je vous rappellerai et vous le dirai. Au même numéro ?

– Non. Je vais vous donner celui de mon portable. »

Brunetti nota le numéro, dit qu'il serait là-bas à dix-neuf heures, et s'abstint volontairement de tout commentaire sur ce qu'il ferait si jamais les radiographies dentaires ne concordaient pas.

« D'accord, dix-neuf heures », répondit Maurizio Lorenzoni, qui raccrocha sans se soucier de donner des précisions sur l'adresse ou comment la rejoindre.

Sans doute son seul nom, à Venise, devait-il suffire.

Brunetti appela aussitôt Vianello pour qu'il montât prendre les radiographies dentaires ; après lui avoir expliqué sa mission en quelques mots, il lui demanda de transmettre les résultats par téléphone depuis le cabinet du dentiste.

Quel effet cela faisait-il, d'avoir un enfant enlevé ? Que ressentirait-il, si la victime était son propre fils, Raffi ? À cette seule idée, il sentit son estomac se nouer de peur et de dégoût. Il se souvint de l'épidémie de kidnappings qui avait balayé la Vénétie, dans les années 80, et de l'explosion d'activité qu'avaient connue les entreprises de sécurité privées. Le gang avait été démantelé quelques années auparavant, on avait condamné ses chefs à la prison à vie. Avec une pointe de culpabilité, il se surprit à penser que le châtiment n'était pas à la mesure de la faute, mais la question de la peine de mort était un sujet provoquant des réactions tellement épidermiques, dans sa famille, qu'il ne poussa pas le raisonnement jusqu'à sa conclusion logique.

Il lui fallait voir le mur d'enceinte ; estimer s'il était facile ou non à escalader ; deviner comment on avait pu disposer la pierre de l'autre côté de la grille. Il allait contacter la police de Belluno pour se renseigner sur les enlèvements dans la région, qu'il avait toujours cru être l'une des provinces du pays où les crimes étaient les plus rares – mais peut-être était-ce une vision sentimentale de l'ancienne Italie. Suffisamment de temps avait passé depuis l'affaire, et si les Lorenzoni avaient réussi à emprunter assez d'argent pour payer la rançon, peut-être avoueraient-ils l'avoir fait, à présent. Mais si oui, comment avaient-ils effectué le paiement, et quand ?

En homme expérimenté, il ne cessait de se dire qu'il sautait aux conclusions sans détenir la preuve définitive que c'était bien le corps du jeune Lorenzoni que l'on avait retrouvé ; c'était aussi l'homme expérimenté en lui qui disait qu'il n'avait même pas besoin de cette preuve, ici. L'intuition suffisait.

Il repensa à la conversation qu'il avait eue avec le comte Orazio et à sa répugnance à accepter l'intuition de son beau-père. Il était déjà arrivé à Paola de dire qu'elle se sentait vieille, que le meilleur de la vie était passé ; mais jusqu'ici, il avait toujours réussi à l'arracher à ces idées noires. Il ignorait tout de la ménopause : le seul fait de prononcer le mot le gênait. Cela signifiait-il qu'il se passait quelque chose dans ce genre ? N'avait-elle pas des bouffées de chaleur ? Des fringales bizarres ?

Il se rendit compte qu'il aurait préféré que l'explication fût d'ordre physiologique ; au moins n'aurait-il eu aucune responsabilité dans l'histoire, et rien à faire. Le prêtre chargé de l'enseignement religieux, à l'école, lui avait dit jadis qu'il devait examiner sa conscience avant d'aller se confesser. Car il y avait aussi, avait-il expliqué, des péchés par omission, et pas seulement des péchés présents ; même alors, cependant, Brunetti avait trouvé difficile de distinguer entre les deux. Et maintenant qu'il était adulte, il avait encore plus de mal à saisir la différence.

Il se prit à penser qu'il devrait apporter des fleurs à Paola, l'emmener dîner au restaurant, la faire parler de son travail. Mais en même temps qu'il envisageait ces gestes, il prenait conscience de ce qu'ils avaient de totalement artificiel, même à ses propres yeux. S'il avait connu l'origine de sa mélancolie, il aurait pu avoir une idée de ce qu'il pouvait faire.

Ce n'était pas quelque chose qui se passait à la maison, où Paola avait toujours le même comportement explosif. À son travail, alors ? S'il se fiait à ce qu'elle déclarait depuis des années, cependant, il ne voyait pas comment quelqu'un d'intelligent ne sombrerait pas dans le désespoir, confronté aux stratégies byzantines de l'université. Mais cette situation la mettait en général en rage, et personne n'accueillait aussi joyeusement la perspective d'une bonne bagarre que Paola. Or, le comte avait dit qu'elle était malheureuse.

Les pensées de Brunetti allèrent de la mélancolie de Paola à la sienne, et il eut la surprise de découvrir que, jusqu'ici, il ne s'était jamais posé la question de savoir s'il était heureux ou non. Amoureux de sa femme, fier de ses enfants, capable de bien faire son travail, pourquoi se la serait-il posée, et que pouvait-on trouver de plus que ces trois choses pour faire le bonheur d'un homme ? Il avait affaire quotidiennement à des gens qui se considéraient malheureux et croyaient de plus que leur situation changerait s'ils commettaient quelque crime, vol, meurtre, tromperie, chantage, et même enlèvement ; qu'ils y trouveraient l'élixir magique qui allait transformer ce qu'ils considéraient comme leur situation malheureuse en cet état des plus désirable, le bonheur. Brunetti se voyait trop souvent dans l'obligation d'examiner les conséquences de ces crimes, et ce qu'il constatait surtout était la destruction de tout bonheur possible.

Paola se plaignait souvent que personne ne l'écoutait, à l'université ; qu'en réalité à peu près personne n'écoutait ce que les autres avaient à dire, mais il ne s'était jamais cru concerné par cette dénonciation. L'écoutait-il vraiment ? Quand elle déplorait le niveau de plus en plus médiocre de ses étudiants et les stratégies égoïstes de ses collègues, était-il suffisamment attentif ? Mais à peine s'était-il posé la question qu'une autre se coulait insidieusement dans son esprit : est-ce qu'elle l'écoutait, lui, lorsqu'il se plaignait de Patta ou des cas d'incompétence auxquels il était confronté tous les jours ? Il ne faisait pourtant aucun doute, à ses yeux, que les conséquences de ce qu'il observait étaient infiniment plus graves que le fait qu'un étudiant eût oublié qui avait écrit *I Promessi Sposi* ou ne sût pas qui était Aristote.

En ayant soudain assez de la futilité de ces réflexions, il se leva et s'approcha de la fenêtre. Le bateau de Bonsuan était de nouveau à son mouillage, mais le pilote restait invisible. Brunetti savait que le fait d'avoir refusé de recommander le lieutenant Scarpa avait coûté sa promotion à Bonsuan, mais il savait aussi, avec une quasi-certitude, que le Sicilien avait trahi un témoin et par là provoqué sa mort. Il avait déjà du mal à se trouver dans la même pièce que lui : recommander une promotion pour le lieutenant serait revenu à approuver son comportement. Il regrettait que ce fût Bonsuan qui eût à payer le prix de son mépris pour Scarpa, sauf qu'il ne voyait pas comment sortir de ce dilemme.

Il repensa à Paola, mais chassa cette pensée de son esprit et s'éloigna de la fenêtre. Il descendit jusque dans le bureau de la signorina Elettra, à qui il déclara dès son entrée qu'il était temps de rouvrir le dossier Lorenzoni.

« C'est donc bien lui ? demanda-t-elle, levant les yeux de son clavier.

– Je crois, mais j'attends un appel de Vianello. Il est allé vérifier les radiographies des dents.

– La pauvre mère, dit Elettra, ajoutant au bout d'une seconde : je me demande si elle est croyante.

– Pourquoi ?

– Ça aide les gens, quand il arrive des choses terribles, comme lorsqu'un proche meurt.

– Et vous ? Êtes-vous croyante ?

– Par pitié ! répondit-elle, repoussant cette idée de ses deux mains levées. Je n'ai pas remis les pieds dans une église depuis ma confirmation. Cela aurait rendu mes parents trop malheureux si je ne l'avais pas faite, et c'était le cas pour à peu près toutes mes camarades. Mais depuis, je n'ai rien voulu savoir de la religion.

– Dans ce cas, pourquoi dites-vous que ça aide les gens ?

– Parce que c'est vrai, répondit-elle simplement. Ce n'est pas parce que je n'y crois pas que cela n'aide pas les autres. Ce serait ridicule de le nier. Il faudrait être folle. »

Ce que la signorina Elettra n'était pas, il le savait fort bien.

« Bon, et les Lorenzoni ? demanda-t-il, précisant aussitôt le sens de sa question. Non, je ne m'intéresse pas à leurs convictions religieuses. J'aimerais savoir un maximum de choses sur eux ; leur mariage, leurs affaires, leurs domiciles, qui sont leurs amis, qui est leur avocat.

– Vous devriez trouver une bonne partie de ces renseignements dans *Il Gazettino*, dit-elle. Je vais voir ce qu'il y a dans les archives.

– Pourriez-vous le faire sans y laisser d'empreintes digitales, éventuellement ? demanda-t-il, même s'il ne savait pas très bien pourquoi il n'avait pas envie qu'on sache qu'il faisait des recherches sur la famille.

– Ma main sera aussi délicate que des moustaches de chat », répliqua-t-elle avec un réel plaisir, ou de l'orgueil, dans la voix.

Elle eut un signe de tête en direction de son ordinateur.

« Vous allez vous servir de ça ? »

Elle sourit.

« Tout est là-dedans.

– Comment, tout ?

– Si l'un d'eux a eu des histoires avec nous », répondit-elle.

Il se demanda si elle se rendait compte de la manière totalement inconsciente dont elle avait fait usage du pronom personnel.

« Vous pouvez toujours essayer. Je n'y avais pas pensé.

– À cause de son titre ? »

Elle le regardait un sourcil levé, la commissure de ses lèvres tournée vers le haut en un sourire légèrement ironique.

Brunetti se rendit compte qu'elle avait vu juste, mais secoua néanmoins la tête.

« Je ne me souviens pas d'avoir entendu prononcer leur nom dans aucune affaire. Mis à part celle de l'enlèvement, bien entendu. Savez-vous des choses sur eux ?

– Seulement que Maurizio a mauvais caractère, et que c'est souvent aux dépens des autres.

– Que voulez-vous dire ?

– Qu'il déteste qu'on l'empêche d'arriver à ses fins ; et que dans ce cas, son comportement peut être désagréable.

– Comment êtes-vous au courant ?

– De la même manière que je suis au courant de beaucoup de choses sur la santé des gens de cette ville.

– Par Barbara ?

– Oui. Pas parce qu'elle était le médecin concerné ; je ne crois pas qu'elle me l'aurait dit. Mais nous avons dîné un soir avec un autre médecin, celui qui assure son remplacement quand elle part en vacances, et il a dit qu'il avait vu une femme qui avait eu la main cassée par Maurizio Lorenzoni.

– Il lui a cassé la main ? Comment ?

– En claquant la portière de sa voiture dessus. »

Brunetti souleva les sourcils.

« Je vois ce que vous voulez dire par *désagréable.* »

Mais la jeune femme secoua la tête.

« Non, ce n'était pas aussi grave qu'il y paraît, pas vraiment. Même la fille a dit qu'il ne l'avait pas fait exprès. Ils s'étaient disputés. Si j'ai bien compris, ils étaient allés dîner quelque part sur le continent, et il l'avait invitée ensuite à la villa, celle où l'autre a été enlevé. Elle aurait refusé et lui aurait demandé de la ramener à Venise. Il était très en colère, mais il a fini par céder. Lorsqu'ils sont arrivés dans le parc de stationnement Piazzale Roma, quelqu'un d'autre avait mis sa voiture sur son emplacement. Il a été obligé de se garer contre un mur, et elle a donc dû descendre par le côté du conducteur. Il l'avait oubliée, et il a claqué la portière au moment même où elle s'accrochait au bord pour s'aider à descendre.

– Elle a affirmé qu'il ne l'avait pas vue ?

– Oui. Quand il l'a entendue crier et qu'il a vu ce qu'il venait de faire, il était terrifié, il pleurait presque. C'est du moins ce qu'elle a raconté à l'ami de Barbara. Il est descendu et a fait venir un taxi-vedette pour la conduire aux urgences de l'Hôpital civil, et le lendemain, il l'a conduite lui-même à Udine pour consulter un spécialiste.

– Pourquoi est-elle allée voir le remplaçant de votre sœur ?

– Elle a eu une sorte d'infection cutanée, sous son plâtre. Il l'a traitée pour ça. Et évidemment, il lui a demandé comment c'était arrivé.

– Et c'est la version qu'elle lui a donnée ?

– D'après lui, oui. Il avait l'air de penser qu'elle disait la vérité.

– A-t-elle intenté une action en dommages et intérêts ?

– Non, pas que je sache.

– Connaissez-vous le nom de cette jeune femme ?

– Non, mais je pourrais l'obtenir par l'ami de Barbara.

– Je vous en prie, faites-le. Et voyez ce que vous pouvez trouver encore sur les uns ou les autres.

– Seulement en ce qui concerne les crimes et les délits, commissaire ? »

Son premier mouvement fut de répondre par l'affirmative ; puis il pensa aux contradictions apparentes dans le comportement de Maurizio – capable de se mettre en rage lorsqu'il essuyait le refus d'une femme, puis d'être ému aux larmes en voyant qu'il lui avait cassé la main. Il avait envie de savoir quelles autres contradictions se dissimulaient chez les Lorenzoni.

« Non, voyez tout ce que vous pouvez trouver sur eux, n'importe quoi.

– Très bien, Dottore, répondit-elle en se tournant vers son clavier. Je vais commencer par Interpol et voir ensuite ce qu'il peut y avoir dans *Il Gazzettino*. »

Brunetti eut un mouvement du menton en direction de l'ordinateur.

« Vous allez vraiment pouvoir le faire uniquement avec cette machine ? Sans décrocher le téléphone ? »

Elle le regarda avec une expression d'infinie patience, de ce même regard qu'avait eu pour elle son professeur de chimie à chaque fois qu'elle ratait une expérience.

« Les seuls qui m'appellent par téléphone, aujourd'hui, sont ceux qui veulent dire des obscénités.

– Et tout le monde se sert de ce truc ? demanda-t-il en montrant une petite boîte noire posée sur le bureau.

– On appelle ça un modem, monsieur.

– Ah, oui, ça me revient. Eh bien, voyez ce qu'il a à nous raconter sur les Lorenzoni. »

Avant que la signorina Elettra, que tant d'ignorance laissait pantoise, pût commencer à lui expliquer ce qu'était un modem et comment fonctionnait l'appareil, Brunetti avait fait demi-tour et quitté le bureau. Personne ne vit, dans ce départ précipité, une occasion perdue pour l'avancement du savoir de l'humanité.

11

SON TÉLÉPHONE SONNAIT lorsqu'il arriva à son bureau ; il se précipita pour décrocher. Avant même qu'il ait pu décliner son identité, Vianello disait :

« C'est Lorenzoni.

– Les radiographies concordent ?

– À la perfection. »

Il avait beau s'y être attendu, il dut faire un effort pour assimiler ce qui était à présent une certitude. C'était une chose de dire à quelqu'un qu'il y avait une possibilité qu'on ait découvert le corps de son cousin ; mais c'en était une bien différente d'annoncer à des parents que leur seul enfant était mort. Leur seul fils.

« *Gesu, pieta*, ne put-il s'empêcher de murmurer, élevant de nouveau la voix pour parler à Vianello. Est-ce que le dentiste avait des choses à raconter sur le garçon ?

– Pas directement, non. Il avait l'air triste d'apprendre qu'il était mort. J'ai l'impression qu'il l'aimait bien.

– Qu'est-ce qui te le fait penser ?

– La manière dont il parlait de lui. Après tout, ce gosse a été son patient pendant des années. Depuis l'âge de quatorze ans. D'une certaine manière, il l'a vu grandir. »

Comme Brunetti ne disait rien, Vianello reprit :

« Je suis toujours dans son bureau. Voulez-vous que je lui demande autre chose ?

– Non, non, ce n'est pas la peine, Vianello. Il vaut mieux que tu reviennes ici. Je voudrais que tu ailles à Belluno demain matin, et il faut pour ça que tu lises tout le dossier d'ici là.

– Bien, monsieur », répondit le sergent, qui raccrocha sans poser d'autre question.

Vingt et un ans, et mort d'une balle dans la tête. À vingt et un ans, on n'a pas vécu sa vie ; à peine a-t-elle commencé, en vérité. Celui ou celle qui doit sortir du cocon de la jeunesse est encore presque entièrement à l'état latent. Et ce garçon était mort. Brunetti pensa à la fortune colossale de son propre beau-père, et se dit une fois de plus que c'était tout aussi bien son unique petit-fils, Raffi, qui aurait pu être ainsi enlevé et assassiné. Ou sa petite-fille. Cette possibilité chassa Brunetti de son bureau et de la questure, et il fonça chez lui, soudain pris d'une inquiétude irrationnelle : tel saint Thomas, il lui fallait les toucher pour croire qu'ils étaient en sécurité.

Il ne se rendit pas compte qu'il grimpait l'escalier plus vite que d'habitude, si bien qu'il se trouva hors d'haleine en arrivant sur le palier précédant la dernière volée de marches, et qu'il dut s'adosser pendant une minute au mur pour souffler. Puis il se redressa d'un coup de reins et monta les dernières marches tout en sortant les clefs de sa poche.

Il ouvrit et se tint dans l'encadrement de la porte, tendant l'oreille pour essayer de localiser tout le monde et s'assurer qu'ils étaient en sécurité, derrière les murs qu'il leur avait donnés. Venant de la cuisine, il entendit le fort tintement métallique d'un objet qui tombe sur le sol, puis la voix de Paola qui s'élevait :

« Ça ne fait rien, Chiara. Lave-le et remets-le dans la poêle. »

Il se tourna vers la chambre de Raffi, d'où sortaient les coups sourds d'une rythmique, bruit effrayant en général qualifié de musique par la jeune génération. Jamais de mélodie. Il n'en discernait aucune, d'ailleurs, mais il trouva néanmoins ce boucan réconfortant.

Il accrocha son manteau dans le placard de l'entrée et emprunta le long corridor conduisant à la cuisine.

« *Ciao*, papa. Maman m'apprend à faire les raviolis. Ce sera pour ce soir. »

Elle mit ses mains couvertes de farine dans son dos et s'avança vers lui. Il se pencha et Chiara l'embrassa sur les deux joues – après quoi il essuya une longue traînée de farine sur l'une d'elles.

« Avec plein de champignons, n'est-ce pas, maman ? » demanda-t-elle en se tournant vers Paola qui officiait devant la cuisinière, faisant sauter les *funghi* dans une grande poêle.

Elle acquiesça sans arrêter de tourner sa cuillère de bois.

Sur la table s'empilaient quelques raviolis dont la forme bizarre se rapprochait plus ou moins d'un rectangle.

« C'est de ça que tu parles ? demanda-t-il, se souvenant des angles parfaitement droits de ceux que préparait sa mère.

– Tu verras, ils seront très bien quand ils seront remplis. »

Elle se tourna vers sa mère pour en avoir la confirmation.

« C'est pas vrai, maman ? »

Paola continua à remuer ses champignons et hocha la tête ; puis elle se tourna vers son mari, acceptant son baiser sans faire de commentaire.

« C'est pas vrai, maman ? répéta Chiara, un ton plus haut.

– Oui. Encore quelques minutes et nous pourrons commencer.

– Tu avais promis que c'était moi qui les ferais », protesta l'adolescente.

Avant qu'elle ait pu se tourner vers son père pour le prendre à témoin de l'injustice qui la menaçait, Paola opta pour la conciliation.

« D'accord. Mais à condition que ton père veuille bien m'offrir un verre de vin pendant que je finis les champignons.

– Si vous voulez, je peux vous aider à les remplir, ces raviolis, proposa Brunetti, ne plaisantant qu'à moitié.

– Voyons, papa, ne sois pas idiot. Tu en mettrais partout.

– Ne parle pas comme ça à ton père, dit Paola.

– Comment, comme ça ?

– Comme ça.

– Je ne comprends pas.

– Tu comprends parfaitement bien.

– Blanc ou rouge, Paola ? » intervint Brunetti.

Il passa devant Chiara et, voyant que sa femme lui tournait le dos, lui adressa un clin d'œil accompagné d'un mouvement de tête en direction de Paola.

L'adolescente fit la moue, haussa les épaules, puis acquiesça.

« Très bien, papa. Si tu veux, tu pourras m'aider. »

Puis, après une longue pause pour marquer son peu d'enthousiasme, elle ajouta :

« Maman aussi, si elle veut.

– Du rouge », répondit Paola.

Brunetti alla ouvrir le placard situé sous l'évier.

« Cabernet ?

– D'accord. »

Il déboucha la bouteille et remplit deux verres. Quand Paola voulut prendre le sien, il lui saisit la main, la porta à ses lèvres et l'embrassa dans la paume. Surprise, elle le regarda.

« En quel honneur... ? demanda-t-elle.

– Parce que je t'aime de tout mon cœur, répondit-il en lui tendant le verre.

– Oh, papa ! s'exclama Chiara. Il n'y a que dans les films que les gens parlent comme ça !

– Tu sais bien que ton père ne va jamais au cinéma.

– Alors il l'a lu dans un livre, rétorqua la gamine, qui perdait déjà le peu d'intérêt qu'elle portait aux choses que les adultes aimaient à se dire. Les champignons ne sont pas encore prêts ? »

Soulagée que, dans son impatience, sa fille ait détourné la conversation, Paola lui répondit qu'ils le seraient dans une minute.

« Mais il faudra attendre qu'ils aient refroidi.

– Combien de temps ?

– Dix minutes, un quart d'heure. »

Brunetti s'était avancé vers la fenêtre et, leur tournant le dos, contemplait la vue qui portait jusqu'aux montagnes, au nord de Venise.

« Je peux revenir les faire tout à l'heure ?

– Bien sûr. »

Il entendit sa fille qui quittait la cuisine et prenait la direction de sa chambre.

« Pourquoi as-tu dit ça ? demanda Paola.

– Parce que c'est vrai, répondit-il sans se retourner.

– Oui, mais pourquoi maintenant ?

– Parce que je ne le dis jamais. »

Il prit une gorgée de vin. Il eut un instant la tentation de lui demander si elle ne le croyait pas, ou si ça ne lui plaisait pas qu'il le dise, mais il se tut, se contentant de siroter son vin.

Elle fut à ses côtés avant qu'il l'eût entendue bouger. Elle passa un bras autour de la taille de son mari et se serra contre lui. Sans rien dire, elle resta à ses côtés, contemplant le même paysage.

« Cela fait un bon moment que la vue n'avait pas été aussi dégagée, observa-t-elle finalement. C'est bien le Nevegal ? ajouta-t-elle en tendant le doigt vers la plus proche des montagnes.

– Il n'est pas loin de Belluno, n'est-ce pas ?

– Il me semble, oui. Pourquoi ?

– Il va peut-être falloir que j'y aille, demain.

– Pour quoi faire ?

– C'est là-bas, dans un patelin voisin, qu'on vient de retrouver le corps du fils Lorenzoni. »

Elle resta longtemps sans rien dire.

« Oh, le pauvre garçon... Et ses parents ! C'est terrible. »

Après un nouveau long silence, elle demanda :

« Ils sont au courant ?

– Non. Je dois aller le leur annoncer. Avant le dîner.

– Oh, Guido, pourquoi faut-il toujours que ce soit toi qui sois chargé de ces affreuses corvées ?

– Si les gens commençaient par ne pas faire des choses affreuses, ce ne serait pas nécessaire, Paola. »

Un instant, il craignit de l'avoir froissée, mais elle ne se formalisa pas de cette réponse et se serra même un peu plus contre lui.

« Je ne les connais pas, mais je suis tout de même désolée pour eux. Ce qui leur est arrivé est épouvantable. »

Il la sentit qui se tendait et comprit qu'elle se disait que cela aurait tout aussi bien pu être son fils, leur fils.

« C'est épouvantable... épouvantable, de faire une chose pareille. Comment peuvent-ils ? »

À cela, il n'avait pas de réponse, pas plus qu'il n'en avait pour la plupart des grandes questions : pourquoi les gens commettaient-ils des crimes, ou se massacraient-ils ? Il ne pouvait répondre qu'aux petites questions.

« Ils font ça pour de l'argent.

– C'est encore pire, fut la réaction immédiate de Paola. Oh, j'espère qu'on les attrapera. »

Puis, se souvenant à qui elle s'adressait :

« J'espère que tu les attraperas. »

Lui aussi l'espérait, se rendit-il compte, surpris par la force avec laquelle il désirait retrouver les auteurs de ce crime. Mais pour le moment, il n'avait pas envie d'en parler ; il préférait éclaircir la question de savoir pourquoi il venait de dire à Paola qu'il l'aimait. Il n'était pas homme, en général, à faire état de ses émotions, mais il voulait cependant le lui dire, renouveler le lien qui l'attachait à elle avec les pouvoirs des mots et de son amour.

« Paola... » commença-t-il ; mais avant qu'il ait pu ajouter quoi que ce fût, elle s'arracha brusquement à lui, le réduisant au silence.

« Les champignons ! » s'exclama-t-elle, retirant la poêle du feu d'une main et ouvrant la fenêtre de l'autre.

Et son *parlez-moi d'amour* partit en fumée avec les *funghi* carbonisés.

12

SON VERRE VIDE, il alla frapper à la porte de Raffi. N'entendant rien de l'extérieur, sinon le martèlement mécanique des *boum, boum, boum*, Brunetti poussa le battant. Le jeune homme était allongé sur son lit, un livre ouvert sur la poitrine, et dormait comme un bienheureux. Pensant à Paola, à Chiara, aux voisins et à la préservation de la santé de tous en général, il s'avança jusqu'à la petite stéréo placée sur une étagère de la bibliothèque, et baissa le volume. Il regarda alors son fils et, comme celui-ci ne bougeait pas, baissa le son encore plus. Se rapprochant du lit, il s'aperçut que le livre était un manuel de mathématiques. Pas étonnant qu'il se fût endormi.

Chiara était dans la cuisine, grommelant de sombres menaces devant les raviolis qui refusaient de conserver la forme qu'elle s'efforçait de leur donner. Il déposa un baiser dans ses cheveux, puis se rendit jusque dans le bureau de Paola.

« Si jamais c'est nécessaire, lui dit-il en passant la tête par l'entrebâillement de la porte, on pourra toujours aller manger une pizza chez Gianni. »

Elle leva les yeux.

« Peu importe comment elle va massacrer ces malheureux raviolis, répondit-elle, nous allons tous les manger, jusqu'au dernier, et j'en réclamerai même une seconde portion. »

Avant qu'il ait pu protester, elle tendait vers lui un crayon menaçant.

« C'est le premier repas qu'elle prépare toute seule, et il ne pourra être que fabuleux. »

Elle vit qu'il ne renonçait pas à ses objections et lui coupa une nouvelle fois la parole.

« Des champignons carbonisés, de la *pasta* qui aura la consistance de la colle à papier peint et un poulet qu'elle a décidé de faire mariner dans de la sauce soja et qui sera donc à peu près aussi salé que la mer Morte.

– Ta description me donne envie de me précipiter à table. »

Au moins, songea Brunetti, elle ne pourra rien faire contre le vin.

« Et Raffi ? Tu vas l'obliger à manger ça ?

– Crois-tu donc qu'il n'aime pas sa petite sœur ? » rétorqua-t-elle avec un ton de fausse indignation qu'il connaissait bien.

Il ne répondit pas à cette question rhétorique.

« Bon, d'accord, je lui ai promis dix mille lires s'il mangeait tout.

– À moi aussi ? » lança Brunetti avant de s'éclipser.

Tandis qu'il longeait la *rughetta* en direction du Rialto, le policier se rendit compte qu'il commençait à se sentir pour la première fois un peu mieux, depuis qu'il avait déjeuné avec son beau-père. Il ne voyait toujours pas ce qui tracassait Paola, mais l'aisance de leurs derniers échanges l'avait convaincu que, quelle que soit la raison, le socle sur lequel reposait leur mariage n'était pas ébranlé. Il franchit un pont en dos d'âne, puis un deuxième, puis un troisième, un parcours avec des hauts et des bas ressemblant à son humeur de la journée : tout d'abord l'excitation d'une nouvelle affaire, puis la confidence perturbante du comte, et enfin l'apaisement de savoir que Paola avait soudoyé leur fils.

Pour s'armer contre ce que l'entretien avec les Lorenzoni allait avoir de difficile, il n'avait que l'espoir du dîner qui l'attendait – et il se dit qu'il aurait mangé avec joie un mois de la cuisine de sa fille si cela avait pu lui éviter d'être, une fois de plus, le porteur de mauvaise nouvelle, le pourvoyeur de nouveaux chagrins.

Le *palazzo* se trouvait près du Municipio, mais il dut couper par le cinéma Rossini et revenir sur ses pas en direction du Grand Canal pour l'atteindre. Il s'arrêta un instant sur le Ponte del Teatro pour étudier les fondations refaites des bâtiments, de part et d'autre du canal. Quand il était enfant, on nettoyait les canaux en permanence, et les eaux étaient tellement claires qu'on pouvait s'y baigner. Aujourd'hui, le nettoyage d'un canal était un grand événement, au point qu'il faisait les manchettes des journaux et que l'on célébrait la bonne gestion de la Ville. Se trouver plongé dans leurs eaux était une expérience à laquelle beaucoup de gens auraient préféré ne pas survivre.

Quand il trouva le palais, haute bâtisse de quatre étages dont les fenêtres de façade donnaient sur le Grand Canal, il sonna à la porte et attendit. Au bout d'une minute, il sonna une seconde fois. Une voix d'homme lui parvint par l'Interphone.

« Commissaire Brunetti ?

– Oui.

– Entrez, je vous en prie. »

La porte s'ouvrit avec un claquement, et il se retrouva dans un jardin beaucoup plus grand que ce à quoi il se serait attendu dans cette partie de la ville. Seuls les plus riches pouvaient se permettre de construire leur palais autour d'autant d'espace vide, et seuls des descendants tout aussi riches pouvaient avoir les moyens de le conserver intact.

« Par ici », fit une voix provenant d'une porte située en haut d'une volée de marches, sur sa gauche.

Il s'y engagea. En haut l'attendait un jeune homme en costume croisé bleu. Il avait des cheveux brun foncé, qu'il rabattait en avant pour dissimuler la houppe qui avançait sur son front. Il tendit la main à Brunetti.

« Bonsoir, commissaire. Je suis Maurizio Lorenzoni. Mon oncle et ma tante vous attendent. »

Il avait cette poignée de main molle qui donnait toujours envie à Brunetti de s'essuyer la paume sur son pantalon, mais elle était compensée par la manière directe et franche avec laquelle le jeune homme le regardait.

« Avez-vous pu voir le docteur Urbani ? »

On ne pouvait être plus direct, en effet, se dit Brunetti.

« Oui, nous l'avons vu... et j'ai bien peur que l'identification ait été confirmée. Il s'agit bien de Roberto, votre cousin.

– Il ne peut y avoir le moindre doute ? demanda-t-il d'un ton qui disait qu'il connaissait déjà la réponse.

– Non, pas le moindre. »

Le jeune homme enfonça les poings dans les poches de sa veste et les serra, tendant le tissu sur ses épaules.

« Ça va les achever. Je ne sais pas ce que ma tante va faire.

– Je suis désolé, dit Brunetti avec sincérité. Préférez-vous le leur annoncer vous-même ?

– Je ne m'en sens pas capable », avoua Maurizio, les yeux tournés vers le sol.

Au cours de toutes ces années où il avait eu maintes fois l'occasion de porter ce genre de nouvelle à une famille, jamais il n'avait rencontré quelqu'un de disposé à le faire à sa place.

« Savent-ils que je suis ici, et qui je suis ? »

Le jeune homme acquiesça et releva la tête.

« Il fallait bien que je le leur dise. Ils savent à quoi ils doivent s'attendre. Mais c'est... »

Brunetti acheva la phrase à sa place.

« ...c'est la différence entre s'y attendre et en avoir la confirmation. Peut-être pourriez-vous me conduire auprès de votre tante et de votre oncle, à présent. »

Maurizio Lorenzoni fit demi-tour et précéda Brunetti à l'intérieur du bâtiment, laissant la porte ouverte derrière eux. Le policier revint la fermer, mais le jeune homme n'y prêta pas attention. Il conduisit le visiteur, par un couloir dallé de marbre, jusqu'à une immense double porte en châtaignier. Il ouvrit un battant sans frapper et recula d'un pas pour laisser Brunetti passer devant lui.

Brunetti reconnut le comte d'après les photos qu'il avait vues de lui : la chevelure argentée, la position bien droite, la mâchoire carrée qu'il devait être depuis longtemps fatigué d'entendre comparer à celle de Mussolini. Brunetti avait beau savoir que l'homme approchait de la soixantaine, l'intense virilité qui se dégageait de lui donnait l'impression qu'il avait presque dix ans de moins. Le comte se tenait devant une grande cheminée, contemplant le bouquet de fleurs séchées qui la remplissait, mais il se tourna à l'entrée de Brunetti.

Paraissant encore plus petite dans le fauteuil où elle se pelotonnait, une femme menue comme un oiseau regarda s'approcher le policier comme si c'était le diable venu lui voler son âme. Et c'était bien de cela qu'il s'agissait, se dit Brunetti, soudain pris d'une immense pitié à la vue des mains fines qu'elle serrait nerveusement sur ses genoux. La comtesse était moins âgée que son mari, mais l'angoisse de ces deux dernières années l'avait complètement vidée de toute jeunesse et de tout espoir, et il avait devant lui une vieille femme qui aurait facilement pu passer pour la mère du comte. Brunetti vit qu'elle avait été l'une des grandes beautés de la ville, car l'élégante ossature de son visage avait conservé toute sa perfection. Mais ce n'était plus guère que des os qu'on voyait sur ce visage.

Avant même que son mari ait pu prendre la parole, elle demanda, d'une voix si douce qu'elle se serait perdue dans la pièce si un silence total n'y avait régné :

« Vous êtes le policier ?

– Oui, Contessa. »

Le comte Ludovico s'avança vers Brunetti. Sa poignée de main, aussi ferme que celle de son neveu était molle, écrasa les doigts de Brunetti.

« Bonsoir, commissaire. Excusez-moi de ne pas vous offrir quelque chose à boire. Je pense que vous comprendrez. »

Il avait une voix grave mais étonnamment douce, presque autant que celle de sa femme.

« Je vous apporte la plus triste des nouvelles, Signor Conte », répondit Brunetti.

– Roberto ?

– Oui. Il est décédé. On a retrouvé ses restes près de Belluno. »

Depuis l'autre bout de la pièce, la mère du garçon demanda :

« Vous en êtes sûr ? »

Brunetti se tourna vers elle et constata avec stupéfaction qu'elle paraissait s'être encore rapetissée au cours de la minute écoulée, s'être recroquevillée encore un peu plus entre les deux grandes ailes du fauteuil.

« Oui, Contessa. Nous avons montré les radiographies de ses dents à son dentiste. Il confirme que ce sont bien celles de Roberto.

– Des radiographies ? s'étonna-t-elle. Et son corps ? Personne ne l'a identifié ?

– Laisse-le finir, Cornelia, intervint doucement le comte. Nous pourrons lui poser des questions ensuite.

– Je veux savoir pour son corps, Ludovico. Je veux savoir pour mon bébé. »

Brunetti reporta son attention sur le comte, en quête d'un signal pour savoir s'il devait continuer, et si oui, comment. Le comte lui adressa un signe de tête.

« Il a été enterré dans un champ. Il semble qu'il y soit resté longtemps, un peu plus d'un an. »

Il s'interrompit, avec l'espoir qu'ils comprendraient ce qu'il était advenu d'un cadavre resté aussi longtemps sous terre, qu'il n'aurait pas besoin d'être plus explicite.

« Mais pourquoi ces radios ? » insista la comtesse.

Comme tant de personnes auxquelles Brunetti avait eu affaire dans des circonstances similaires, elle refusait de comprendre.

Avant que Brunetti ait pu parler de la bague, cependant, le comte intervint, s'adressant à son épouse :

« Cela signifie que le corps s'était détérioré, Cornelia, et qu'il a fallu l'identifier de cette façon. »

Brunetti, qui s'était aussi tourné vers la comtesse lorsque son mari avait parlé, vit l'instant précis où ce qui restait de ses défenses s'effondra devant cette explication. Ce fut peut-être l'adjectif *détérioré* qui joua le rôle de déclencheur ; toujours est-il qu'au moment où elle comprit, elle laissa retomber sa tête contre le fauteuil et ferma les yeux. Ses lèvres bougèrent, soit qu'elle priât, soit qu'elle protestât. La police de Belluno leur rendrait la bague, comme le savait Brunetti, et il s'épargna la pénible corvée de devoir leur en parler.

Le comte se détourna pour contempler de nouveau les fleurs séchées, dans la cheminée. Le silence se prolongea longtemps dans la pièce, et c'est finalement lui qui le rompit, mais sans lever les yeux.

« Quand nous le rendra-t-on ?

– Vous allez devoir contacter les autorités de Belluno, monsieur. Je suis certain qu'elles feront ce que vous leur demanderez à cet égard.

– Comment dois-je les contacter ?

– Si vous appelez la questure de Belluno... commença Brunetti. Mais si vous voulez, je peux le faire à votre place. Ce sera peut-être plus facile. »

Maurizio, qui avait jusqu'ici gardé le silence, intervint à son tour.

« Je vais m'en charger, mon oncle. »

Puis il croisa le regard de Brunetti et eut un petit geste de la tête vers la porte, mais le policier l'ignora.

« Signor Conte, j'aimerais aussi pouvoir vous parler dès que possible de l'enlèvement lui-même.

– Pas maintenant, répondit le comte Ludovico, toujours sans lever les yeux.

– J'ai bien conscience que tout cela est terrible, monsieur, mais il va néanmoins falloir que je vous parle.

– Vous me parlerez quand cela me conviendra, commissaire, et pas avant. »

Telle fut la réplique donnée par le comte, les yeux toujours fixés sur les fleurs.

Dans le silence qui suivit, Maurizio s'approcha du fauteuil où était pelotonnée sa tante. Il lui posa brièvement la main sur l'épaule et se redressa.

« Je vais vous reconduire, commissaire. »

Brunetti suivit le jeune homme. Dans le hall, il lui expliqua comment joindre les autorités responsables, à Belluno, afin d'obtenir le rapatriement du corps à Venise. Il ne lui demanda pas quand il pourrait s'entretenir de nouveau avec le comte Ludovico.

Il quitta immédiatement le *palazzo* après cela, et prit la direction de son foyer et du repas de Chiara. Il se demanda en cours de route pourquoi aucun des deux parents de Roberto n'avait pensé à lui demander spontanément ce qui avait pu pousser la police à vérifier les radiographies dentaires. Ou pourquoi ni l'un ni l'autre ne s'étaient étonnés que le corps de leur fils eût été retrouvé près de Belluno.

13

LE DÎNER, QUAND finalement ils passèrent à table, se révéla largement à la hauteur de ce qu'on pouvait en attendre. Il y fit honneur avec un stoïcisme qui équivalait à un hommage à ses auteurs romains préférés. Il demanda une seconde portion de raviolis, qu'il mangea jusqu'au dernier, en dépit de la couche grasse de ce qui avait dû être du beurre mélangé à des fragments de feuilles de sauge carbonisées. Le poulet était aussi salé qu'on avait eu de raisons de le redouter, au point qu'il se surprit à ouvrir une troisième bouteille d'eau minérale avant la fin du repas. Et pour une fois, Paola ne protesta pas lorsqu'il déboucha ensuite une seconde bouteille de vin, qu'elle l'aida d'ailleurs à vider avec beaucoup de détermination.

« Qu'est-ce qu'il y a comme dessert ? demanda-t-il, ce qui lui valut le regard le plus tendre de Paola depuis des semaines.

– Je n'ai pas eu le temps d'en préparer un », dit Chiara, qui ne vit heureusement pas les coups d'œil qu'échangèrent les trois autres convives, autour de la table.

Le même que ceux d'otages apprenant enfin qu'ils vont être libérés.

« Je crois qu'il reste encore un peu de glace, intervint Raffi, respectant jusqu'au bout le contrat passé avec sa mère.

– Non, il n'y en a plus, avoua Chiara. Je l'ai finie cet après-midi.

– Et si vous alliez tous les deux jusqu'au Campo Santa Margarita pour en acheter ? suggéra Paola.

– Mais qui va faire la vaisselle, maman ? Tu avais dit que comme je préparais le repas, c'était Raffi qui devait la faire. »

Paola ne laissa même pas à son fils le temps de protester.

« Si vous allez ensemble chercher les glaces, c'est moi qui la ferai. »

Tandis qu'ils acceptaient avec enthousiasme, Brunetti sortit son portefeuille et tendit vingt mille lires à Raffi. Ils partirent en négociant déjà âprement les parfums qu'ils choisiraient.

Paola se leva et commença à rassembler les couverts.

« Tu survivras ? demanda-t-elle.

– À condition de pouvoir boire encore un litre d'eau avant de me coucher et d'avoir une bouteille sur la table de nuit.

– C'était à peu près immangeable, concéda-t-elle.

– Bah, elle était contente, dit-il pour temporiser, ajoutant : mais c'est un solide argument de plus en faveur d'une éducation particulière pour les filles, non ? »

Paola éclata de rire et empila les assiettes dans l'évier. Ils parlèrent alors du dîner, sans aucune gêne, car l'un et l'autre étaient ravis de la joie sans mélange qu'avait éprouvée leur fille ; c'était la meilleure preuve que le petit complot familial avait bien marché. La meilleure preuve aussi, se prit-il à penser, de l'amour qui régnait dans leur foyer.

Il attendit que la vaisselle soit faite et les assiettes bien rangées dans l'égouttoir pour changer de sujet de conversation.

« Je crois que je vais aller à Belluno avec Vianello, demain.

– Le fils Lorenzoni ?

– Oui.

– Comment ont-ils réagi, quand tu leur as annoncé ?

– Mal, en particulier la mère. »

Il comprit que Paola ne voulait même pas envisager ce

qu'on pouvait ressentir en perdant son seul fils, quand on était une mère. Comme d'habitude, elle fit diversion en demandant des détails.

« Où l'a-t-on trouvé, exactement ?

– Dans un champ.

– Un champ ? Mais où ?

– Dans un de ces patelins de la région qui ont ces noms bizarres – Col di Cugnan, je crois.

– Et comment ?

– C'est un paysan qui a retourné les ossements en labourant le champ.

– Mon Dieu, c'est horrible... Et dire qu'il a fallu que tu ailles leur dire ça, pour ensuite revenir à la maison faire ce repas désastreux ! »

Il ne put s'empêcher de rire.

« Qu'est-ce que j'ai dit de drôle ?

– La première chose qui t'est venue à l'esprit, c'est la nourriture.

– C'est de toi que je tiens ça, mon cher, répliqua-t-elle avec un ton de dédain poli. Avant que je t'épouse, la cuisine était le cadet de mes soucis.

– Dans ce cas, je me demande comment tu as si bien appris à la faire. »

Elle eut un geste pour repousser la question, comme si elle était sans intérêt, mais il crut sentir qu'elle était à la fois gênée et désireuse qu'il lui arrachât la vérité. Il insista donc.

« Non, raconte-moi ! Comment as-tu appris à cuisiner ? Je croyais que tu le savais depuis toujours.

– J'ai acheté un livre de cuisine, répondit-elle en parlant très vite.

– Un livre de cuisine ? Toi ? Mais comment ça ?

– Quand je me suis rendu compte à quel point tu me plaisais, et que j'ai vu combien la nourriture était importante pour toi, j'ai décidé que j'avais intérêt à apprendre à faire la cuisine. »

Elle le regarda, dans l'attente d'un commentaire, mais il se garda bien d'en faire un.

« J'ai commencé à m'y mettre à la maison, et crois-moi,

certains de mes premiers essais étaient encore pires que ce qu'on a mangé ce soir.

– Difficile à avaler, si je puis dire. Continue.

– Eh bien, je savais que tu me plaisais et je suppose que je devais aussi savoir que j'avais envie d'être avec toi. Alors je me suis accrochée, et de fil en aiguille... »

Elle s'interrompit et eut un geste qui embrassait toute la cuisine.

« ... j'ai fini par apprendre.

– Rien qu'avec un livre ?

– Et quelques coups de main.

– De qui ?

– De Damiano. Il est bon cuisinier. Et aussi de ma mère. Puis, après nos fiançailles, de la tienne.

– Ma mère t'a appris à cuisiner ? (Paola acquiesça.) Elle ne me l'a jamais dit.

– Je lui avais fait promettre de garder le silence.

– Pourquoi donc ?

– Je ne sais pas, Guido. »

De toute évidence elle mentait, mais il ne dit rien, sachant de longue expérience qu'elle finirait par s'expliquer.

« Je crois que j'avais envie que tu me croies capable de tout, y compris de bien faire la cuisine. »

Il se pencha en avant et l'attrapa par la taille pour l'attirer à lui. Elle essaya de se dégager, mais sans beaucoup de conviction.

« Je me sens complètement idiote, de te raconter ça après toutes ces années », reprit-elle, se penchant sur lui pour l'embrasser sur le sommet du crâne.

Soudain, l'idée sortant de nulle part, elle dit :

« Ma mère la connaissait.

– Qui ça ?

– La comtesse Lorenzoni. Je crois qu'elles ont toutes les deux siégé un temps ensemble au conseil d'administration d'une organisation charitable, quelque chose comme ça... Je ne m'en souviens pas exactement, mais je sais qu'elle la connaît.

– A-t-elle parlé d'elle devant toi ?

– Non, pas que je me rappelle. Sauf pour l'enlèvement de son fils. Elle en a été détruite. C'est du moins ce que disait maman. Elle avait de nombreuses activités, faisait partie des Amis de Venise, s'occupait de rassembler des fonds pour la reconstruction de la Fenice. Quand c'est arrivé, elle a tout arrêté. Maman dit qu'elle ne sort jamais, qu'elle ne répond jamais au téléphone. Elle ne voit plus personne. Toujours d'après ma mère, ce serait le fait de ne pas savoir ce qui lui est arrivé qui la mine, qui lui rend difficile d'accepter l'idée de sa mort. Cette situation, ne pas savoir si son enfant est vivant ou mort... Je ne peux rien imaginer de plus horrible. Savoir qu'il est mort doit être moins terrible. »

Brunetti, qui d'une manière générale votait en faveur de la vie, aurait contesté cette opinion, en temps normal ; mais c'était un sujet sur lequel il préférait ne pas s'étendre, ce soir. Il avait passé la journée à penser à la disparition et à la mort des enfants, cela lui suffisait amplement. Il changea abruptement de sujet de conversation.

« Et comment ça se passe, dans l'usine à idées ? »

Elle se dégagea et alla prendre les couverts, sur la paillasse, pour les essuyer.

« C'est à peu près du niveau du repas de ce soir », répondit-elle finalement.

Les uns après les autres, elle faisait tomber couteaux et fourchettes dans leur tiroir.

« Le président du département s'est mis en tête de nous faire prendre en compte la littérature coloniale.

– Et qu'est-ce que c'est, la littérature coloniale ?

– Excellente question, répliqua-t-elle, essuyant à présent une cuillère de service. Celle de personnes ayant grandi dans une culture où l'anglais n'est pas la langue maternelle, mais qui écrivent en anglais.

– Je ne vois pas ce que cela...

– Il a demandé à quelques-uns d'entre nous de l'enseigner, l'année prochaine.

– À toi ?

– Oui, répondit-elle en laissant tomber la dernière cuillère dans le tiroir, qu'elle referma sèchement.

– Sur quel thème ?
– La voix des Afro-Américaines.
– Parce que tu es une femme ?
– Pas parce que je suis afro-américaine, en effet.
– Et alors ?
– J'ai refusé.
– Pourquoi ?
– Parce que c'est un genre qui ne m'intéresse pas. Parce que je l'enseignerais à contrecœur, et donc mal. »

Il sentit qu'il n'y avait pas que cela, et attendit la fin de sa confession.

« Et parce que je ne vais pas le laisser me dicter ce que je dois enseigner.

– Et c'était ça qui te tracassait ? » demanda-t-il d'un ton indifférent.

Elle lui adressa un regard inquisiteur, mais sa réponse fut aussi neutre que la manière dont Brunetti avait posé sa question.

« Je ne savais pas qu'il y avait quelque chose qui me tracassait. »

Elle voulut ajouter une remarque, mais la porte d'entrée claqua ; les enfants étaient de retour avec les crèmes glacées, et la question resta finalement sans réponse.

Pendant la nuit, Brunetti se réveilla au moins à deux reprises, buvant deux verres d'eau minérale à chaque fois. À la dernière, juste avant l'aube, il resta appuyé sur un coude, après avoir reposé le verre sur la table de nuit, pour étudier le visage de sa femme. Une boucle de cheveux s'incurvait autour de son menton, et son souffle l'agitait de temps en temps. Les yeux fermés, toute trace d'animation disparue, ses traits n'étaient plus qu'une ossature et un caractère. Secrète, séparée, elle était étendue près de lui, et il chercha à déchiffrer, sur ce visage, quelque signe qui l'aiderait à la connaître plus complètement. Il lui paraissait soudain vital que ce que lui avait confié le comte Orazio fût inexact ; il souhaitait désespérément, pour elle et pour leur couple, qu'elle fût heureuse et apaisée.

Comme pour le railler dans son désir, les cloches de San Polo sonnèrent six coups, et les moineaux qui avaient élu domicile entre les briques descellées de la cheminée se mirent à proclamer qu'il faisait jour et qu'il était temps de se remettre au travail. Brunetti les ignora et laissa retomber sa tête sur l'oreiller. Il ferma les yeux, convaincu qu'il ne se rendormirait pas, mais il ne tarda pas à découvrir combien il était facile de ne pas obéir à l'appel du devoir.

14

CE MATIN-LÀ, Brunetti décida qu'il serait prudent de mettre Patta au courant et de lui donner les quelques informations dont il disposait sur l'assassinat de Roberto Lorenzoni, puisqu'on pouvait parler d'assassinat, à présent. Il se rendit donc dans le bureau de son supérieur dès que celui-ci fut arrivé à la vice-questure. Brunetti craignait des répercussions, à la suite de l'algarade de la veille, mais Patta eut avec lui un comportement apparemment normal. Il avait lu la presse et il employa quelques formules convenues pour déplorer cette « mort tragique » ; son plus grand regret, semblait-il, était qu'elle touchait un membre de la noblesse.

Brunetti lui expliqua que, le hasard lui ayant fait apprendre le premier que les radiographies confirmaient l'identification, il avait pris sur lui d'informer les parents. Une longue expérience lui avait enseigné qu'il ne devait jamais donner à Patta l'impression de s'intéresser à une enquête, et c'est donc sur le ton de la plus grande indifférence qu'il demanda au vice-questeur qui il comptait mettre sur celle-ci, allant même jusqu'à avancer le nom d'un de ses collègues.

« Sur quoi travaillez-vous, en ce moment, Brunetti ?

– L'affaire de la décharge sauvage de Marghera », répondit-il aussitôt, donnant l'impression qu'il trouvait ce problème de pollution plus important qu'un meurtre.

« Ah, oui. »

Le vice-questeur en avait en effet entendu parler.

« C'est quelque chose que la section en tenue doit pouvoir régler, non ?

– Il me reste encore à interroger le capitaine du port, monsieur, insista Brunetti. Et quelqu'un doit aussi aller vérifier les registres du tanker panaméen.

– Confiez donc cela à Pucetti. »

Manifestement, cette histoire n'avait aucun intérêt à ses yeux.

Brunetti se rappela soudain un jeu auquel il jouait avec ses enfants, quand ils étaient petits : le Mikado, dans lequel on rassemblait dans sa main, en gerbe, de fines baguettes de bois ou d'ivoire qu'on laissait ensuite tomber ; le jeu lui-même consistait à en retirer le plus grand nombre possible de la pile constituée par le hasard de la chute, sans faire bouger les autres. Il fallait procéder avec des mouvements lents et extrêmement mesurés ; le moindre geste un peu trop brusque faisait tout dégringoler.

« Vous ne pensez pas que Mariani pourrait s'en occuper ? » suggéra Brunetti.

Mariani était l'un des deux autres commissaires de la vice-questure.

« Il vient juste de rentrer de vacances.

– Non. Je préfère que ce soit vous qui la preniez en main. Après tout, votre épouse connaît des gens comme ça, non ? »

« Des gens comme ça » était une phrase que Brunetti n'avait jamais entendu lancer que comme une insulte, en général raciste, et voici qu'elle jaillissait de la bouche du *cavaliere* en sonnant comme le plus haut des compliments. Brunetti acquiesça vaguement, se disant que Paola connaissait toutes sortes de gens, et pas forcément des gens « comme ça ».

« Bien. Vos relations familiales pourraient se révéler utiles, comprenez-vous », reprit Patta, laissant entendre que le pouvoir de l'État ou l'autorité de la police comptaient pour rien devant des gens « comme ça ».

Le commissaire se fit la réflexion que c'était peut-être bien le cas, au fond.

Il s'arracha un « Très bien, monsieur » et céda, attentif à

ne pas trahir le moindre enthousiasme dans le ton de sa voix.

« Puisque vous insistez, vice-questeur, j'expliquerai à Pucetti, pour l'affaire de Marghera.

– Tenez-nous au courant, moi ou le lieutenant Scarpa, des progrès de l'enquête, Brunetti, ajouta Patta presque machinalement.

– Bien entendu, monsieur », répondit-il.

Cela faisait longtemps qu'il n'avait pas fait une promesse qu'il comptait aussi peu tenir. Voyant que son supérieur n'avait rien à ajouter, Brunetti se leva et quitta le bureau.

Quand il en émergea, la signorina Elettra lui demanda :

« L'avez-vous persuadé de vous la confier ?

– Persuadé ? » répéta Brunetti, stupéfait que la jeune femme, après avoir passé tant de temps auprès de Patta, pût encore le croire ouvert à la raison ou à la persuasion.

« Oui, en lui disant à quel point vous étiez pris par d'autres affaires, évidemment », corrigea-t-elle, appuyant sur une touche de son clavier qui mit l'imprimante en branle.

Brunetti ne put s'empêcher de lui sourire.

« J'ai même cru un moment que j'allais être obligé d'user de violence pour refuser.

– Elle doit furieusement vous intéresser, commissaire.

– Oui, je l'avoue.

– Alors cette liste devrait recevoir toute votre attention », dit-elle en se penchant pour récupérer les quelques feuilles qui venaient de sortir de l'imprimante.

Elle les lui tendit.

« Une liste de quoi ?

– De toutes les fois où les Lorenzoni ont attiré notre attention.

– Notre attention ?

– Celle des forces de l'ordre.

– Ce qui inclut ?

– Nous, bien sûr, les carabiniers, les douanes et la brigade financière. »

Brunetti feignit l'étonnement.

« Comment, Signorina, pas d'accès aux services secrets ? »

Elle soutint son regard sans broncher.

« Pas tant que ce n'est pas absolument nécessaire, monsieur. C'est un contact dont je ne tiens pas à abuser. »

Brunetti l'étudia un instant, cherchant dans ses yeux le pétillement indiquant qu'elle plaisantait. Il se demanda ce qui le mettait le plus mal à l'aise : de découvrir qu'elle disait peut-être la vérité, ou qu'il n'était pas capable de faire la différence.

Comme elle ne se démontait pas, il décida de ne pas pousser plus avant cette question et se mit à étudier la liste. Elle s'ouvrait trois ans auparavant, en octobre. Roberto avait été arrêté pour conduite en état d'ivresse. Il avait eu une petite amende et l'affaire avait été classée.

La signorina Elettra intervint avant qu'il aille plus loin.

« Rien de ce qui a un rapport avec l'enlèvement ne figure là-dessus, monsieur. J'ai préparé une liste séparée pour lui. J'ai pensé que cela serait plus clair ainsi. »

Brunetti acquiesça et quitta l'antichambre, continuant sa lecture tout en gravissant les marches. À la Noël de la même année, le 25 décembre exactement, un camion appartenant à la société de transports Lorenzoni avait été détourné sur l'autoroute 8, près de Salerne. Il transportait pour un demi-milliard de lires en matériel de laboratoire de fabrication allemande ; on n'avait jamais retrouvé la marchandise.

Quatre mois plus tard, dans une inspection de routine, les douanes étaient tombées sur un manifeste ne déclarant que la moitié du chargement de jumelles hongroises que transportait un camion Lorenzoni. L'amende avait été rapidement payée. Après une accalmie d'environ un an, au cours de laquelle les Lorenzoni n'attirèrent pas une seule fois l'attention des représentants de la loi, Roberto s'était retrouvé parmi les protagonistes d'une bagarre, dans une boîte de nuit. Il n'y avait pas eu de suites judiciaires sur le plan pénal, mais les Lorenzoni avaient dû accepter pour régler l'affaire au civil de payer un dédommagement de douze millions de lires à un garçon ayant eu le nez cassé.

Et c'était tout. Au cours des huit mois qui avaient suivi,

c'est-à-dire entre la date de la bagarre dans la discothèque et celle de l'enlèvement de Roberto, ni lui, ni sa famille, ni l'une de leurs nombreuses entreprises n'existèrent aux yeux des nombreux services de police chargés de surveiller le pays et ses citoyens. Et tout d'un coup, comme un roulement de tonnerre dans un ciel clair, le kidnapping. Deux demandes de rançon, un appel public aux auteurs de l'enlèvement, puis le silence. Jusqu'au jour où l'on avait découvert le corps du garçon, dans un champ, près de Belluno.

Tout en se faisant ces réflexions, Brunetti se demanda pourquoi, quand il évoquait Roberto, le mot qui lui venait toujours à l'esprit était « garçon ». Après tout, le jeune homme avait vingt et un ans à l'époque de son enlèvement – et devait les avoir encore au moment de sa mort, qui était sans doute intervenue peu de temps après. Le policier essaya de se souvenir de la façon dont les diverses personnes qu'il avait contactées en avaient parlé ; son ex-petite amie avait mentionné son goût des plaisanteries et son égoïsme ; le comte Orazio avait été presque condescendant ; et sa mère avait pleuré la mort de « son bébé ».

Ses ruminations furent interrompues par l'entrée de Vianello.

« J'ai décidé que nous irons tous les deux à Belluno, Vianello. Crois-tu pouvoir réquisitionner un de nos véhicules ?

– Je dois pouvoir faire mieux, répondit le sergent avec un grand sourire. En fait, c'est pour ça que je suis venu. »

Sachant ce que son subordonné attendait de lui, Brunetti demanda docilement :

« Que veux-tu dire ?

– Bonsuan, fut la réponse mystérieuse du sergent.

– Bonsuan ?

– Oui, monsieur. Il peut nous conduire là-bas.

– J'ignorais qu'on avait construit un canal entre Belluno et Venise, ironisa Brunetti.

– Sa fille, monsieur. »

Brunetti savait que la plus grande source de fierté du pilote était d'avoir réussi à faire faire des études supérieures à ses trois filles : la première était médecin, la deuxième architecte et la troisième avocate.

« Laquelle ?

– Analisa, l'architecte, répondit Vianello, qui n'attendit pas la question du commissaire pour s'expliquer. Elle a passé son brevet de pilote et un de ses amis a un Cessna garé au Lido. Si vous voulez, elle nous déposera cet après-midi avant de continuer sur Udine.

– Eh bien, c'est entendu. »

Brunetti se sentait gagné par l'enthousiasme que trahissait la voix du sergent à l'idée de cette sortie improvisée.

La jeune architecte était aussi bon pilote d'avion que son père de bateau. Toujours portés par l'enthousiasme et la nouveauté de cette expédition, Brunetti et Vianello restèrent le nez collé à la fenêtre pendant la plus grande partie du vol, qui dura moins d'une demi-heure, au cours de laquelle ils apprirent deux choses qu'ils ignoraient : que la compagnie Alitalia avait refusé d'engager Analisa comme pilote parce que, la jeune femme étant titulaire d'un diplôme d'architecture, son niveau de culture aurait été « une source d'embarras » pour ses collègues ; et que de vastes étendues de terre, autour de Vittorio Veneto, étaient classées par les militaires comme *Pio XII*, terme d'argot pour dire *Prohibito*, et que leur survol était interdit. C'est pourquoi le petit appareil suivit un moment la côte de l'Adriatique avant de prendre un cap au nord-ouest, puis de survoler Pordenone pour atteindre Belluno. En dessous d'eux, la terre était passée du terre-de-sienne brûlé au terre-de-sienne naturel puis au vert avant de retourner au brun, tandis qu'ils survolaient de vastes étendues où poussaient, depuis peu, de nouvelles plantations ; de temps en temps, un groupe d'arbres fruitiers se détachait dans une profusion de fleurs de ton pastel, et les rafales de vent envoyaient de grandes poignées de pétales en direction de l'avion.

Ivo Barzan, le commissaire qui avait dirigé les opérations de récupération du corps de Roberto Lorenzoni dans le champ et contacté ensuite la police de Venise, les attendait lorsque l'avion se posa.

Il les conduisit tout d'abord jusqu'à la maison du docteur Litfin, d'où ils se rendirent à pied jusqu'à un rectangle plus sombre, près d'un bosquet. Un poulet solitaire picorait avec énergie la terre récemment retournée, dans le trou peu profond, nullement dérangé par les bandes de plastique rouge et blanc qui délimitaient l'emplacement et claquaient au vent. On n'avait pu découvrir la balle, leur apprit Barzan ; pourtant, les carabiniers avaient passé tout l'endroit au détecteur de métaux, par deux fois.

Tandis qu'il étudiait la fosse que le poulet grattait et picorait avec ardeur, Brunetti se demanda à quoi devait ressembler l'endroit au moment où le garçon était mort, si du moins il avait été tué sur place. En hiver, il devait avoir été morne, sinon sinistre ; en automne, au moins devait-il présenter des traces de vie. Devant la stupidité de ces réflexions, il se morigéna : si la mort attend quelqu'un au bout d'un champ, il importe peu qu'il y ait de la boue ou des fleurs sur le sol à ce moment-là. Mains dans les poches, il se détourna de la fosse.

Barzan leur dit alors qu'aucun des voisins n'avait pu donner la moindre indication utile à la police. Une vieille femme tenait à tout prix à ce que le corps fût celui de son mari, empoisonné par le maire, un communiste. Personne ne se souvenait de quoi que ce fût d'inhabituel ; Barzan eut la générosité d'ajouter qu'à son avis il y avait peu de chance d'obtenir des renseignements utiles quand on demandait aux gens, de manière on ne peut plus vague, s'ils n'avaient pas remarqué « quelque chose de bizarre » deux ans plus tôt.

Brunetti s'entretint avec les voisins les plus proches, un vieux couple qui avait largement dépassé les quatre-vingts ans ; ils s'efforcèrent de compenser le fait qu'ils n'avaient rien vu en leur offrant du café. Les trois policiers acceptèrent le breuvage, qui était généreusement sucré et arrosé de grappa.

Le docteur Bortot les attendait dans son bureau, à l'hôpital. Il leur dit qu'il n'avait pas grand-chose à ajouter au rapport qu'il avait envoyé à Venise. Tout y était : le trou mortel à la base du crâne, l'absence d'un trou de sortie clairement défini, les organes internes fortement endommagés et détériorés.

– Endommagés ? demanda Brunetti.

– Les poumons, pour ce que j'ai pu en voir. Il devait fumer comme un pompier, ce garçon, et cela depuis des années. »

Bortot s'interrompit pour allumer une cigarette.

« Et sa rate... Elle était peut-être dans cet état pour des raisons de décomposition naturelle, mais ça n'explique pas pourquoi elle était si petite. Tout cela est difficile à dire, après un séjour aussi prolongé sous terre.

– Plus d'un an, n'est-ce pas ?

– C'est ce que j'ai estimé, en effet. C'est le fils Lorenzoni ? demanda le médecin.

– Oui.

– Eh bien, ça correspond. S'ils l'ont tué peu de temps après l'avoir enlevé, cela ferait un peu moins de deux ans, et c'est à mon avis la durée la plus probable. »

Il écrasa sa cigarette inachevée.

« Vous avez des enfants ? »

La question ne s'adressait à personne en particulier.

Les trois policiers acquiescèrent.

« Bien, bien », dit Bortot sans en tirer de conclusion.

Sur quoi il les pria de l'excuser, expliquant qu'il lui restait trois autopsies à pratiquer d'ici la fin de la journée.

Barzan, avec une remarquable générosité, leur proposa une voiture de service avec chauffeur pour les reconduire à Venise ; Brunetti, qui en avait assez du spectacle de la morgue, accepta. Ni lui ni Vianello n'eurent beaucoup de commentaires à faire tandis que défilait le paysage, infiniment moins intéressant vu depuis une voiture que du haut du ciel, constata le commissaire. Au sol, il n'était pas davantage fait mention d'une « zone interdite ».

15

Comme Brunetti s'y attendait, les journaux du matin s'étaient jetés avec une avidité de hyène sur le rebondissement de l'affaire Lorenzoni. Partant du principe que leur lectorat était incapable de se souvenir des éléments, même les plus importants, d'une histoire qui s'était produite dix-huit mois auparavant – pétition de principe que Brunetti jugeait, hélas ! correcte –, tous les articles commençaient par relater l'enlèvement par le menu. Roberto y était décrit chez les uns comme l'aîné des enfants Lorenzoni, chez les autres comme le neveu ou encore comme le fils unique ; le kidnapping aurait eu lieu à Mestre, à Belluno ou à Vittorio Veneto. Il n'y avait pas que les lecteurs qui avaient oublié les détails.

Sans doute parce qu'ils n'avaient pu se procurer de copies du rapport d'autopsie, la délectation malsaine avec laquelle la presse rapportait en règle générale les cas d'exhumation était curieusement absente de ces articles, et les journalistes s'étaient contentés d'employer de décevantes expressions comme « stade avancé de décomposition » et « restes humains ». En les lisant, Brunetti se trouva mal à l'aise à l'idée qu'il éprouvait presque de la déception devant ce langage fade, comme si son palais avait été habitué à une nourriture plus épicée.

Lorsqu'il regagna son bureau, ce fut pour y trouver une cassette vidéo, dans une enveloppe matelassée brune portant son nom. Il appela au téléphone la signorina Elettra.

« C'est l'enregistrement de la RAI ? lui demanda-t-il.

– Oui, Dottore. Je l'ai eu hier après-midi. »

Il étudia l'enveloppe, qui ne paraissait pas avoir été ouverte.

« L'avez-vous regardée chez vous ?

– Non. Je n'ai pas de magnétoscope.

– Sinon, vous l'auriez fait ?

– Bien sûr.

– Et si nous allions au labo pour voir ce qu'il y a dessus ? lui proposa-t-il.

– Volontiers, monsieur », répondit-elle avant de raccrocher.

Elle l'attendait devant la porte du laboratoire, au sous-sol. Elle portait aujourd'hui des jeans qui avaient été repassés avec un acharnement frôlant la folie destructrice. L'impression générale était renforcée par ce qui devait être des bottes de cow-boy à la pointe agressive, dont le talon s'inclinait dangereusement vers l'avant. Une blouse en crêpe de soie était là pour apporter la touche professionnelle, comme le chignon sévère qui disciplinait ses cheveux.

« Bocchese est ici ? demanda-t-il.

– Non, il est à la barre pour témoigner, aujourd'hui.

– Dans quelle affaire ?

– Le cambriolage, chez les Brandolini. »

Aucun des deux ne prit la peine de seulement hocher tristement la tête à l'idée que ce délit, qui datait de quatre ans et avait été suivi deux jours après par l'arrestation des coupables, n'arrivait que maintenant devant le tribunal.

« Je lui ai demandé hier si on pouvait se servir du labo, et il m'a dit qu'il n'y avait pas de problème », expliqua-t-elle.

Brunetti ouvrit la porte et la tint pour elle. La signorina Elettra entra et alla brancher le magnétoscope comme si elle était chez elle. Brunetti introduisit la cassette. Ils attendirent quelques instants, et le logo de la RAI apparut, suivi de la date et de quelques lignes de ce qui devait être, supposa Brunetti, des renseignements techniques.

« Devrons-nous la renvoyer ? » demanda-t-il, s'éloignant de l'appareil pour s'asseoir sur l'une des chaises pliantes qui faisaient face à l'écran.

Elle vint s'installer à côté de lui.

« Non. Cesare m'a dit que c'était une copie. Il préférerait simplement qu'on ne sache pas que c'est lui qui nous l'a procurée. »

La réponse de Brunetti fut coupée par la voix du présentateur, qui annonçait l'enlèvement – alors récent – du fils Lorenzoni, et disait aux téléspectateurs qu'ils allaient faire passer un message exclusif du comte Ludovico Lorenzoni, père de la victime. Pendant que défilaient à l'écran des vues des incontournables sites touristiques de Venise, il expliqua que le comte avait enregistré cet appel l'après-midi même et qu'il serait diffusé en exclusivité sur la RAI, dans l'espoir que les kidnappeurs seraient sensibles à la détresse de parents au comble du chagrin. Puis, tandis que sur l'écran s'attardait un gros plan de la façade de San Marco, le présentateur donna l'antenne à son équipe de Venise.

Un homme en costume sombre et à l'expression sérieuse se tenait debout dans le grand couloir de ce qui était, comme le reconnut Brunetti, le Palazzo Lorenzoni. Derrière celui-ci, on apercevait la double porte qui donnait dans la pièce où il s'était entretenu avec la famille. L'homme résuma en quelques mots ce qu'avait dit le présentateur, puis se tourna et ouvrit l'un des battants de la porte. La caméra s'avança et cadra le comte Ludovico, assis derrière un bureau dont Brunetti n'avait pas gardé le souvenir.

Le comte garda tout d'abord les yeux baissés sur ses mains ; mais, comme la caméra continuait son mouvement vers lui, il releva la tête et regarda droit dans l'objectif. Quelques secondes passèrent ; la caméra, ayant trouvé la bonne distance, avait arrêté d'avancer. Le comte commença à parler.

« Je m'adresse aux personnes qui sont responsables de la disparition de mon fils, Roberto, et je leur demande de m'écouter avec attention et dans un esprit de charité. J'aurais accepté de payer la somme qui m'est réclamée pour le retour de mon fils, mais les autorités de l'État m'en empêchent : je n'ai plus accès à aucun de mes comptes, et je n'ai aucun moyen de réunir la somme exigée, que ce soit en Italie ou à l'étranger. Si je le pouvais, je jure sur mon honneur que je le ferais, et je jure aussi que je donnerai cette somme, n'importe quelle somme, pour que mon fils me soit rendu sain et sauf. »

Le comte s'interrompit et baissa de nouveau les yeux sur ses mains. Au bout de quelques instants, il regarda de nouveau droit dans la caméra.

« Je fais appel à leurs sentiments de compassion et leur demande de nous prendre en pitié, mon épouse et moi-même. »

Il se tut, mais la caméra s'attarda sur son visage ; il jeta un bref coup d'œil sur sa gauche, puis revint vers l'objectif.

L'écran s'assombrit progressivement, pour être bientôt remplacé par le présentateur du studio, qui rappela aux téléspectateurs que c'était une exclusivité de la RAI et que quiconque ayant une information sur l'enlèvement de Roberto Lorenzoni devait appeler le numéro qui apparaissait au bas de l'écran. Sans doute parce qu'il s'agissait d'une simple copie d'archive et non du document diffusé sur la chaîne, aucun chiffre n'apparut.

L'écran devint noir.

Brunetti se leva et alla baisser le son, laissant l'appareil branché. Il lança le rembobinage et attendit que la bande eût fini de ronronner. Après avoir entendu le cliquetis qui signalait l'arrêt définitif, il se tourna vers la signorina Elettra.

« Qu'est-ce que vous en pensez ?

– J'avais raison pour le maquillage.

– En effet, admit Brunetti. Rien d'autre ?

– Son langage ? » proposa-t-elle.

Brunetti acquiesça.

« Vous voulez dire la façon dont il parlait d'eux à la troisième personne, sans s'adresser directement à eux ?

– Oui. J'ai trouvé que c'était curieux. Peut-être trouvait-il trop difficile de les interpeller directement, à cause de ce qu'ils avaient fait à son fils ?

– Possible », admit Brunetti, essayant d'imaginer la

réaction d'un père devant ce qui était la chose la plus horrible pouvant lui arriver.

Il appuya de nouveau sur le bouton *marche*. Les images commencèrent à défiler, mais sans le son.

Il regarda la jeune secrétaire, qui haussa un sourcil.

« Quand je prends l'avion, expliqua-t-il, je ne demande jamais les écouteurs, pour le film. C'est étonnant ce qu'on peut y découvrir lorsqu'on n'est pas distrait par le son. »

Elle acquiesça, et ensemble ils regardèrent de nouveau défiler l'enregistrement. Cette fois-ci, ils virent les yeux du présentateur du studio suivre le texte qui défilait sur son prompteur, juste à la gauche de la caméra. Le second, celui qui se tenait dans le couloir, paraissait connaître son texte par cœur, mais la mine sérieuse qu'il affichait avait quelque chose de forcé et de peu naturel.

Si Brunetti s'était attendu à ce que la nervosité ou la colère du comte devinssent plus apparentes de cette façon, il en fut pour ses frais. Ainsi réduit au silence, il donnait au contraire l'impression de ne ressentir aucune émotion. Lorsqu'il regarda ses mains, tout spectateur normal l'aurait cru incapable de relever les yeux ; et lorsqu'il jeta son bref coup d'œil à gauche de la caméra, il n'y eut ni curiosité ni impatience dans sa manière de faire.

Une fois l'écran de nouveau noir, la signorina Elettra reprit la parole.

« Pauvre homme... et dire qu'il a fallu qu'il reste là à se faire maquiller. »

Elle secoua la tête, les yeux fermés, comme si elle venait d'assister par inadvertance à un acte indécent.

Brunetti rembobina de nouveau la bande mais, cette fois-ci, il appuya sur le bouton d'éjection pour récupérer l'enregistrement. Il le remit dans son emballage et glissa le tout dans la poche de sa veste.

« Il faudrait que quelque chose d'horrible leur arrive, gronda la jeune femme avec une soudaine férocité.

– Qu'ils soient exécutés ? » demanda Brunetti en se penchant pour éteindre le magnétoscope.

Elle secoua la tête.

« Non. Aussi ignobles que soient ces individus, et quoi

qu'ils aient fait, on ne peut laisser un État disposer d'un tel pouvoir.

– Parce qu'on ne peut pas lui faire confiance ?

– Lui faites-vous confiance, vous ? »

Brunetti secoua la tête.

« Existe-t-il un seul État auquel vous feriez confiance ? insista-t-elle.

– Pour décider de la vie ou de la mort d'un citoyen ? »

Il secoua la tête.

« Mais alors, comment punir les gens qui font des choses pareilles ?

– Je ne sais pas. J'aimerais qu'ils soient détruits, qu'ils meurent. Je mentirais si je disais le contraire. Mais c'est donner trop de pouvoir à... à n'importe qui. »

Il se rappela alors une conversation qu'il avait eue avec Paola, et dont il avait oublié le contexte. Quand les gens refusent de discuter honnêtement, lui avait-elle fait remarquer, ils mettent en avant un exemple tellement énorme qu'il devient difficile de ne pas être d'accord avec eux. Et cependant, aussi forts que soient ces cas particuliers, la loi se fonde sur des principes et vise à l'universalité. Les cas particuliers ne prouvent rien, n'ont de valeur que pour eux-mêmes. Ayant trop souvent été témoin des conséquences horribles que pouvait avoir un crime, Brunetti comprenait bien ce désir de lois plus sévères, plus répressives. En tant que policier, il savait aussi que la loi s'appliquait souvent avec plus de rigueur au faible et au pauvre, et que sa sévérité n'avait jamais arrêté le bras des assassins. Il savait tout ceci en tant que policier, mais en tant qu'homme et père il éprouvait toujours le désir de voir ceux qui avaient privé ce jeune homme de la vie présentés à la justice et durement punis.

Sur ce, il se dirigea vers la porte et l'ouvrit ; le policier et la secrétaire retournèrent chacun à son travail, dans un monde où le crime était quelque chose qu'il fallait pourchasser, et non le sujet de spéculations philosophiques.

16

LE SIMPLE BON SENS disait à Brunetti qu'il ne devait pas espérer que la famille Lorenzoni lui parlât avant les funérailles de Roberto, mais c'est surtout par charité qu'il n'appela pas. Tous les journaux signalaient que la cérémonie devait avoir lieu le lundi suivant, à l'église San Salvatore. Il y avait cependant beaucoup d'informations sur le jeune homme que le policier aurait bien aimé rassembler avant cette date.

Une fois derrière son bureau, il appela le cabinet du docteur Urbani et demanda à la secrétaire du dentiste si, par hasard, le nom du médecin traitant de la famille Lorenzoni ne se trouverait pas dans ses archives. Il fallut plusieurs minutes à la femme pour vérifier, mais ce nom figurait bien dans le dossier ouvert au cabinet dix ans auparavant, lorsque Roberto était venu, pour la première fois, rendre visite au docteur Urbani.

Le nom du médecin, Luciano De Cal, disait vaguement quelque chose à Brunetti, qui se souvenait d'être allé à l'école avec un De Cal, mais prénommé Franco ; ce dernier était depuis devenu bijoutier. Lorsqu'il appela le cabinet du médecin et expliqua les raisons de son coup de fil, le docteur De Cal lui répondit qu'en effet Roberto avait été son patient pendant l'essentiel de sa courte vie, exactement depuis le jour où l'ancien médecin de famille des Lorenzoni avait pris sa retraite.

Lorsque le commissaire voulut savoir quel avait été l'état de santé du jeune homme au cours des mois qui avaient précédé sa mort, De Cal lui demanda de patienter un instant et alla chercher le dossier du garçon. Il se trouva qu'il était venu le consulter quinze jours avant sa disparition, se plaignant de léthargie et de douleurs permanentes au ventre. Le médecin avait tout d'abord pensé à une simple colique, affection à laquelle Roberto était enclin, en particulier lors des premiers froids, au changement de saison. Comme il ne réagissait pas au traitement, néanmoins, De Cal lui avait suggéré de consulter un spécialiste.

« Est-il allé le voir ? demanda Brunetti.

– Je l'ignore.

– Comment ça ?

– Je suis parti en vacances en Thaïlande à ce moment-là, peu après lui avoir donné le nom du docteur Montini. Quand je suis revenu, Roberto venait d'être enlevé.

– Avez-vous eu l'occasion de parler de lui avec ce docteur Montini ?

– De Roberto ?

– Oui.

– Non, jamais. Ce n'est pas quelqu'un que je fréquente sur un plan social. C'est simplement un confrère.

– Je vois. Pouvez-vous me donner son numéro de téléphone ? »

De Cal posa le combiné et revint au bout d'un instant avec le numéro.

« Son cabinet est à Padoue », expliqua-t-il.

Brunetti le remercia et lui posa une nouvelle question.

« Pensez-vous que c'était simplement une colique, Dottore ? »

Brunetti entendit un froissement de pages.

« On ne peut pas entièrement l'exclure. »

Nouveau froissement de pages.

« Je constate qu'il est en fait venu me voir trois fois en l'espace de quinze jours. C'était les 10, 19 et 23 septembre. »

Autrement dit, le dernier rendez-vous avait eu lieu cinq jours avant le kidnapping.

« Comment l'avez-vous trouvé, alors ? demanda Brunetti.

– J'ai noté qu'il paraissait irrité et nerveux, mais je n'en ai pas un souvenir bien clair.

– Quel genre de garçon était-il, d'après vous, docteur ? »

La question lui était venue soudainement à l'esprit, et De Cal ne répondit qu'au bout de quelques instants.

« Disons qu'il était assez représentatif...

– Représentatif de quoi ?

– De ce genre de famille, les cercles de la bonne société. »

Brunetti se souvint alors que son camarade de classe, Franco, était un communiste convaincu. C'est le genre de chose qui relève souvent d'une tradition familiale, et il n'hésita pas à demander :

« Vous voulez parler des riches et des oisifs ? »

De Cal eut la bonhomie de rire, devant le ton adopté par Brunetti.

« Oui, c'est sans doute cela. Pauvre garçon, il n'avait aucune méchanceté en lui. Je l'ai soigné depuis l'âge de dix ans, environ, et je crois que je connaissais à peu près tout de lui.

– Par exemple ?

– Eh bien, il n'était pas très brillant. Je crois que c'était une déception pour son père, que ce garçon soit si lent d'esprit. »

Brunetti sentit qu'il manquait une seconde partie à cette phrase, et il suggéra une manière de la terminer.

« Contrairement à son cousin ?

– Maurizio ?

– Oui.

– Vous l'avez rencontré ? demanda le médecin.

– Une fois.

– On ne peut pas dire qu'il ne soit pas brillant, observa De Cal avec un petit rire.

– Est-il votre patient, lui aussi ?

– Non. Seulement Roberto. En réalité, voyez-vous, je suis pédiatre, mais Roberto a continué à venir me voir en grandissant, et je n'ai jamais eu le cœur de lui dire d'aller consulter un autre médecin.

– Sauf pour le docteur Montini, lui rappela Brunetti.

– En effet. Mais de toute façon, ce n'était pas de colique qu'il souffrait. J'ai pensé qu'il pouvait s'agir d'une maladie de Crohn ; j'ai même rédigé une note à ce sujet dans son dossier. C'est d'ailleurs la raison pour laquelle je l'ai envoyé voir Montini. Il est l'un des meilleurs spécialistes de la région, pour cette affection assez rare, à vrai dire. »

Brunetti avait entendu parler de cette maladie, mais il ne se souvenait de rien de précis la concernant.

« Quels en sont les symptômes ?

– Des douleurs intestinales, pour commencer. Puis des diarrhées, du sang dans les selles. C'est très douloureux. Très sérieux, aussi. Il présentait tous ces symptômes.

– Ce diagnostic a-t-il été confirmé ?

– Je vous l'ai dit, commissaire, je l'ai envoyé consulter Montini, mais à mon retour de vacances il avait été enlevé, et je n'ai pas cherché à en savoir davantage. Vous pouvez toujours demander à Montini.

– Je vais le faire, Dottore. »

Brunetti remercia à nouveau le médecin pour sa courtoisie et raccrocha.

Il appela aussitôt le numéro de Padoue. Mais le docteur Montini faisait ses visites à l'hôpital et ne reviendrait à son bureau que le lendemain matin à neuf heures. Brunetti laissa son nom, le numéro de téléphone de la vice-questure et celui de son domicile, demandant que le médecin le rappelât dès qu'il le pourrait. Il n'avait pas de raison particulière de se hâter, mais il éprouvait un désagréable sentiment d'impuissance à ne pas savoir ce qu'il cherchait ou ce qui était important, et se hâter était une manière de se cacher cette ignorance.

Son téléphone sonna dès qu'il eut raccroché. C'était la signorina Elettra, l'informant qu'elle avait préparé un dossier sur les entreprises Lorenzoni en Italie et à l'étranger ; désirait-il le consulter tout de suite ? Il alla lui-même le chercher à l'étage en dessous.

Le dossier avait l'épaisseur d'un paquet de cigarettes.

« Comment avez-vous réussi à accumuler un document

de cette taille en si peu de temps, Signorina ? voulut-il savoir.

– J'ai parlé à quelques amis que j'ai encore à la banque, et je leur ai demandé de se renseigner.

– Et vous avez obtenu tout ça depuis que je vous ai dit que ça m'intéresserait ?

– Rien de plus facile, monsieur. Tout passe par là. »

Dans ce qui était devenu maintenant un rituel privé entre eux, elle eut un geste en direction de son ordinateur, dont l'écran brillait derrière elle.

« Combien faut-il de temps pour apprendre à se servir de cet appareil, d'après vous ?

– C'est à vous que vous pensez, monsieur ?

– Oui.

– Cela dépend de deux choses – non, trois.

– Peut-on savoir lesquelles ?

– De votre intelligence. De votre envie d'apprendre. Et de qui est votre professeur. »

La modestie l'empêcha de lui demander son évaluation de la première, l'incertitude d'estimer la deuxième.

« Pourriez-vous m'apprendre ?

– Oui.

– Voulez-vous le faire ?

– Certainement. Quand désirez-vous commencer ?

– Demain. »

Elle acquiesça et sourit.

« Combien de temps cela prendra-t-il ? demanda Brunetti.

– Cela dépend toujours.

– De quoi ? »

Son sourire ne s'élargit-il pas ?

« Des trois mêmes choses. »

Il commença sa lecture dans l'escalier et, le temps d'être de nouveau assis à son bureau, il avait déjà parcouru des listes de holdings dont les chiffres d'affaires combinés totalisaient des milliards de lires ; il commençait à comprendre pourquoi les auteurs de l'enlèvement avaient choisi les Lorenzoni. Les divers documents du dossier n'ayant pas été classés, Brunetti entreprit de le faire en les disposant en petits tas, en fonction, approximativement, des divers pays européens.

Transports routiers, aciéries, usines de plastique en Crimée : la société était en perpétuelle extension, étirant des pseudopodes de plus en plus loin, en particulier vers l'est ; les Lorenzoni semblaient investir massivement dans les pays autrefois situés de l'autre côté du Rideau de fer. En mars, ils avaient fermé deux usines de vêtements à Vercelli, pour en ouvrir une nouvelle seulement deux mois plus tard à Kiev. Au bout d'une demi-heure, il posa le dernier papier sur son bureau et constata alors que les piles les plus importantes étaient à sa droite, même s'il n'avait qu'une vague idée de l'emplacement géographique exact des nouveaux intérêts des Lorenzoni.

Il ne lui fallut pas longtemps pour que lui reviennent à l'esprit les histoires qui avaient récemment fait la manchette des journaux concernant la prétendue mafia russe et les bandes tchétchènes qui, s'il fallait en croire la presse, s'étaient emparées de la plupart des entreprises de Russie, légales ou illégales. Il n'y avait pas un gros effort à faire pour en conclure que ces groupes pouvaient être responsables de l'enlèvement. Les hommes qui s'étaient chargés de la besogne n'avaient pas dit un mot ; ils s'étaient contentés d'exhiber leurs armes et d'emmener leur victime.

Si c'était le cas, cependant, par quel concours de circonstances avaient-ils atterri dans un champ près de Col di Cugnan, patelin minuscule dont aucun Vénitien n'avait sans doute jamais entendu parler ? Il reprit le dossier du kidnapping et le feuilleta jusqu'à ce qu'il ait retrouvé les demandes de rançon, dans leur protection en plastique. Les lettres d'imprimerie auraient pu être tracées par n'importe qui, mais ne comportaient aucune faute d'italien, même si Brunetti était obligé d'admettre que cela ne prouvait rien.

Il n'avait aucune idée des méthodes et des habitudes du crime organisé russe, mais il éprouvait une certitude purement instinctive que ce n'était pas dans cette direction qu'il fallait chercher. Ceux qui avaient kidnappé Roberto connaissaient la villa et avaient été en mesure de l'attendre sans se faire repérer. À moins, bien entendu, qu'ils aient su exactement à quel moment Roberto allait arriver. Autre question qui n'avait jamais été posée au cours de l'enquête originale : qui pouvait savoir que Roberto avait prévu de passer la nuit à la villa ?

Comme bien souvent, Brunetti fut frappé par la précipitation avec laquelle étaient rédigés les rapports de ses collègues ; collègues qui, dans le cas précis, n'étaient plus chargés de l'affaire.

Non sans se sentir quelque peu mal à l'aise de la facilité avec laquelle il succombait à ces sentiments, il décrocha le téléphone et composa le numéro de Vianello. Lorsqu'il eut le sergent en ligne, il lui dit simplement :

« Allons voir ce portail de plus près. »

17

BRUNETTI AVAIT BEAU être aussi citadin qu'il fût possible, lui qui n'avait jamais habité ailleurs qu'en ville éprouvait un ravissement de paysan devant la profusion de la nature et la moindre manifestation de sa beauté. Le printemps avait toujours été, depuis son enfance, sa saison préférée ; la passion qu'il ressentait pour lui était pétrie de souvenirs, ceux des premières belles journées après les froids interminables de l'hiver. Il y avait, de plus, le plaisir de voir revenir les couleurs : le jaune éclatant des forsythias et des jonquilles, le vert tendre des jeunes pousses. Même à travers la vitre de la voiture qui fonçait sur l'autoroute, il les apercevait et s'en réjouissait. Vianello, assis à l'arrière, discutait avec Pucetti, qui était au volant, de la douceur anormale de l'hiver ; la température n'ayant même pas approché le point de congélation, les algues qui encombraient la lagune n'avaient pas été détruites, ce qui signifiait qu'elles allaient venir s'échouer sur les plages, l'été prochain.

Ils quittèrent l'autoroute à Trévise pour aller emprunter la nationale en direction de Roncade. Au bout de quelques kilomètres, ils virent un panneau, sur la droite, qui indiquait l'église San Ubaldo.

« C'est bien par là ? demanda Pucetti, qui avait consulté la carte avant de partir.

– Oui, lui répondit Vianello. Quelque part sur la gauche, à environ trois kilomètres.

– C'est la première fois que je viens par ici, observa le jeune policier. Le coin est joli. »

Vianello acquiesça mais ne répondit rien.

Au bout de quelques minutes, à la sortie d'un tournant, ils virent une massive tour en pierre sur la gauche de l'étroite route ; un haut mur d'enceinte en partait à angle droit, se perdant rapidement au milieu des arbres qui avaient poussé de part et d'autre.

Brunetti mit la main sur l'épaule de Pucetti, qui ralentit. Ils longèrent le mur pendant quelques centaines de mètres. Lorsque le commissaire vit se profiler les grilles, il fit un nouveau signe à son chauffeur pour lui demander de s'arrêter. Pucetti engagea le véhicule dans le grand arc de cercle en gravier qui précédait le portail, se garant juste en face de celui-ci. Les trois hommes descendirent.

D'après le dossier de l'enlèvement, la pierre qui avait bloqué le mouvement de la grille mesurait vingt centimètres de large à l'endroit où elle était la plus étroite ; la distance qui séparait les barreaux de fer du portail, constata Brunetti quand il posa la main dessus pour l'évaluer, était à peine plus grande que sa paume et ne devait donc pas dépasser dix centimètres. Il s'éloigna un peu sur la gauche, suivant le mur d'enceinte dont la hauteur était à peu près d'une fois et demie sa taille.

« Avec une échelle, évidemment... » lui lança Vianello qui, resté près de la voiture, mains sur les hanches, examinait le sommet de la grille.

Avant que Brunetti eût le temps de répondre, il entendit un bruit de moteur et vit une voiture qui approchait par la gauche, une petite Fiat blanche dans laquelle deux hommes avaient pris place. Elle ralentit à la vue du groupe de policiers, et les deux passagers ne firent aucun effort pour dissimuler leur curiosité devant la présence d'hommes en uniforme et d'une voiture blanc et bleu. La Fiat s'éloigna lentement, alors qu'arrivait une nouvelle voiture, de la droite, cette fois. Celle-ci aussi ralentit pour permettre à ses passagers de bien voir que la police se tenait devant la villa Lorenzoni.

Une échelle, réfléchit Brunetti, impliquait la présence

d'une camionnette. Le kidnapping avait eu lieu un 28 septembre, et le feuillage d'automne, de part et d'autre de la route, devait avoir été encore suffisamment épais pour dissimuler un van ou un petit camion.

Brunetti revint jusqu'au portail et s'approcha du panneau, sur le pilier de gauche, comportant le système d'alarme avec Interphone et digicode. Il tira de sa poche un bout de papier qu'il consulta, avant de pianoter un nombre à cinq chiffres sur le digicode. La lumière rouge s'éteignit, en haut du panneau, et une verte s'alluma en bas. Un ronronnement mécanique monta de la base du pilier et les grilles métalliques commencèrent à s'écarter.

« Comment connaissiez-vous le code ? s'étonna Vianello.

– Il figurait dans le premier rapport », lui répondit Brunetti, éprouvant une certaine satisfaction à avoir pensé à le relever.

Le bourdonnement s'arrêta : les grilles étaient complètement ouvertes.

« C'est une propriété privée, n'est-ce pas ? demanda Vianello, laissant ainsi à Brunetti la responsabilité de faire le premier pas et, de cette manière, de donner l'ordre de le suivre.

– Oui, une propriété privée. »

Il franchit le portail et s'engagea sur l'allée de gravier.

Vianello fit signe à Pucetti de les attendre à côté de la voiture et emboîta le pas à Brunetti. L'allée était bordée de haies de buis tellement denses qu'elles constituaient une véritable muraille verte séparant le chemin des jardins qui devaient sûrement s'étendre derrière. Au bout d'une cinquantaine de mètres, des arches de pierre s'ouvraient en vis-à-vis dans les buis, et Brunetti passa sous celle de droite. Quand Vianello s'y engagea à son tour, il trouva son supérieur immobile, mains dans les poches de pantalon, les pans de son manteau renvoyés vers l'arrière. Il étudiait le paysage qu'il avait devant lui : des parterres de fleurs légèrement surélevés, au milieu d'un réseau d'allées rectilignes recouvertes de gravier.

Sans rien dire, Brunetti revint sur ses pas et passa sous

l'arche de gauche ; de nouveau, il s'arrêta et regarda autour de lui. On retrouvait le même quadrillage méticuleux d'allées et de parterres de fleurs ; ce deuxième jardin était l'image inversée du premier. Jacinthes, muguet et crocus tendaient leurs pétales au soleil, ayant l'air, eux aussi, de vouloir mettre les mains dans les poches pour regarder autour d'eux.

Vianello vint rejoindre Brunetti.

« Eh bien, monsieur ? demanda-t-il, ne sachant pas trop pourquoi Brunetti restait là à contempler les fleurs.

– Pas beaucoup de pierres dans le coin, hein, Vianello ? »

Le sergent, qui n'avait pas réellement examiné le jardin, s'étonna de nouveau.

« Non, monsieur. On n'en voit aucune. Pourquoi ?

– En supposant que la disposition des lieux soit restée la même, cela signifie qu'ils l'avaient apportée avec eux, n'est-ce pas ?

– Et qu'ils l'ont fait passer par-dessus le mur ? »

Brunetti acquiesça.

« La police locale a au moins patrouillé tout le long du mur. À aucun endroit le sol n'avait été remué. »

Il se tourna vers Vianello.

« À ton avis, combien pouvait peser cette pierre ?

– Pas loin de vingt kilos, je dirais. »

Brunetti hocha de nouveau la tête. Il ne fit pas de commentaire sur la difficulté qu'il devait y avoir à franchir un mur avec une pierre de ce poids.

« Est-ce qu'on va jeter un coup d'œil à la villa ? » demanda Brunetti, mais lui ni Vianello ne prirent cela comme une question.

Ils repassèrent l'un et l'autre sous l'arche et, côte à côte, remontèrent l'allée de gravier, qui s'incurvait sur la droite. Au loin, on entendait le chant joyeux d'un oiseau et les opulentes senteurs de la terre échauffée emplissaient l'air.

Vianello, qui avançait en regardant à ses pieds, eut tout d'abord conscience des graviers qui frappèrent ses chevilles, puis de la poussière qui retomba sur ses chaussures. Ce n'est qu'ensuite qu'il enregistra le bruit du coup de feu.

Celui-ci fut rapidement suivi d'un deuxième, et le jaillissement de petits cailloux à moins d'un mètre de l'endroit où il se tenait l'instant d'avant montrait que la balle aurait atteint sa cible. Mais alors que les gravillons volaient dans l'air, le sergent était déjà allongé à la droite de l'allée, renversé par Brunetti ; la force avec laquelle celui-ci avait poussé son subordonné l'avait propulsé, toujours courant, quelques mètres plus loin.

Sans même réfléchir, Vianello se remit debout et, courbé en deux, se précipita vers la haie. La muraille végétale ne lui permettait pas de se dissimuler, mais son uniforme bleu foncé se détacherait beaucoup moins sur le vert sombre du buis que sur le fond blanc de l'allée. Il y eut une troisième, puis une quatrième détonation.

« Par ici, Vianello ! » cria Brunetti.

Sans même chercher à voir où se tenait le commissaire, Vianello, toujours plié en deux, courut en direction du son de la voix, son champ visuel rétréci par la panique. Soudain, une main le saisit par le bras gauche et le fit littéralement décoller de terre. Il aperçut alors une ouverture dans la haie et s'y engouffra avec la même maladresse qu'un phoque remontant sur une plage, uniquement capable, dans son affolement, de ramper en s'appuyant sur les coudes et les genoux.

Ses mouvements frénétiques furent arrêtés par quelque chose de dur : les genoux de Brunetti. Il roula de côté, se remit debout en chancelant et tira son revolver. Sa main tremblait.

Devant lui, Brunetti se tenait à proximité de l'étroite ouverture qu'un buis coupé faisait dans la haie. Tenant lui-même son arme à la main, il se retourna et demanda au sergent comme il allait.

« Ça va, ça va », répondit tout d'abord Vianello, incapable de penser à quoi que ce soit.

Puis, après coup, il ajouta :

« Merci, monsieur. »

Brunetti ne répondit rien et, se baissant le plus possible, risqua un œil de l'autre côté des branchages protecteurs.

« Vous voyez quelque chose ? » demanda Vianello.

Brunetti poussa un double grognement, clairement négatif. Venant de la direction du portail s'éleva tout à coup un double son agressif : la sirène de la voiture de police. Les deux hommes tournèrent la tête, tendant l'oreille pour savoir si elle se rapprochait, mais le bruit ne paraissait pas augmenter. Le commissaire se releva.

« Pucetti ? » demanda Vianello, ne voyant pas comment la police locale aurait pu arriver aussi rapidement sur les lieux.

Un instant, Brunetti eut envie de partir vers la villa pour mettre la main sur l'auteur des coups de feu, puis il reprit conscience de la sirène et retrouva son bon sens.

« Retournons à la voiture », dit-il.

Il se tourna et prit la direction du portail par le sentier qui longeait les parterres de fleurs.

« Il a probablement demandé de l'aide par radio. »

Ils avançaient en frôlant la haie, et même lorsque l'itinéraire fit un crochet à gauche et qu'ils ne furent plus dans la ligne de mire de la villa, aucun des deux n'eut envie de continuer par l'allée centrale. Ce ne fut qu'en vue du mur d'enceinte que Brunetti se sentit suffisamment en sécurité pour se frayer un chemin, non sans difficulté, entre les épaisses branches de buis.

Le portail était refermé, mais la voiture de police était garée juste devant, bloquant le passage, la portière côté passager touchant presque les grilles.

Quand ils n'en furent qu'à quelques mètres, Brunetti appela Pucetti ; mais à cause de la sirène, il lui fallut hurler pour se faire entendre.

Une réponse leur parvint de derrière la voiture, sans que le jeune policier se montrât cependant.

« Pucetti ? cria de nouveau Brunetti.

– Tenez votre arme en l'air, monsieur ! »

La voix de Pucetti provenait toujours de derrière la voiture.

Comprenant aussitôt, il brandit bien visiblement son pistolet en l'air.

Lorsque Pucetti le vit, il sortit de derrière la voiture ; il tenait toujours son arme à la main, mais pointée vers le sol.

Il passa un bras par la vitre baissée de la portière et coupa la sirène. Dans le silence soudainement revenu, il dit :

« Je voulais être sûr, monsieur.

– C'est bien, c'est bien, lui répondit Brunetti, qui se demanda s'il aurait lui-même envisagé la possibilité d'une prise d'otages. Tu as appelé la police locale ?

– Oui, monsieur. Il y a un poste de carabiniers à la sortie de Trévise. Ils ne devraient pas tarder. Qu'est-ce qui s'est passé ?

– On s'est mis à nous tirer dessus pendant que nous remontions l'allée.

– Vous les avez vus ? »

Brunetti secoua la tête et Vianello répondit que non.

Pucetti voulut poser une autre question, mais il fut interrompu par le hululement d'une nouvelle sirène, arrivant de la direction de Trévise.

Au milieu du tapage, Brunetti cria les chiffres du numéro de code à Pucetti, qui les composa. Les grilles commencèrent à s'écarter, mais avant que Brunetti ait eu le temps de le lui suggérer, le jeune policier était monté dans la voiture et l'avait manœuvrée de manière à les bloquer avec son pare-chocs avant, tout en laissant suffisamment de passage de l'autre côté.

Il y avait deux carabiniers dans la Jeep qui vint s'arrêter derrière le véhicule de patrouille. Par la fenêtre, le conducteur les interpella de manière laconique.

« Qu'est-ce qui se passe ? »

Il avait un visage étroit au teint jaune et paraissait tout à fait calme, comme si c'était tous les jours qu'il était appelé parce que ses collègues de la police essuyaient des coups de feu.

« Quelqu'un a commencé à nous tirer dessus de là-bas, expliqua Brunetti.

– Ils savent qui vous êtes ? » voulut savoir le carabinier.

Cette fois-ci, son accent fut plus facile à repérer. Un Sarde. Au fond, il était peut-être effectivement habitué à ce genre de situation. Il ne prit pas la peine de descendre de son véhicule.

« Non, répondit Vianello. Qu'est-ce que ça change ?

– Ils ont eu trois cambriolages. Et il y a eu l'enlèvement. On peut comprendre qu'en voyant des gens dans leur allée, ils se soient mis à tirer. Je l'aurais fait, moi.

– Tirer là-dessus ? rétorqua Vianello, frappant sa veste d'uniforme de la paume, dans un geste un peu théâtral.

– Non, sur ça. »

Le carabinier montra le revolver que Brunetti tenait encore à la main.

Le commissaire intervint.

« Je ne le tenais pas à ce moment-là, pour commencer. Et il n'en reste pas moins qu'on nous a tiré dessus. »

Il dut faire un effort pour ne pas ajouter autre chose.

Au lieu de répondre, le carabinier rentra la tête dans la Jeep, rabattit sa vitre et prit un téléphone cellulaire. Brunetti le vit composer un numéro, tandis que derrière lui Pucetti murmurait :

« Gesu bambino... »

Il y eut une brève conversation téléphonique, puis le carabinier composa un second numéro. Il attendit quelques instants, puis parla pendant une minute, environ. Il acquiesça deux fois, enfonça un autre bouton et reposa l'appareil sur le tableau de bord.

Il rouvrit son rabat.

« Vous pouvez y aller, à présent, dit-il avec un geste du menton en direction des grilles.

– Quoi ? s'étonna Vianello.

– Vous pouvez entrer. Je viens d'appeler. Je leur ai dit qui vous étiez, et ils ont répondu que vous pouviez entrer.

– À qui avez-vous parlé ? demanda Brunetti.

– Au neveu. Je ne connais pas son prénom...

– Maurizio.

– Oui. Il y est. Il m'a dit qu'ils ne tireraient pas, à présent qu'ils savent qui vous êtes. »

Comme aucun des trois policiers vénitiens ne paraissait vouloir bouger, le carabinier les encouragea.

« Allez-y, vous ne risquez rien. Ils ne tireront pas. »

Brunetti et Vianello échangèrent un coup d'œil, puis le commissaire fit signe à Pucetti de rester auprès de la voiture. Sans rien dire au carabinier, les deux hommes franchirent de nouveau le portail et s'engagèrent dans l'allée. Cette fois-ci, le sergent regarda droit devant lui, ses yeux allant constamment d'un bord à l'autre du chemin.

Ils gardèrent tous les deux le silence, et on n'entendait que le crissement de leurs pas sur le gravier.

Au moment où ils atteignirent le premier virage que faisait l'allée, ils virent un homme s'avancer vers eux. Brunetti reconnut sur-le-champ le neveu, Maurizio. Celui-ci n'avait pas d'arme à la main.

Lorsqu'il ne fut plus qu'à une dizaine de mètres, il lança :

« Pourquoi ne pas nous avoir prévenus ? C'est une histoire complètement idiote. Vous avez forcé notre portail et remonté cette allée. Vous avez eu de la chance de ne pas être blessés. »

Brunetti, cependant, n'était pas dupe de cette fanfaronnade.

« Est-ce que vous accueillez toujours vos visiteurs de cette façon, Signor Lorenzoni ?

– Oui, quand ils forcent mon entrée, répondit le jeune homme, s'arrêtant juste devant les deux policiers.

– Nous n'avons rien forcé.

– Mais maintenant, notre code n'est plus secret, répliqua Maurizio. Les seules personnes à le connaître, normalement, sont les membres de la famille.

– Et ceux qui ont enlevé Roberto », ajouta Brunetti d'un ton parfaitement uni.

Maurizio n'eut pas le temps de dissimuler son étonnement.

« Quoi ?

– Je crois que vous m'avez très bien compris, Signor. Ceux qui ont enlevé Roberto.

– Je ne comprends pas ce que vous voulez dire.

– La pierre...

– Je ne vois toujours pas de quoi vous voulez parler », s'entêta le jeune Lorenzoni.

Au lieu de s'expliquer, Brunetti lui demanda s'il avait un permis de port d'arme.

« Bien sûr que non, dit-il, sans faire d'effort pour cacher sa colère montante. Mais j'ai un permis de chasse. »

Voilà, comprit soudain Brunetti, ce qui expliquait l'averse de petits cailloux autour des pieds de Vianello.

« Vous avez donc utilisé un fusil de chasse ? Pour tirer sur des gens ?

– *En direction* des gens, oui, le corrigea Lorenzoni. Personne n'a été touché. Un homme a tout de même le droit de défendre sa propriété, non ?

– Et cette villa est votre propriété ? » demanda Brunetti du ton de la plus parfaite courtoisie.

Il vit le jeune homme se mordre la lèvre pour retenir ce qu'il avait eu envie de répondre. Il se contenta de dire :

« C'est celle de mon oncle, comme vous le savez bien. »

Ils entendirent alors, du côté du portail, le bruit d'un moteur qui démarrait, puis celui d'un véhicule qui s'éloignait. Sans aucun doute les carabiniers, lassés d'attendre ce qui allait arriver et qui préféraient laisser la police de Venise se débrouiller toute seule.

Cette courte interruption permit à Lorenzoni de retrouver son sang-froid.

« Comment êtes-vous entrés ? demanda-t-il à Brunetti.

– Avec le code d'accès. Il figurait dans le rapport sur l'enlèvement de votre cousin.

– Vous n'avez aucun droit d'entrer ici. Pas sans un mandat de perquisition en bonne et due forme.

– Ceci ne s'applique que lorsque la police poursuit un suspect de manière illégale, Signor Lorenzoni. Or, je ne vois aucun suspect ici. Et vous ? »

Le sourire que lui adressa Brunetti était d'une parfaite spontanéité.

« Je suppose que le fusil de chasse a été déclaré aux autorités locales et que vous avez réglé la taxe sur votre permis de chasse ?

– Je ne suis pas certain que cela vous regarde, commissaire, répliqua Lorenzoni.

– Je n'apprécie pas qu'on me tire dessus, voyez-vous.

– Je ne vous tirais pas dessus, seulement dans votre direction, pour vous faire fuir. »

Pendant tout cet échange, Brunetti avait pensé à ce qu'allait être inévitablement la réaction de Patta lorsqu'il apprendrait que son subordonné était entré illégalement dans la propriété d'un homme d'affaires riche et influent de Venise.

« Nous avons peut-être des torts partagés, Signor Lorenzoni », dit-il finalement.

Manifestement, le jeune homme ne savait pas très bien s'il devait voir ou non, dans cette remarque, une forme d'excuse. Brunetti se tourna pour demander à Vianello :

« Qu'en penses-tu, sergent, à présent que tu sembles avoir retrouvé tes esprits ? »

Mais avant que Vianello eût le temps de répondre, Lorenzoni s'était soudain avancé et avait posé une main sur le bras de Brunetti. Son sourire le faisait paraître beaucoup plus jeune.

« Je suis désolé, commissaire. J'étais tout seul, à la villa, et j'ai eu très peur lorsque le portail s'est ouvert.

– N'avez-vous pas pensé qu'il s'agissait de quelqu'un de votre famille ?

– Il ne pouvait s'agir de mon oncle. Il m'a téléphoné de Venise il y a à peine vingt minutes. Et il est théoriquement la seule autre personne à connaître le code, maintenant. »

Sa main retomba, il recula d'un pas et ajouta :

« Et je n'arrête pas de penser à ce qui est arrivé à Roberto. J'ai cru qu'ils étaient revenus pour me prendre moi, cette fois. »

La peur a sa logique propre, Brunetti le savait bien, et le jeune homme disait peut-être la vérité.

« Nous sommes désolés de vous avoir causé cette frayeur, Signor Lorenzoni, dit-il. Nous étions simplement venus jeter un coup d'œil à l'endroit où a eu lieu l'enlèvement. »

Vianello, ayant compris où voulait en venir Brunetti, hocha la tête de manière encourageante.

« Pourquoi ? demanda Lorenzoni.

– On ne sait jamais. Un détail a pu être négligé.

– Comme quoi ?

– Comme le fait que vous aviez déjà été victimes de trois cambriolages. »

Comme Lorenzoni semblait ne pas vouloir faire de commentaires, Brunetti ajouta :

« Quand se sont-ils produits ? Avant ou après l'enlèvement ?

– Un seul d'entre eux a eu lieu avant. Le dernier ne date que de deux mois.

– Qu'est-ce qui a disparu ?

– La première fois, ils n'ont pu emporter qu'un peu d'argenterie de la salle à manger. L'un des jardiniers a aperçu une lumière et est venu voir ce qui se passait. Ils se sont enfuis en passant par-dessus le mur.

– Et les deux autres fois ?

– Le deuxième s'est produit pendant le kidnapping. Ou plus exactement, après la disparition de Roberto et avant l'arrivée de la première demande de rançon, alors que nous étions tous à Venise. Ceux qui sont venus ont aussi dû passer par-dessus le mur, mais cette fois ils ont emporté des tableaux. Il y a un coffre-fort dans l'une des chambres, mais ils ne l'ont pas trouvé. C'est pourquoi je pense qu'il ne s'agit pas de vrais professionnels, mais plutôt de drogués.

– Et le troisième cambriolage ?

– Il y a deux mois, nous étions tous ici – mon oncle, ma tante et moi. Je me suis réveillé au milieu de la nuit ; j'ignore pourquoi, peut-être à cause d'un bruit. Je me suis avancé jusqu'en haut de l'escalier et j'ai entendu quelqu'un qui se déplaçait au rez-de-chaussée. J'ai donc été dans le bureau de mon oncle pour y prendre le fusil de chasse.

– Le même que celui que vous avez utilisé aujourd'hui ?

– Oui. Il n'était pas chargé, mais je ne le savais pas, à ce moment-là. »

Il eut un sourire gêné après avoir fait cet aveu, mais il poursuivit néanmoins.

« Je suis retourné en haut de l'escalier, j'ai allumé le vaet-vient qui éclaire le rez-de-chaussée et j'ai crié quelque chose. Puis je suis descendu, en braquant mon fusil devant moi.

– C'était courageux de votre part, observa Brunetti, sincère.

– Je croyais le fusil chargé.

– Et qu'est-ce qui s'est passé ?

– En fait, rien. J'étais encore au milieu de l'escalier lorsque j'ai entendu une porte claquer et des bruits dans le jardin.

– Quel genre de bruits ? »

Lorenzoni parut sur le point de répondre. Au lieu de cela, il resta un instant silencieux.

« Je ne sais pas, dit-il finalement. J'avais tellement peur que je n'ai pas fait attention à ce que j'entendais. »

Comme ni Brunetti ni Vianello ne manifestaient de surprise, il ajouta :

« J'ai été obligé de m'asseoir sur une marche, tellement je tremblais. »

Brunetti eut un sourire plein de douceur.

« Heureusement que vous ignoriez que le fusil n'était pas chargé. »

Le jeune homme parut ne pas très bien savoir comment prendre ce commentaire, jusqu'au moment où le commissaire lui mit la main sur l'épaule.

« Croyez-moi, tout le monde n'aurait pas le courage de descendre un escalier avec un fusil à la main, chargé ou non, dans de telles conditions.

– Mon oncle et ma tante ont été très bons pour moi, avança Lorenzoni en manière d'explication.

– A-t-on retrouvé vos voleurs ? »

Lorenzoni secoua la tête.

« Non, jamais. Les carabiniers sont venus et ont regardé partout, ils ont même pris les empreintes de pas qu'ils ont retrouvées en bas du mur. Mais vous savez comment c'est, ajouta-t-il avec un soupir. Sans espoir. »

Prenant soudain conscience qu'il parlait à des policiers, il se reprit.

« Ce n'est pas ce que je voulais dire... »

Brunetti, qui croyait au contraire que si, eut un mouvement pour montrer que la remarque était sans importance.

« Qu'est-ce qui peut vous faire croire que ce sont les kidnappeurs ? Que ce serait eux qui seraient revenus ? »

Depuis un moment, le jeune Lorenzoni les avait lentement entraînés en direction de la villa. Lorsqu'ils eurent franchi le dernier virage dessiné par l'allée, elle apparut soudain, avec son corps central réparti sur trois niveaux et ses deux ailes plus basses. Dans la lumière affaiblie du soleil, les pierres de taille dont elle était bâtie se paraient de reflets roses ; les hautes fenêtres renvoyaient le peu de lumière du jour.

Se rappelant soudain qu'il était leur hôte, Lorenzoni leur proposa un rafraîchissement.

Du coin de l'œil, Brunetti vit que Vianello avait du mal à cacher sa stupéfaction. Il commence par nous tirer dessus, puis il nous offre à boire.

« C'est très aimable de votre part, mais non, merci. J'aimerais par contre que vous me disiez le plus de choses possibles sur votre cousin.

– Roberto ?

– Oui.

– Quel genre de choses ?

– L'homme qu'il était. Les plaisanteries qu'il aimait. Le travail qu'il faisait pour la société. Des choses dans ce genre. »

Cette liste de questions, que Brunetti trouvait lui-même bizarre, ne parut nullement surprendre le jeune Lorenzoni.

« Il était... je ne sais comment présenter cela de manière élégante. Ce n'était pas, disons, quelqu'un de bien compliqué. »

Il s'interrompit. Brunetti attendit, curieux de voir à quels autres euphémismes le jeune homme allait avoir recours.

« Il était utile à la société en ce sens qu'il présentait bien, et mon oncle l'envoyait partout où il fallait la représenter.

– Dans des négociations ? demanda Brunetti.

– Oh, non, répondit immédiatement Lorenzoni. Roberto

était plus à l'aise dans les relations sociales, du genre inviter des clients à déjeuner ou leur montrer la ville.

– Qu'est-ce qu'il faisait d'autre ? »

Le jeune homme réfléchit quelques instants avant de répondre.

« Mon oncle l'envoyait souvent livrer des documents importants ; s'il voulait qu'un contrat arrive très rapidement, il en chargeait Roberto.

– Lequel passait ensuite quelques jours sur place ?

– Oui, parfois.

– A-t-il été à l'université ?

– Il a été inscrit à la faculté d'économie commerciale.

– Où ?

– Ici, à la Ca Foscari.

– Combien d'années d'études a-t-il faites ?

– Trois.

– Et quel diplôme a-t-il décroché ? »

La vérité, si le jeune Lorenzoni la connaissait, ne franchit jamais ses lèvres.

« Je ne sais pas. »

Cette dernière question, en effet, avait rompu l'embryon de confiance qui s'était établi entre lui et Brunetti, quand il avait avoué avoir eu peur.

« Mais pourquoi me posez-vous toutes ces questions ? se rebiffa-t-il soudain.

– J'aimerais me faire une idée du genre de personne qu'il était, répondit Brunetti, parfaitement sincère.

– Et qu'est-ce que ça change ? Après tout ce temps ? »

Brunetti haussa les épaules.

« Ça ne changera peut-être rien, en effet. Mais si je dois passer les mois qui viennent en sa compagnie, j'aimerais en apprendre davantage sur lui.

– Des mois ?

– En effet.

– Voulez-vous dire que l'enquête sur l'enlèvement va être rouverte ?

– Il ne s'agit plus simplement d'un enlèvement. Mais d'un enlèvement doublé d'un assassinat. »

Le mot fit grimacer le jeune homme, mais il ne dit rien.

« Est-ce que vous vous souvenez d'un fait quelconque qui pourrait être important ? »

Lorenzoni secoua la tête et se tourna vers les marches qui conduisaient à la façade de la villa.

« Rien, par exemple, sur son comportement avant le kidnapping ? »

Lorenzoni secoua de nouveau la tête, puis s'arrêta et se tourna vers Brunetti.

« Je crois qu'il était malade.

– Qu'est-ce qui vous le fait dire ?

– Il prétendait qu'il était tout le temps fatigué et qu'il ne se sentait pas bien. Si mes souvenirs sont exacts, il avait des problèmes de ventre, du genre diarrhées. Et il paraissait avoir perdu du poids.

– Faisait-il d'autres remarques à ce sujet ?

– Non, non, pas spécialement. Nous n'étions pas très proches, tous les deux, ces dernières années.

– Depuis que vous étiez entré dans l'affaire ? »

Le regard que lui adressa Lorenzoni était aussi vide de sympathie que d'étonnement.

« Que voulez-vous dire par là ?

– Je trouverais tout à fait naturel qu'il vous en ait voulu d'entrer dans l'entreprise, en particulier si votre oncle paraissait vous apprécier ou avoir confiance en vous et en votre jugement. »

Brunetti espérait que Maurizio Lorenzoni commenterait cette observation, mais le jeune homme le surprit en tournant les talons pour grimper en silence les trois larges marches qui conduisaient à la villa. C'est à son dos que Brunetti lança :

« Y a-t-il quelqu'un d'autre qui pourrait me parler de lui ? »

Une fois en haut des marches, Lorenzoni fit demi-tour.

« Non. Personne ne le connaissait. Personne ne peut vous aider. »

Sur quoi il entra dans la villa, refermant la porte derrière lui.

18

LE LENDEMAIN ÉTANT un dimanche, Brunetti abandonna les Lorenzoni à leur propre sort pendant vingt-quatre heures, pour s'intéresser de nouveau à eux le lundi matin, lorsqu'il alla assister aux funérailles de Roberto, cérémonie qui fut autant solennelle que sinistre. La messe fut célébrée en l'église San Salvatore, édifiée à l'une des extrémités du Campo San Bartolomeo ; du fait de sa proximité avec le Rialto, elle accueillait un flux constant de touristes pendant la journée, et donc pendant les offices. Assis vers le fond de la nef, Brunetti avait nettement conscience de l'invasion et les entendait qui murmuraient entre eux pour savoir comment ils allaient pouvoir photographier, pendant des funérailles, l'*Annonciation* du Titien et la tombe de Caterina Cornaro. Peut-être en faisant très doucement et en ne se servant pas du flash.

Le prêtre ignora leur rumeur et poursuivit l'antique rituel, parla de la nature transitoire de notre séjour sur cette terre et de la tristesse que ressentaient les parents et toute la famille de cet enfant de Dieu, arraché si tôt à sa condition et à l'amour des siens. Puis il enjoignit son auditoire de penser à la joie qui attendait le croyant et le juste, lorsqu'il atteignait enfin le Royaume des cieux et se retrouvait près du Père, source de tout amour. Le prêtre ne fut dérangé qu'une seule fois, lorsque monta du fond de l'église le vacarme d'une chaise renversée, suivi d'une exclamation étouffée dans une langue qui n'était pas l'italien.

L'interruption fut noyée dans le rituel ; le curé et ses acolytes firent lentement le tour du cercueil, qu'ils aspergèrent d'eau bénite tout en psalmodiant des prières. Brunetti se demanda s'il n'était pas le seul à imaginer quel pouvait être l'état des restes qui se trouvaient sous le couvercle, en acajou sculpté d'un motif compliqué. Personne, dans l'assistance, ne les avait réellement vus : l'identité du cadavre n'avait été définie que par deux éléments, des radiographies dentaires et une chevalière en or ; en voyant celle-ci, avait raconté le commissaire Barzan à Brunetti, le comte avait fondu en larmes. Brunetti lui-même, bien qu'il eût étudié en détail le rapport d'autopsie, n'avait aucune idée précise de ce qui pouvait bien rester de Roberto Lorenzoni dans le cercueil. Avoir vécu vingt et un ans, et n'avoir rien laissé derrière soi, sinon des parents fous de chagrin, une petite amie qui avait déjà donné naissance à l'enfant d'un autre homme et un cousin qui avait rapidement manœuvré pour se retrouver en position d'héritier... Non, vraiment, il restait bien peu de chose de Roberto, pourtant fils d'un grand de ce monde et enfant de Dieu. Un garçon représentatif d'un cas de figure classique : enfant unique et fils à papa d'une riche famille, à qui on ne demandait guère d'efforts et dont on n'attendait que bien peu de chose. Et à présent, le voici qui gisait, tas d'os blanchis et de lambeaux de chair, dans une boîte au milieu d'une église ; et même le policier lancé sur la piste de son meurtrier n'arrivait pas à éprouver de véritable chagrin devant cette mort prématurée.

La fin de la cérémonie mit un terme aux réflexions que se faisait Brunetti. Quatre hommes d'âge mûr portèrent le cercueil de l'autel jusqu'à la sortie de l'église, suivis de près par le comte Ludovico et Maurizio, qui soutenaient chacun la comtesse par un bras. Francesca Salviati n'était pas venue. C'est avec tristesse que Brunetti constata que la plupart des personnes présentes aux funérailles étaient des gens âgés, apparemment des amis des parents. C'était comme si Roberto se trouvait non seulement privé d'avenir, mais dépouillé de son passé ; il n'avait laissé derrière lui aucun ami pour venir lui faire ses adieux ou dire quelque prière à la mémoire de son âme. Il y avait quelque chose d'infiniment triste à avoir aussi peu compté, à n'avoir, pour marquer son passage terrestre, que les larmes d'une mère. Le jour où il mourrait, se dit Brunetti, il n'aurait même pas celles-ci : sa propre mère, enfermée dans la folie, ne faisait plus depuis longtemps la différence entre fils et père, entre la vie et la mort. Et si le cercueil avait contenu les restes de son propre fils ?

Il se leva soudain et se glissa dans l'allée pour se joindre à la petite procession qui se dirigeait vers la porte de l'église. Sur les marches, il fut surpris de voir que le soleil inondait le Campo et que les gens allaient et venaient, se dirigeant vers le Rialto ou vers le Campo San Luca, totalement étrangers à la mort de Roberto Lorenzoni.

Il décida de ne pas suivre davantage le cercueil, qu'on allait maintenant placer sur un bateau pour le transporter jusqu'au cimetière. Au lieu de cela, il prit le chemin de San Lio et de la vice-questure, s'arrêtant en cours de route pour prendre un café accompagné d'une brioche. S'il finit le café, il ne put avaler qu'une bouchée de la brioche. Il la reposa sur le comptoir, paya et s'en alla.

Il monta jusqu'à son bureau, où une carte postale de son frère l'attendait. Elle représentait la fontaine de Trevi ; au dos, de son écriture nette et carrée, Sergio avait écrit ce message : « Grand succès de la communication, sommes tous les deux des héros. » Sous sa signature griffonnée, il avait ajouté : « Rome horrible, sordide. »

Brunetti essaya de voir si l'oblitération du timbre comportait une date lisible. Mais l'encre avait bavé, et il ne put la déchiffrer. Il s'émerveilla que la carte postale n'eût mis qu'une semaine pour venir de Rome, alors qu'il en avait fallu trois à des lettres pour accomplir le trajet Turin-Venise. Mais peut-être la Poste donnait-elle la priorité aux cartes postales, à moins qu'elle ne les préférât parce qu'elles étaient plus petites et légères. Il parcourut le reste de son courrier, où se mêlaient choses importantes et insignifiantes.

La signorina Elettra était dans l'antichambre, près de la fenêtre, occupée à disposer des iris dans un vase élancé ;

elle l'avait placé dans l'axe d'un rayon de soleil qui inondait la table et se perdait au sol. Elle portait un chandail qui était pratiquement de la même couleur que les fleurs, et se tenait aussi mince et droite que les tiges qu'elle manipulait.

« Elles sont très belles, dit-il en entrant.

– Oui, c'est vrai, elles sont magnifiques... mais je me suis toujours demandé pourquoi les variétés cultivées n'avaient pas de parfum.

– Elles n'en ont pas ?

– Très peu. Tenez, sentez-les vous-même », répondit-elle en s'écartant d'un pas.

Brunetti se pencha sur le bouquet. Il ne détecta aucun parfum, rien qu'une odeur végétale générique.

Il n'eut cependant pas le temps d'en faire la remarque, parce qu'une voix s'élevait derrière lui, demandant :

« Est-ce une nouvelle technique d'investigation, commissaire ? »

La voix du lieutenant Scarpa ronronnait de curiosité. Lorsque Brunetti se redressa, le visage de l'homme se réduisait à un masque, celui de l'attention la plus respectueuse.

« En effet, lieutenant. La signorina Elettra me disait justement que, comme elles sont très belles, il est difficile de voir quand elles commencent à pourrir. Pour cela, il faut les sentir.

– Et elles sont pourries ? demanda Scarpa d'un air profondément intéressé.

– Pas encore », intervint la signorina Elettra, qui passa devant le lieutenant pour rejoindre son bureau.

Mais elle s'arrêta devant lui et parcourut son uniforme des yeux.

« C'est toujours plus difficile à dire, avec les fleurs. »

Sur quoi elle alla s'asseoir. Puis, arborant un sourire aussi faux que celui de Scarpa, elle ajouta :

« Vous voulez peut-être quelque chose, lieutenant ?

– Le vice-questeur m'a fait demander, répondit-il d'une voix débordante d'émotion.

– Alors, surtout, ne le faites pas attendre. »

D'un geste, elle lui montra la porte du bureau. Sans rien dire, Scarpa passa devant Brunetti, frappa et entra sans attendre qu'on l'y invite.

Brunetti attendit que le battant se soit refermé avant de remarquer :

« Vous devriez vous méfier de lui, Signorina.

– De lui ? demanda-t-elle sans chercher à dissimuler son mépris.

– Oui, de lui. Il a l'oreille du vice-questeur. »

Elle prit un carnet de notes en cuir brun posé sur un angle de son bureau.

« Et moi, j'ai son agenda. Ceci annule cela.

– Je n'en suis pas aussi certain, insista Brunetti. Il pourrait être dangereux.

– Enlevez-lui son pistolet et il n'est pas différent de n'importe quel autre *terron maleducato*. »

Le commissaire se demanda s'il pouvait laisser passer sans rien dire, et en quelque sorte approuver, à la fois le manque de respect pour le rang du lieutenant et la remarque raciste sur son lieu d'origine. Puis il se souvint que c'était de Scarpa qu'ils parlaient, et ne releva pas.

« Dites-moi, Signorina, avez-vous parlé de Roberto Lorenzoni au frère de votre ami ?

– Oui, Dottore. Veuillez m'excuser, mais j'ai oublié de vous tenir au courant. »

Brunetti trouva intéressant de la voir apparemment plus troublée par cet oubli que par ses commentaires sur le lieutenant Scarpa.

« Qu'est-ce qu'il vous a dit ?

– Pas grand-chose. C'est peut-être pour cela que j'ai oublié. En résumé, que Roberto était paresseux en classe, que c'était un enfant gâté, et qu'il a fait sa scolarité en copiant les devoirs des autres.

– Rien d'autre ?

– Si. Roberto s'attirait régulièrement des ennuis par la manie qu'il avait de mettre son nez dans les affaires d'autrui. Il était du genre à aller chez ses camarades de classe et à se mettre à fouiller les tiroirs. Il en était presque fier. Une fois, il s'est même arrangé pour se faire enfermer dans l'école, après la classe, et il a fouillé les bureaux de tous les professeurs.

– Pour quelle raison ? Volait-il ?

– Oh, non. Il voulait simplement voir ce qu'il y avait.

– L'ami de votre frère et Roberto étaient-ils encore en contact, au moment de l'enlèvement ?

– Non, pas vraiment. Edoardo terminait son service militaire, à Modène. Il m'a dit que cela faisait plus d'un an qu'ils ne s'étaient pas vus, quand c'est arrivé. Mais il a dit aussi qu'il l'aimait bien. »

Brunetti n'avait aucune idée de ce qu'il pouvait faire de ces renseignements, mais il n'en remercia pas moins la signorina Elettra ; il décida de ne pas la mettre davantage en garde contre le lieutenant Scarpa et remonta dans son bureau.

Il regarda un instant les lettres et les rapports qui encombraient sa table et les repoussa de côté. Puis il s'assit, ouvrit le tiroir du bas du bout de la chaussure et posa les pieds dessus. Bras croisés, il se mit à contempler un point situé quelque part au-dessus de l'armoire de bois, sur le mur opposé. Il essaya de faire naître en lui un peu d'émotion pour Roberto, mais ce ne fut qu'au moment où il se l'imagina enfermé dans l'école pour explorer les tiroirs de ses professeurs qu'il commença à éprouver quelque chose. Il n'en fallait pas davantage – le sentiment de son inexplicable humanité – pour que Brunetti se trouvât finalement ému de cette terrible pitié pour les morts, ces morts auxquels il avait trop souvent affaire dans sa vie professionnelle. Il pensa à tout ce qui aurait pu arriver à Roberto, eût-il vécu ; il aurait peut-être fini par trouver une occupation à laquelle il aurait pris plaisir, par se marier, par avoir des enfants.

La famille allait disparaître avec lui, du moins la lignée directe du comte Ludovico. Brunetti savait qu'elle remontait jusqu'en ces siècles obscurs où histoire et mythes se confondaient et ne faisaient qu'un, et il se demanda ce qu'on éprouvait en en vivant la fin. Antigone, se rappela-t-il, clamait que le pire, avec la mort de son frère, était que leurs parents ne pourraient plus avoir d'enfants et que leur famille mourrait avec ce cadavre pourrissant sous les murs de Thèbes.

Il reporta alors ses pensées sur Maurizio, à l'heure actuelle héritier présomptif de l'empire Lorenzoni. Les deux garçons avaient été élevés ensemble, mais il ne semblait pas y avoir eu beaucoup d'affection entre eux. Toute la dévotion de Maurizio donnait l'impression d'aller à son oncle et à sa tante, et il paraissait peu vraisemblable qu'il ait pu leur porter un coup aussi terrible que de les priver de leur enfant unique. Néanmoins, Brunetti avait suffisamment vu jusqu'où pouvait aller un criminel pour justifier ses actes ; il avait donc parfaitement conscience qu'il n'aurait fallu qu'un instant à Maurizio pour se convaincre que ce serait un acte de charité et d'amour que de substituer, à un incapable, un héritier plein de zèle, travailleur, dévoué, quelqu'un qui répondrait à tout ce qu'ils attendaient d'un fils ; pour se convaincre aussi que la perte de Roberto ne serait pour eux qu'un chagrin passager. Le policier avait entendu pire.

Il rappela la signorina Elettra pour lui demander si elle avait retrouvé le nom de cette fille dont Maurizio avait cassé la main. Elle lui répondit qu'il figurait sur une page qu'elle avait ajoutée à la fin de son rapport sur la liste des entreprises Lorenzoni. Brunetti trouva sans peine le document : Maria Teresa Bonamini, habitant Castello.

Il appela le numéro de téléphone noté à côté et demanda la signora Bonamini ; la femme qui lui répondit expliqua que Maria Teresa était au travail. Lorsque Brunetti lui posa la question de savoir où, elle répondit aussitôt, sans même s'enquérir de l'identité de son interlocuteur, que la jeune femme était vendeuse à Coin, rayon de l'habillement pour dames.

Il préféra la solution de lui parler en personne. Si bien que, sans rien dire à quiconque, il quitta la vice-questure et prit la direction du grand magasin.

Depuis l'incendie qui l'avait ravagé dix ans auparavant, il avait du mal à y entrer ; la fille d'un de ses amis figurait parmi les victimes ayant trouvé la mort parce qu'un ouvrier inconscient avait mis le feu à des feuilles de plastique. L'incendie s'était propagé à tout le bâtiment, le transformant en un enfer de fumée suffocant. À l'époque, on avait trouvé quelque consolation à l'idée que la jeune femme était morte d'asphyxie, et non brûlée ; des années plus tard, cependant, ne restait que le fait de sa disparition.

Il prit l'escalier roulant conduisant au deuxième étage et se retrouva dans un univers tout de brun, la couleur choisie par Coin pour l'été : blouses, jupes, robes, chapeaux, tout s'entremêlait dans des tons de terre. Malheureusement, les vendeuses avaient décidé (à moins qu'on ne le leur eût demandé) de s'habiller dans la même tonalité, si bien qu'elles en devenaient quasi invisibles dans cette mer d'ambre, de chocolat, d'acajou, de marron. Il eut la chance que l'une d'elles se dirigeât vers lui, le mouvement la distinguant des robes qui s'alignaient derrière elle sur un portant.

« Pourriez-vous me dire où trouver Maria Teresa Bonamini ? » demanda-t-il.

La jeune femme se tourna et lui montra une direction.

« Par là-bas, aux fourrures », répondit-elle avant de se diriger vers une femme en manteau de daim qui venait de lui faire signe.

Brunetti suivit la direction indiquée et se retrouva bientôt au milieu d'un océan de manteaux et de vestes de fourrure, une hécatombe d'animaux ; la vente ne paraissait pas affectée par la saison. Il y avait du renard, reconnaissable à son poil long, du vison brillant, et une fourrure aux poils particulièrement serrés qu'il ne put identifier. Quelques années auparavant, une vague de mauvaise conscience avait balayé l'industrie de la mode en Italie, et pendant une saison il avait été vivement recommandé aux Italiennes d'acheter « écologique », autrement dit des fourrures aux couleurs et aux motifs exubérants qui ne cherchaient pas à dissimuler le fait qu'elles étaient fausses. Mais les fabricants avaient beau être inventifs en termes de design et les vendre relativement cher, il était impossible d'en demander les prix faramineux des fourrures véritables, si bien qu'on ne pouvait satisfaire comme il l'aurait fallu la vanité des acheteuses. Ces fourrures synthétiques étaient les symboles de certains principes, non d'un statut social, et elles passèrent rapidement de mode ; ces dames les donnèrent à leur femme de ménage, ou les envoyèrent aux réfugiés bosniaques. Il y avait pis : elles s'étaient transformées en une catastrophe écologique, vu qu'elles étaient fort peu biodégradables. Et c'est ainsi que les vraies fourrures avaient fait un retour en force dans les rayons.

« *Si, Signore ?* » fit la vendeuse qui s'approchait de Brunetti, le tirant de ses réflexions sur la vanité des désirs humains.

Blonde, les yeux bleus, elle était presque aussi grande que lui.

« Signorina Bonamini ?

– Oui, répondit-elle, fronçant les sourcils au lieu de sourire.

– Je souhaiterais vous parler à propos de Maurizio Lorenzoni, Signorina. »

La transformation, sur le visage de la jeune femme, fut immédiate. Ce qui était de la curiosité passive devint en un instant de l'irritation, peut-être même de l'inquiétude.

« Toute cette histoire est réglée. Adressez-vous à mon avocat. »

Brunetti recula d'un pas et lui sourit poliment.

« Je suis désolé, Signorina, mais j'aurais dû commencer par me présenter. »

Il tira son portefeuille de sa poche et l'ouvrit de manière qu'elle vît bien la photo sur la pièce d'identité.

« Je suis le commissaire Guido Brunetti, et je souhaiterais m'entretenir avec vous à propos de Maurizio. Nous n'avons pas besoin d'avocat. Il s'agit simplement de quelques questions que je voudrais vous poser à son sujet.

– Quel genre de questions ? demanda-t-elle, toujours inquiète.

– Sur l'homme qu'il est, sur son caractère.

– Et pourquoi cela vous intéresse ?

– Comme vous le savez sans doute, on a retrouvé le corps de son cousin, et l'enquête sur l'enlèvement vient d'être rouverte. C'est pourquoi il faut recommencer tout le processus et rassembler des informations sur la famille.

– Ça ne concerne pas ma main ?

– Non, Signorina. Je suis au courant de cet incident, mais je ne suis pas ici pour vous en parler.

– Je n'ai jamais déposé de plainte, vous savez. C'était un accident.

– Vous avez cependant eu la main cassée, non ? » demanda Brunetti, qui résista cependant à l'impulsion de baisser les yeux vers les mains de la jeune femme.

Réagissant à la question qu'il n'avait pas posée, elle leva la main gauche et l'agita devant Brunetti, l'ouvrant, la fermant et agitant les doigts.

« Vous voyez, tout va très bien.

– Oui, en effet, vous m'en voyez ravi, admit Brunetti avec un sourire. Mais pourquoi avoir parlé d'un avocat ?

– J'ai signé un engagement, après, disant que je ne déposerais jamais de plainte contre lui à propos de cette affaire. C'était vraiment un accident, vous savez, ajouta-t-elle avec conviction. Je sortais de la voiture par le côté du conducteur, et il a refermé la portière sans se douter que j'étais là.

– Dans ce cas, pourquoi vous a-t-on fait signer cet engagement, si c'était un simple accident ? »

Elle haussa les épaules.

« Je ne sais pas. C'est son avocat qui m'a demandé de le faire.

– Avez-vous touché un dédommagement ? »

L'aisance qu'elle avait manifestée jusqu'alors disparut.

« Ce n'est pas illégal, protesta-t-elle avec l'autorité de quelqu'un qui tient la chose d'un avocat, ou même de plusieurs.

– Je le sais, Signorina, je le sais. C'était de la simple curiosité de ma part. Cela n'a rien à voir avec ce que j'aimerais savoir sur Maurizio. »

Une voix de femme s'éleva derrière eux ; elle s'adressait à la jeune vendeuse.

« Mademoiselle ? Est-ce que vous avez le renard en taille quarante ? »

Le sourire revint sur le visage de Maria Teresa.

« Non, Signora. Tout a été vendu. Il nous en reste en taille quarante-quatre.

– Non, non », dit vaguement la femme en s'éloignant en direction des jupes et des chandails.

« Connaissiez-vous son cousin ? reprit Brunetti lorsque Maria Teresa Bonamini reporta son attention sur lui.

– Roberto ?

– Oui.

– Non. Je ne l'ai jamais rencontré. Maurizio m'en parlait de temps en temps.

– Que disait-il de lui ? Vous en souvenez-vous ? »

Elle réfléchit quelques instants.

« Non, je ne me souviens de rien de particulier.

– Vous pouvez peut-être me dire, par la manière dont il en parlait, s'ils paraissaient avoir de l'affection l'un pour l'autre ?

– Ils étaient cousins, répondit-elle, comme s'il s'agissait d'une explication.

– Oui, je sais bien, Signorina, mais je me demandais si vous ne rappelleriez pas une remarque faite par Maurizio sur Roberto, ou si vous n'auriez pas une idée – peu importe comment elle vous est venue – de ce que Maurizio pensait de lui. »

Brunetti essaya un nouveau sourire.

D'un air absent, elle redressa une veste de vison un peu de travers sur son cintre.

« Eh bien... tout ce que je peux dire, au fond, c'est qu'il agaçait Maurizio. »

Brunetti se garda bien de l'interrompre ou d'essayer de la relancer par une question.

« Un jour, on l'avait envoyé quelque part – je veux parler de Roberto –, je crois que c'était à Paris. Bref, dans une grande ville, où les Lorenzoni avaient une affaire en cours. Je n'ai jamais très bien compris ce qui s'était passé, mais Roberto a ouvert un colis, ou lu ce qu'il y avait dans un contrat, et il en a parlé à quelqu'un à qui il n'aurait pas dû. Toujours est-il que, du coup, le marché n'a pas été conclu. »

Elle jeta un coup d'œil au commissaire, sur le visage duquel elle lut de la déception.

« Je sais que ce n'est pas grand-chose, mais Maurizio était très en colère quand c'est arrivé. »

Elle hésita avant d'ajouter le commentaire suivant, puis finalement se décida.

« Et il a très mauvais caractère, Maurizio.

– Votre main ?

– Non, non, répondit-elle aussitôt. C'était vraiment un accident. C'était tout à fait involontaire. Croyez-moi, s'il l'avait fait exprès, j'aurais été tout droit voir les carabiniers en sortant de l'hôpital, le lendemain. »

Elle se servit de la main en question pour lisser une autre fourrure.

« Il devient furieux et se met à crier. Je ne l'ai jamais vu *faire* quelque chose. Simplement, il n'est pas possible de lui parler quand il se met dans cet état ; on dirait qu'il devient quelqu'un d'autre.

– Et comment est-il, quand il est lui-même ?

– Oh, du genre sérieux. C'est même pour ça que je ne suis plus sortie avec lui : il n'arrêtait pas d'appeler pour dire qu'il devait rester travailler, ou bien inviter des gens à dîner, des relations d'affaires. Et puis c'est arrivé (elle agita la main gauche), et je lui ai dit que je ne voulais plus le voir.

– Comment l'a-t-il pris ?

– Je crois qu'il était soulagé, surtout lorsque je lui ai dit que cela ne m'empêcherait pas de signer le papier de l'avocat.

– Avez-vous eu de ses nouvelles, depuis ?

– Non. Je l'ai croisé dans la rue, comme ça arrive tout le temps, ici, et on s'est dit bonjour. Nous n'avons pas parlé, pas vraiment ; juste "ça va ?", des trucs comme ça. »

Brunetti tira de nouveau son portefeuille de sa poche et en sortit une carte de visite.

« Si vous pensez à quoi que ce soit d'autre, Signorina, pourriez-vous m'appeler à la questure ? »

Elle prit la carte et la glissa dans la poche du cardigan brun qu'elle portait.

« Entendu », répondit-elle d'un ton neutre.

Il douta que sa carte survécût à l'après-midi.

Ils se serrèrent la main et il s'engagea entre les portants croulant sous les fourrures pour regagner l'escalier. Et tandis qu'il approchait de la sortie principale, il se demanda combien de millions de lires non déclarés elle avait touchés en échange de sa signature sur ce papier. Mais, comme il avait souvent l'occasion de se le rappeler, les problèmes de fraude fiscale n'étaient pas de son ressort.

19

QUAND BRUNETTI regagna la vice-questure, après le déjeuner, le policier de garde à l'entrée lui apprit que Patta désirait le voir. Redoutant qu'il puisse s'agir d'une répercussion du comportement que la signorina Elettra avait eu vis-à-vis du lieutenant Scarpa, il se rendit immédiatement dans le bureau de son supérieur.

Si Scarpa s'était plaint de quelque chose, rien ne permettait cependant de le deviner dans l'attitude du vice-questeur, que Brunetti trouva, pour une fois, dans des dispositions amicales. Il fut aussitôt sur ses gardes.

« Avez-vous fait des progrès dans l'affaire Lorenzoni, Brunetti ? demanda Patta dès que le commissaire se fut assis en face de lui.

– Pas vraiment, monsieur, mais j'ai quelques pistes prometteuses. »

Ce mensonge relatif était destiné, dans l'esprit de Brunetti, à laisser croire que l'affaire avançait suffisamment pour qu'on la lui laisse, mais sans qu'il disposât de suffisamment d'éléments pour que Patta eût envie de connaître les détails.

« Bien, bien », marmonna Patta, ce qui suffit à Brunetti pour en déduire qu'il ne s'intéressait pas du tout à l'assassinat du jeune Lorenzoni.

Il ne posa pas de question ; une longue expérience lui avait appris que Patta préférait se faire arracher ses informations une à une plutôt que de les donner directement. Brunetti n'avait aucune envie d'entrer dans ce petit jeu.

« C'est à propos de cette émission, Brunetti.
– Ah bon ?
– Celle que la RAI veut faire sur la police. »

Brunetti se souvenait qu'il avait été en effet question d'une émission sur la police ; elle devait être produite et montée dans un studio de cinéma de Padoue. Il avait reçu une lettre à ce sujet quelques semaines auparavant, lui demandant s'il ne voudrait pas faire office de consultant – ou de commentateur ? Toujours est-il qu'il avait jeté la lettre dans la corbeille à papier et tout oublié de cette histoire.

« Oui, monsieur ? répéta-t-il, toujours aussi poliment.
– C'est vous qu'ils veulent.
– Moi ?
– Oui, vous. Ils souhaitent vous avoir comme consultant et que vous leur donniez une longue interview sur la façon dont fonctionne la police. »

Brunetti pensa au travail qui l'attendait et à son enquête sur l'affaire Lorenzoni.

« Mais c'est absurde...
– C'est ce que je leur ai dit. Je leur ai fait remarquer qu'il leur fallait quelqu'un ayant une expérience plus vaste, quelqu'un qui aurait une vision plus générale du travail de la police, qui puisse le voir comme un tout, et non comme une série de délits ou de crimes individuels. »

S'il y avait bien une chose que Brunetti détestait chez Patta, c'était ça : non seulement il mettait sa vie en scène comme si c'était le plus cucul des mélos mais, pour couronner le tout, les dialogues étaient épouvantables.

« Et comment ont-ils réagi à votre suggestion, monsieur ?
– Ils devaient appeler Rome, car c'est de là qu'était venue la demande vous concernant. En principe, ils doivent me rappeler demain matin. »

Aux inflexions de sa voix, il était clair que la phrase affirmative était en réalité une question exigeant une réponse.

« Je ne vois vraiment pas qui a pu proposer mon nom pour ce genre de choses, monsieur. D'autant que je n'ai aucun goût pour elles. Je ne souhaite pas, de toute façon, y être mêlé.

– C'est ce que je leur ai expliqué », dit Patta.

Voyant l'expression de vive surprise affichée par Brunetti, il ajouta :

« Je savais que vous ne voudriez pas qu'on vous enlève l'affaire Lorenzoni, alors que nous venons tout juste de rouvrir le dossier.

– Alors ?

– Alors, je leur ai suggéré de choisir quelqu'un d'autre.

– Quelqu'un avec une expérience plus vaste ?

– Oui.

– Et qui donc ? demanda Brunetti sans prendre de gants.

– Moi-même, évidemment », répondit Patta d'un ton professoral parfaitement neutre, comme s'il donnait la température d'ébullition de l'eau.

Brunetti n'avait certes aucune envie de participer à une émission de télévision ; il se sentit néanmoins pris d'une rage folle à l'idée que Patta s'était tranquillement permis de prendre sa place, juste parce que ça lui chantait.

« Il s'agit bien de TelePadova, n'est-ce pas ?

– Oui. Quel rapport ? »

Pour le vice-questeur, la télévision était la télévision.

C'est poussé par la pure perversité que Brunetti répondit :

« Ce sont des programmes qui visent le téléspectateur de Vénétie, et ils risquent de vouloir une émission qui fasse couleur locale. Avec quelqu'un qui parle le dialecte, ou qui du moins qui a l'accent de la région. »

Disparue, la chaleur dans la voix et dans l'attitude du vice-questeur.

« Je ne sache pas que cela fasse une différence. La criminalité est un problème national qui doit être traité sur un plan national, et non pas divisé entre les provinces, comme vous avez l'air de penser qu'il devrait l'être. »

Ses yeux se rétrécirent.

« Vous n'êtes tout de même pas membre de la Lega Nord, si ? »

Ce n'était pas le cas, mais il semblait à Brunetti que Patta n'avait pas le droit de lui poser ce genre de question, et qu'il n'était en rien obligé d'y répondre.

« Je n'avais pas compris que vous m'aviez fait venir pour que nous ayons une discussion politique, monsieur. »

C'est avec d'évidentes difficultés que le *cavaliere*, la séduisante récompense d'une apparition à la télévision dansant devant ses yeux, réfréna sa colère.

« Non, mais je n'en ai parlé que pour souligner les dangers de cette façon de voir les choses. »

Il redressa un classeur posé de travers sur son bureau, avant de demander, d'une voix aussi calme que s'ils abordaient à l'instant la question :

« Bon, qu'allons-nous faire pour cette histoire de télé ? »

Brunetti, toujours sensible aux subtilités du langage, fut enchanté de l'usage du pluriel fait par Patta, de même que par la note légèrement méprisante pour cette « histoire de télé ». Il doit en crever d'envie, pensa-t-il.

« Vous n'avez qu'à simplement leur dire que ça ne m'intéresse pas, quand ils vous appelleront.

– Et ensuite ? demanda Patta, attendant de voir ce que Brunetti allait lui demander en échange.

– Faites-leur la suggestion qui vous semblera la meilleure, monsieur. »

L'expression du vice-questeur montrait clairement qu'il ne croyait pas un mot de ce que lui disait Brunetti. Il avait d'ailleurs eu largement la preuve, par le passé, de l'instabilité de son subordonné : celui-ci avait fait une fois allusion à un Canaletto appartenant à sa femme et *accroché dans la cuisine* ; il avait refusé une promotion qui l'aurait fait travailler directement pour le ministre de l'Intérieur, à Rome ; et maintenant ceci, preuve d'un total dérangement mental aux yeux de Patta : le refus catégorique de saisir cette chance unique de passer à la télévision.

« Très bien. Puisque c'est ainsi que vous voyez les choses, Brunetti, je le leur dirai. »

Comme à son habitude, le vice-questeur déplaça quelques

papiers sur son bureau, façon de faire savoir qu'il était très occupé.

« Bon, où en êtes-vous avec les Lorenzoni ?

– Je me suis entretenu avec le neveu, et j'ai parlé à quelques personnes qui le connaissent.

– Et pourquoi donc le neveu ? fit Patta, sincèrement surpris.

– Parce qu'il est devenu l'héritier. »

En réalité, Brunetti ignorait si c'était vrai, mais en l'absence de tout autre jeune Lorenzoni de sexe masculin, il supposait qu'il ne pouvait en aller autrement.

« Suggérez-vous qu'il pourrait être responsable de la mort de son cousin ?

– Non, monsieur. Je remarque simplement qu'il est celui qui semble tirer le plus de profit de la disparition de Roberto Lorenzoni, et ce seul fait mérite d'être examiné. »

Patta ne répondit rien, et Brunetti se demanda s'il n'était pas en train d'envisager comme une théorie nouvelle et intéressante le fait que le profit personnel puisse être le moteur du crime, et de se dire que cela pourrait faciliter la tâche de la police.

« Quoi d'autre ?

– Très peu de chose, comme je vous l'ai dit. Il y a deux ou trois autres personnes que je souhaite interroger, après quoi j'aimerais pouvoir parler de nouveau à ses parents.

– Aux parents de Roberto ? »

Brunetti dut retenir son envie de rétorquer qu'interviewer les parents de Maurizio, dont l'un était mort et l'autre absent, risquait de poser quelques problèmes.

« Oui.

– Vous avez bien conscience de qui il s'agit, n'est-ce pas ?

– Lorenzoni ?

– Le comte Lorenzoni », le corrigea machinalement Patta.

L'État italien avait beau avoir aboli les titres de noblesse depuis de nombreuses décennies, Patta était de ceux qui continuaient à les vénérer.

Brunetti laissa passer la remarque.

« J'aimerais en effet lui reparler. Ainsi qu'à son épouse. »

Patta fut sur le point de soulever une objection ; puis il pensa sans doute à TelePadova et se contenta de dire :

« Traitez-les bien.

– Bien entendu, monsieur. »

Brunetti joua un instant avec l'idée de remettre la promotion de Bonsuan sur le tapis, puis y renonça et se leva. Patta reporta son attention sur les papiers étalés devant lui et ignora le départ de son subordonné.

La signorina Elettra n'étant toujours pas à son bureau, Brunetti descendit dans la salle de police, à la recherche de Vianello, qu'il trouva derrière le sien.

« Je crois que le moment est venu d'aller parler aux deux garçons qui ont volé la voiture de Roberto », lui dit-il.

Vianello sourit et eut un geste en direction de quelques papiers posés sur son bureau. En voyant les caractères parfaitement lisibles de l'imprimante, Brunetti demanda :

« Elettra ?

– Non, monsieur. Je me suis permis d'appeler cette fille qui sortait autrefois avec lui. Elle s'est plainte que la police la harcelait, et qu'elle vous avait déjà donné tous ces renseignements, mais elle a tout de même fini par me dire leurs noms, ce qui m'a permis de trouver les adresses. »

Brunetti désigna les papiers, si différents de ceux que Vianello couvrait d'habitude de ses pattes de mouche.

« Elle m'a appris à me servir de l'ordinateur », expliqua le sergent avec une fierté qu'il ne chercha pas à déguiser.

Brunetti prit une des feuilles, obligé de la tenir à bout de bras pour déchiffrer les petits caractères.

« Et tu as eu besoin d'un ordinateur pour trouver deux adresses ?

– Si vous voulez bien les regarder, monsieur, vous verrez que l'un d'eux est à Gênes, où il fait son service militaire. C'est l'ordinateur qui me l'a trouvée.

– Oh, dit Brunetti, plissant les yeux. Et l'autre ?

– Il est ici, à Venise, et je lui ai déjà parlé, répondit Vianello d'un ton boudeur.

– Bon travail. »

Le commissaire ne voyait pas comment mieux faire pour apaiser Vianello.

« Et qu'est-ce qu'il t'a raconté, pour cette histoire de voiture volée ? Et sur Roberto ? »

Le sergent leva les yeux ; l'expression boudeuse avait disparu.

« Oh, ce que tout le monde dit. Qu'il était un fils à papa, avec trop d'argent à dépenser et pas assez d'occupations. Pour la voiture, il a commencé par nier. Mais je lui ai dit que cela n'aurait aucune conséquence, que nous voulions simplement savoir comment les choses s'étaient passées. Il m'a raconté que c'était Roberto qui leur avait demandé de le faire, parce qu'il voulait attirer l'attention de son père. Euh, ce n'est pas Roberto qui l'a dit, bien sûr ; c'est l'interprétation du garçon. En fait, il avait l'air de le plaindre sincèrement. »

Lorsqu'il vit que Brunetti s'apprêtait à faire une remarque, il ajouta :

« Non, pas de le plaindre parce qu'il était mort, ou pas seulement pour ça. Il m'a donné l'impression qu'il était désolé que Roberto soit obligé d'employer des moyens aussi compliqués pour que son père s'occupe de lui, qu'il soit si seul, si perdu. »

Brunetti poussa un grognement d'assentiment, et Vianello continua.

« Ils ont donc conduit la voiture jusqu'à Vérone et l'ont laissée dans un parking, avant de rentrer ici en train. Roberto leur a donné de l'argent pour ça. Il les a même invités à déjeuner, après.

– Ils étaient toujours amis au moment de sa disparition, n'est-ce pas ?

– Il semble bien. Je connais l'oncle de ce Marco Salvo, qui m'a dit que c'était un bon garçon. Marco affirme que Roberto paraissait différent, dans les semaines qui ont précédé sa disparition. Il était fatigué, il ne plaisantait plus, il n'arrêtait pas de se plaindre de son état, il parlait des médecins qu'il avait vus...

– Il n'avait que vingt et un ans.

– Je sais. Bizarre, non ? Je me demande s'il était vraiment malade, dit Vianello en riant. Ma tante Lucia dirait que c'était un avertissement. Ou plus exactement (Vianello prononça le mot sur un ton menaçant), l'Avertissement.

– Non. J'ai l'impression qu'il était réellement malade. »

Ils n'eurent ni l'un ni l'autre besoin de commenter. Brunetti adressa un signe de tête au sergent et repartit dans son bureau pour téléphoner.

Comme d'habitude, il lui fallut dix bonnes minutes pour expliquer aux différentes standardistes, secrétaires et infirmières qui il était et ce qu'il voulait, puis cinq de plus pour faire comprendre au spécialiste de Padoue, le docteur Giovanni Montini, qu'il avait réellement besoin de ces informations au sujet de Roberto Lorenzoni. Il perdit encore quelques minutes, le temps qu'il fallut à une infirmière pour retrouver le dossier du jeune homme.

Lorsqu'il l'eut finalement sous les yeux, le médecin répéta à Brunetti ce qu'il avait déjà entendu à plusieurs reprises, au point qu'il en arrivait à ressentir les mêmes symptômes : lassitude, maux de tête, malaise général.

« Et avez-vous pu établir un diagnostic, docteur ? demanda Brunetti. Parce que, après tout, ces symptômes doivent être inhabituels chez quelqu'un qui n'a que vingt et ans, non ?

– Il aurait pu s'agir de dépression, avança sans conviction le médecin.

– D'après ce que je sais, le jeune Lorenzoni n'était pas du genre dépressif, docteur.

– Peut-être pas, en effet », admit Montini.

Brunetti l'entendit qui tournait des pages.

« En vérité, je n'ai aucune idée de ce qu'il avait, dit finalement le médecin. Les résultats du labo auraient pu nous le dire.

– Les résultats du labo ?

– Oui. Il m'avait consulté à titre privé, et pouvait payer. Je lui ai fait passer toute une batterie de tests. »

Brunetti aurait eu bien envie de lui demander s'il voulait dire par là qu'un patient présentant les mêmes symptômes, mais dépendant de la Sécurité sociale, n'aurait pas eu droit à la même « batterie de tests », mais il préféra s'abstenir.

« Ils *auraient* pu nous le dire ?

– Oui. Ils ne figurent pas dans le dossier.

– Comment cela se fait-il ?

– Étant donné qu'il n'a jamais rappelé pour reprendre rendez-vous, je suppose que nous n'avons pas dû réclamer ces résultats au laboratoire.

– Pourrait-on le faire maintenant, docteur ?

– C'est tout à fait irrégulier, répondit Montini avec ce qui était manifestement de la répugnance.

– Vous pensez cependant qu'on pourrait vous les communiquer ?

– Je ne vois pas en quoi cela pourrait aider...

– À ce stade, docteur, toute information nouvelle que nous aurons sur le garçon pourrait nous aider à découvrir qui l'a assassiné. »

Brunetti savait depuis longtemps que, aussi endurcis que fussent les gens au mot *mort,* tous réagissaient de la même manière au mot *assassiné*.

Au bout d'un long silence, le médecin demanda :

« N'existe-t-il pas une procédure légale, dans ce genre de cas ?

– Si, bien sûr, mais c'est un processus compliqué et qui prend du temps. Vous pourriez nous en faire gagner beaucoup et nous éviter bien des paperasses, docteur, si vous vouliez bien vous charger de demander vous-même ces résultats.

– Oui, j'imagine, répondit Montini, toujours à contrecœur.

– Merci beaucoup, docteur », dit Brunetti, qui lui donna ensuite le numéro de fax de la vice-questure.

Ayant été manœuvré de telle façon qu'il avait dû accepter cette requête, le médecin prit la seule vengeance qu'il put.

« Pas avant la fin de la semaine, dans ce cas », puis il raccrocha avant que Brunetti ait pu objecter quelque chose.

20

SANS OUBLIER l'admonition de Patta, exigeant que les Lorenzoni fussent « bien traités » (et peu importait ce que cela signifiait), Brunetti composa le numéro du portable de Maurizio et lui demanda s'il pouvait venir leur parler le soir même.

« Je ne crois pas que ma tante soit en mesure de voir qui que ce soit, répondit-il, parlant sur un fond sonore qui semblait être celui de la circulation dans une rue.

– Eh bien, je m'entretiendrai avec vous et votre oncle, au moins.

– Nous nous sommes déjà parlé, il me semble. Nous avons d'ailleurs parlé à je ne sais combien de policiers, depuis plus de deux ans, et pour quel résultat ?

– Je peux comprendre vos sentiments, répondit mensongèrement Brunetti. Cependant, j'ai besoin d'informations que seuls vous et le comte pouvez me fournir.

– Quel genre d'informations ?

– Concernant les amis de Roberto. Et certaines autres choses. Comme les entreprises Lorenzoni, pour commencer.

– Qu'est-ce que nos entreprises ont à voir là-dedans ? » se rebiffa Maurizio, obligé d'élever la voix sur le fond sonore plus bruyant que jamais.

Ce qu'il ajouta fut englouti par une voix d'homme parlant dans un haut-parleur.

« Où vous trouvez-vous ? lui demanda Brunetti.

– Sur le 82. On arrive au Rialto », répondit Maurizio.

Puis il répéta sa question :

« Qu'est-ce que nos entreprises ont à voir là-dedans ?

– Il pourrait y avoir une relation avec le kidnapping.

– C'est absurde », protesta le jeune homme d'un ton rageur.

De nouveau, le reste de sa phrase se perdit dans le message répétant que le Rialto était le prochain arrêt.

« À quelle heure puis-je venir vous parler ce soir ? » demanda le commissaire comme si Maurizio n'avait pas soulevé toutes sortes d'objections.

Il y eut un silence sur la ligne, comme si les deux hommes écoutaient les annonces du haut-parleur, s'exprimant cette fois en anglais. Puis Maurizio dit : « À sept heures », et coupa la communication.

L'idée qu'il pût y avoir un lien entre les entreprises Lorenzoni et l'enlèvement de l'hériter de la famille était tout sauf absurde. Bien au contraire, ces entreprises étaient à l'origine de la richesse qui faisait du garçon une cible intéressante. D'après ce qu'il avait entendu dire de Roberto, Brunetti trouvait peu probable qu'on eût enlevé le jeune homme pour jouir du plaisir de sa compagnie ou du charme de sa conversation. Réflexion qui lui vint à l'esprit sans y être invitée, mais qu'il eut honte d'avoir considérée, ne fût-ce qu'un instant. Il avait à peine vingt et un ans, pour l'amour du Ciel, et on l'avait tué d'une balle dans la tête.

Par quelque bizarre enchaînement d'idées, Brunetti se souvint d'une remarque que lui avait faite Paola, des années auparavant, lorsqu'il lui avait parlé d'Alvise, le policier le plus borné de toute la vice-questure, soudain transformé par l'amour et devenu intarissable sur les nombreux charmes de sa petite amie ou de sa femme – il ne se rappelait plus exactement ce détail. Mais il n'avait pas oublié avoir ri à la seule idée qu'Alvise pût être amoureux, ri jusqu'au moment où Paola lui avait lancé, d'un ton glacé : « Ce n'est pas parce que nous sommes plus intelligents que nos émotions sont forcément plus élevées, Guido. »

Gêné, il avait tenté de défendre son point de vue, mais

comme à chaque fois que la question d'une vérité intellectuelle se posait, elle avait fait preuve d'une rigueur impitoyable.

« Ça nous arrange de croire que les émotions les plus viles, la haine et la colère, par exemple, sont inhérentes aux classes sociales les moins bien loties, qu'elles leur appartiennent en quelque sorte de droit. Ce qui nous permet, bien entendu, de prétendre au monopole sur l'amour, la joie et toutes ces choses censées élever l'âme. »

Il avait bien essayé de protester, mais elle l'avait arrêté d'un geste.

« Les imbéciles, les abrutis et les grossiers aiment avec autant d'intensité que nous. Simplement, ils ne sont pas capables d'habiller leurs émotions de belles phrases, comme nous. »

Au fond de lui, il savait bien qu'elle avait raison, mais il lui avait fallu plusieurs jours pour le reconnaître. Et c'était à cela qu'il pensait en ce moment : aussi arrogant que pût être le comte, aussi petite fille gâtée que pût être la comtesse, ils étaient des parents dont l'enfant unique avait été assassiné. Qu'ils fussent nobles par le sang et par leurs manières ne les empêchait pas de souffrir comme n'importe qui.

Il arriva à dix-neuf heures pile, et cette fois-ci une bonne le conduisit jusqu'à l'appartement des Lorenzoni, dans la même pièce que la première fois, où il se retrouva en présence des trois mêmes personnes. À ceci près que ces trois mêmes personnes n'étaient, justement, plus les mêmes. Le visage du comte paraissait s'être émacié, faisant saillir les os, et son nez était plus aigu et aquilin que jamais. Maurizio avait perdu son air éclatant de santé, ou du moins sa bonne mine de jeune homme, et on aurait dit que son costume était d'une taille trop grand pour lui.

Mais c'était la comtesse qui s'était le plus dramatiquement transformée. Le fauteuil dans lequel elle était installée, le même que la première fois, donnait l'impression non pas de l'abriter mais d'être en train de la dévorer, tant il restait peu de chose du corps qui s'était blotti entre ses ailes enveloppantes. C'est avec un choc que Brunetti, lorsqu'il lui jeta un coup d'œil, eut l'impression, sous la peau décharnée, de voir se dessiner ce qui ne pouvait pas ne pas évoquer une tête de mort ; les tendons et les os de ses mains, agrippées à un chapelet, étaient visibles.

Personne ne dit mot lorsqu'il entra ; seule la bonne l'annonça par son nom. Soudain incertain sur la manière dont il devait s'y prendre, Brunetti s'adressa à un point situé quelque part entre le comte et son neveu.

« Je sais que ceci est douloureux pour vous, pour vous tous, mais il faut que j'en sache davantage sur les raisons qui ont pu faire que Roberto a été enlevé, afin que nous puissions découvrir les auteurs de ce crime. »

La comtesse murmura quelque chose à voix si basse qu'il ne comprit pas. Il se tourna vers elle, mais elle gardait les yeux fixés sur ses mains et sur les perles du chapelet qui défilaient entre ses doigts amaigris.

« Je ne vois pas en quoi tout ceci est nécessaire, gronda alors le comte, sans chercher à cacher sa colère.

– À présent que nous savons ce qui est arrivé, lui fit remarquer Brunetti, nous devons reprendre l'enquête.

– Dans quel but ?

– Je vous l'ai dit : pour découvrir les auteurs de ce crime.

– Et qu'est-ce que cela changera ?

– On les empêchera peut-être de recommencer, si on les prend.

– Ils ne peuvent pas enlever mon fils une seconde fois. Ils ne peuvent pas le tuer une seconde fois. »

Brunetti eut un coup d'œil en direction de la comtesse, pour voir si elle suivait cet échange, mais elle paraissait ne pas écouter.

« Quand je parlais de recommencer, je pensais, avec quelqu'un d'autre, avec le fils de quelqu'un d'autre.

– Si vous saviez comme cela nous est égal ! » répliqua le comte Ludovico.

Brunetti le crut sans peine.

« Cela permettrait aussi de les punir », suggéra le policier.

La vengeance avait en général une certaine séduction, pour les victimes d'un crime.

Le comte eut un haussement d'épaules et se tourna vers son neveu. D'où il était, Brunetti ne voyait pas le visage du jeune homme, et il ne put donc savoir ce qui se passa entre eux ; lorsque le comte se tourna à nouveau vers lui, il demanda :

« Et quel genre de choses voulez-vous savoir ?

– Vous est-il arrivé de traiter avec... »

Brunetti hésita un instant, se demandant quel euphémisme employer.

« ... avec des sociétés ou des personnes qui se sont révélées par la suite être criminelles ?

– Vous voulez parler de la Mafia ?

– Oui.

– Alors pourquoi ne pas le dire carrément, bon sang ! »

Devant cette explosion de colère, Maurizio avança d'un pas vers son oncle et commença à lever une main, mais un seul regard du comte l'arrêta. Sa main retomba et il recula un peu.

« Avec la Mafia, donc, reprit Brunetti. Avez-vous jamais eu affaire à eux ?

– Pas que je sache.

– L'une des entreprises avec lesquelles vous avez travaillé a-t-elle jamais été impliquée dans des activités criminelles ?

– Où croyez-vous que nous habitons ? Sur la lune ? rétorqua sèchement le comte. Évidemment, que je travaille avec des entreprises compromises dans des activités criminelles. Nous sommes en Italie. Il n'y a pas d'autre moyen de faire des affaires.

– Pourriez-vous être plus précis, monsieur ? »

Le comte eut un geste qui paraissait trahir son dégoût devant l'ignorance crasse du commissaire.

« J'achète des matières premières à une société qui a été mise à l'amende parce qu'elle rejetait du mercure dans la Volga. Le président d'un de mes fournisseurs est en prison à Singapour parce qu'il employait des enfants de moins de onze ans qu'il faisait travailler quatorze heures par jour. Le vice-président d'une raffinerie de Pologne a été arrêté pour trafic de drogue. »

Tout en parlant, le comte s'était mis à aller et venir devant la cheminée. Il s'arrêta devant Brunetti et demanda :

« Vous en faut-il davantage ?

– Tout cela me paraît bien loin.

– Bien loin ?

– Oui, bien loin d'ici. J'avais à l'esprit des choses qui auraient pu se passer un peu plus près, peut-être en Italie. »

Le comte parut sidéré, comme s'il ne savait comment il devait prendre la question, s'il devait réagir par de la colère ou en donnant des informations. C'est ce moment-là que choisit Maurizio pour intervenir.

« Nous avons eu des ennuis, il y a environ trois ans, avec un de nos fournisseurs, à Naples. »

Brunetti lui adressa un regard interrogateur. Encouragé, le jeune homme poursuivit.

« Il nous procurait des pièces détachées pour camions, et nous avons appris qu'elles provenaient d'une cargaison volée dans le port de Naples.

– Qu'est-ce qui s'est passé ?

– Nous avons changé de fournisseur, répondit Maurizio.

– Le contrat était-il important ?

– Suffisamment important, intervint le comte.

– C'est-à-dire ?

– Environ cinquante millions de lires par mois.

– Y a-t-il eu des manifestations de mauvaise humeur de leur part ? Des menaces ? » demanda Brunetti.

Le comte haussa les épaules.

« Quelques échanges un peu vifs, mais pas de menaces.

– Pourquoi ? »

Le comte prit tellement de temps pour répondre que Brunetti éprouva finalement le besoin de reposer sa question.

« Pourquoi ?

– Je l'ai recommandé à une autre entreprise de transports.

– Un concurrent ?

– Ce sont tous des concurrents, observa le comte.

– Jamais d'autres ennuis ? Avec un de vos employés, peut-être ? L'un d'eux aurait-il eu des liens avec la Mafia ?

– Non », lança Maurizio avant que son oncle ne réponde.

Brunetti regardait le comte au moment où il avait posé sa question, et il vit de l'étonnement se peindre sur son visage à la réponse de son neveu.

Calmement, il répéta sa question directement au comte.

« Avez-vous eu connaissance que l'un de vos employés avait des relations avec la Mafia ? »

Celui-ci secoua la tête.

« Non, non. »

La comtesse parla à ce moment-là.

« C'était mon bébé. Je l'aimais tellement... »

Mais le temps que Brunetti se tournât vers elle, elle s'était remise à marmonner et à tripoter son chapelet.

Le comte se pencha sur elle et lui caressa la joue, mais elle ne parut pas y faire attention ; on aurait même dit qu'elle n'avait pas conscience de sa présence.

« Je crois que tout ceci a assez duré », dit-il en se redressant.

Il y avait cependant encore une chose que Brunetti voulait.

« Avez-vous son passeport ? »

Comme le comte ne répondait pas, Maurizio intervint.

« Celui de Roberto ? »

Brunetti ayant acquiescé, il ajouta :

« Évidemment.

– L'avez-vous ici ?

– Oui, dans sa chambre. Je l'ai vu lorsque... lorsque nous y avons fait le ménage.

– Auriez-vous l'obligeance d'aller me le chercher ? »

Maurizio adressa un regard interrogatif à son oncle, lequel resta immobile et silencieux, puis s'excusa et sortit de la pièce.

Pendant les trois minutes suivantes, les deux hommes écoutèrent le murmure des Ave Maria que débitait la comtesse, des mots répétés sans fin et qu'accompagnait le cliquetis léger des perles de son chapelet.

Puis Maurizio revint et tendit le passeport à Brunetti.

« Voulez-vous que je vous signe un reçu ? » demanda ce dernier.

Le comte rejeta la proposition d'un geste vague de la main, et le commissaire glissa le passeport dans sa poche sans même prendre la peine de l'ouvrir.

Soudain, le murmure de la comtesse prit du volume et elle dit :

« Nous lui avions tout donné. Il était tout pour moi. »

Puis elle retomba dans la récitation de ses Ave Maria.

« Je crois qu'il y en a plus qu'assez pour mon épouse », dit le comte, qui eut pour elle un regard chargé de chagrin – première émotion autre que la colère et la mauvaise humeur que Brunetti lui voyait manifester.

« En effet, admit Brunetti, se tournant pour partir.

– Je vais vous raccompagner », proposa le comte.

Du coin de l'œil, Brunetti vit Maurizio se tendre, mais son oncle n'y fit pas attention et s'avança vers la porte, qu'il tint ouverte pour le policier.

« Je vous remercie », dit Brunetti à l'intention de toutes les personnes présentes dans la pièce, même si tout laissait à penser que l'une d'elles ne s'était même pas rendu compte de sa présence.

Le comte le précéda dans le couloir et ouvrit la porte donnant sur la cour.

« N'y a-t-il rien d'autre qui vous vienne à l'esprit, Signor Conte ? Un détail qui pourrait nous aider ? demanda Brunetti.

– Non. Rien ne peut plus nous aider, répondit le comte Ludovico, presque comme s'il parlait pour lui-même.

– Si jamais quelque chose vous revient, si vous vous rappelez un détail, n'hésitez pas à m'appeler.

– Il n'y a rien à se rappeler. »

Sur ce, il referma le battant sur Brunetti, empêchant celui-ci d'insister davantage.

Ce n'est qu'après le dîner que Brunetti prit le temps d'examiner le passeport de Roberto. La première chose qui le frappa fut son épaisseur : un feuillet en accordéon avait été attaché à la dernière page et replié dedans. Il le déplia et, le tenant à bout de bras, examina les différents visas, les langues diverses, les motifs des tampons. Il y en avait même au dos. Il replia le feuillet et ouvrit le passeport à la première page.

Délivré six ans auparavant et régulièrement renouvelé jusqu'à la disparition de Roberto, le document donnait sa date de naissance, sa taille, son poids et son adresse de résidence. Brunetti tourna la page. Il vit des tampons des États-Unis, du Mexique, de Colombie et d'Argentine. Puis suivaient chronologiquement des tampons de la Pologne, de la Bulgarie et de la Roumanie. Après cela, cet ordre chronologique n'était plus respecté, comme si les différentes polices des frontières avaient donné leurs coups de tampon au petit bonheur la chance.

Brunetti alla dans la cuisine et, armé de quelques feuilles de papier et d'un crayon, commença à dresser la liste des voyages de Roberto en les mettant dans leur ordre chronologique exact. Au bout d'un quart d'heure, il avait deux feuilles de papier couvertes de colonnes de lieux et de dates, souvent compliquées des nombreuses insertions qu'il avait dû faire à cause des coups de tampon apposés n'importe où.

Une fois ce premier travail exécuté, il recopia la liste de manière plus ordonnée, ce qui exigea, cette fois, trois feuilles de papier. La Pologne était le dernier pays où Roberto s'était rendu, une dizaine de jours avant son enlèvement. Le visa d'entrée avait été apposé à l'aéroport de Varsovie, et celui de sortie montrait qu'il n'y était resté qu'un jour. Avant cela, soit trois semaines avant le kidnapping, il était allé dans deux pays dont les noms étaient écrits en lettres cyrilliques ; Brunetti crut comprendre qu'il s'agissait de la Biélorussie et du Tadjikistan.

Il se rendit jusqu'à la porte du bureau de Paola, dans le couloir. Elle releva la tête et le regarda par-dessus ses lunettes.

« Oui ?

– Comment est ton russe ?

– Tu veux parler de mon petit ami ou de la langue ? répliqua-t-elle en posant son stylo et retirant ses lunettes.

– Ce que tu fais avec ton petit ami te regarde, répondit-il avec un sourire. C'est ton niveau de connaissance de la langue qui m'intéresse.

– Il doit être quelque part entre Pouchkine et les panneaux indicateurs.

– Les noms de ville ? »

Elle tendit la main vers le passeport qu'il tenait toujours. Il s'avança jusqu'au bureau, le lui donna et alla se placer derrière elle, enlevant au passage, machinalement, un fil de laine à l'épaule de son chandail.

« Où ça ? demanda-t-elle.

– Dans les pages supplémentaires, à la fin. »

Elle ouvrit le document et déploya complètement l'accordéon.

« Brest.

– Où ça se trouve ?

– En Biélorussie.

– Il y a bien un atlas dans cette maison, non ?

– Oui, dans la chambre de Chiara, je crois. »

Le temps qu'il en revienne, elle avait recopié les noms des villes et des pays sur une feuille de papier. Lorsqu'il posa le volume à côté d'elle, elle lui fit remarquer qu'il serait prudent de vérifier de quand il datait.

« Pourquoi ?

– Des tas de noms ont changé. Non seulement des noms de pays, mais aussi des noms de ville. »

Elle s'arrêta à la page de titre.

« Ça devrait aller, dit-elle. L'édition date de l'an dernier. »

Puis elle consulta l'index, trouva la Biélorussie, et ouvrit l'atlas à la page concernée.

Pendant un moment, ils étudièrent la carte de ce petit pays, coincé entre la Pologne et la Russie.

« C'est l'une de ce qu'on appelle aujourd'hui les “républiques détachées de l'Union soviétique”.

– Quel dommage qu'il n'y ait que les Russes qui aient

pu se détacher », dit-il, imaginant quel soulagement ce serait que l'Italie du Nord fût libérée du joug de Rome.

Paola, habituée à ce genre de sortie, ne releva pas. Elle chaussa de nouveau ses lunettes et se pencha sur la carte, sur laquelle elle posa bientôt un doigt.

« Ici, c'est la première... Et là, dit-elle après avoir promené son index sur la carte, la seconde. Les deux villes n'ont pas l'air séparées de plus de quelques centaines de kilomètres. »

Brunetti plaça la page ouverte du passeport à côté d'elle et examina à nouveau les visas. Chiffres et dates étaient en caractères romains.

« Même jour, observa-t-il.

– Ce qui signifie ?

– Qu'il est entré en Biélorussie par la route et qu'il n'y est resté qu'un jour, peut-être même moins.

– Est-ce que c'est vraiment étrange ? Tu m'as dit qu'il était en quelque sorte le coursier des Lorenzoni ; peut-être a-t-il été apporter un contrat, ou en prendre un.

– Hum », convint Brunetti.

Il lui reprit l'atlas et se mit à le feuilleter.

« Qu'est-ce que tu cherches ?

– J'aimerais connaître son itinéraire de retour, dit-il en étudiant la carte d'Europe de l'Est et en suivant du doigt la route la plus vraisemblable. Il est probablement passé par la Pologne, puis par la République tchèque, s'il était en voiture.

– Roberto ne devait pas être du genre à voyager en autocar, si j'ai bien compris », observa Paola.

Brunetti poussa un nouveau grognement, le doigt toujours sur la carte.

« Ensuite, l'Autriche. Et il est arrivé en Italie par Tarvisio et Udine.

– Tu penses que c'est important ? »

Brunetti haussa les épaules.

Perdant tout intérêt pour la question, Paola replia l'accordéon dans le passeport, referma le tout et le lui tendit.

« Si c'est important, j'ai bien peur que tu ne le saches jamais. Ce n'est pas lui qui te le dira, en tout cas. »

Sur quoi elle reporta son attention sur le livre resté ouvert devant elle.

« Il y a plus de choses dans le ciel et sur la terre, Horatio, que toute ta philosophie peut en rêver », lui lança-t-il.

Elle-même l'avait souvent bombardé de cette citation.

« Ce qui veut dire ? demanda-t-elle en se tournant vers lui avec un sourire, contente qu'il ait marqué un point.

– Ce qui veut dire que nous sommes à l'âge du plastique.

– Du plastique ? s'étonna-t-elle, perdue cette fois.

– Et des ordinateurs. »

Comme elle ne comprenait toujours pas, il sourit à son tour et déclara, imitant à la perfection la voix d'une publicité télévisée :

« Ne quittez jamais votre domicile sans votre carte American Express. »

Et, comme il voyait qu'elle avait enfin saisi où il voulait en venir, il ajouta :

« Et comme ça, je pourrai suivre tous vos déplacements sur...

– ... l'ordinateur de la signorina Elettra ! » s'écria Paola, qui avait cette fois tout compris.

21

« ÉVIDEMMENT, que vous pouvez payer une prostituée avec votre carte de crédit », répéta la signorina Elettra à un Brunetti incrédule.

Il se tenait devant le bureau de la jeune secrétaire avec à la main les relevés des dépenses faites par Roberto Lorenzoni, titulaire de trois cartes bancaires, dans le trimestre qui avait précédé son enlèvement.

Dépenses colossales, quelle que fût la manière dont on les examinait : leur total dépassait les cinquante millions de lires, plus que le revenu annuel d'un salarié bien payé. Elles avaient été converties en lires à partir de toute une gamme de monnaies étrangères, les unes connues, les autres beaucoup moins : livres sterling, dollars, marks, lev, zlotys, roubles.

Le commissaire en était à la troisième page et examinait la note d'un hôtel de Saint-Pétersbourg. En deux jours, Roberto avait dépensé plus de quatre millions de lires en « services à la chambre ». On pensait de prime abord qu'il n'avait pas dû quitter sa suite, qu'il y avait pris tous ses repas, ne buvant que du champagne, s'il n'y avait pas eu aussi, sur la liste, des frais faramineux en restaurants et dans ce qui devait être sans doute, au nom, des boîtes de nuit : Pink Flamingo, Can-Can, Elvis.

« Ça ne peut pas être autre chose, insista la signorina Elettra.

– Tout de même, avec une carte Visa ? demanda Brunetti, qui paraissait incapable de voir ce qui crevait pourtant les yeux.

– Les directeurs, à la banque, le faisaient tout le temps. On peut payer de cette façon dans presque tous les pays de l'Est, à présent. Simplement, on fait figurer ce genre de frais sous le nom de "service à la chambre" ou de "blanchisserie", selon l'hôtel. Mais c'est simplement pour eux une manière de prendre leur pourcentage. Et de garder un œil sur qui entre et sort de l'hôtel. »

Voyant que Brunetti était intéressé, elle poursuivit.

« Les halls d'hôtel grouillent de prostituées. Elles sont exactement comme nous – occidentalisées, si vous préférez. Habillées en Armani, Gucci, Gap, et souvent très belles. L'un des vice-présidents m'a confié qu'il avait été accosté par l'une d'elles en anglais. Ce devait être il y a environ quatre ans. Elle parlait un anglais parfait, sans le moindre accent ; elle aurait pu être professeur à Oxford. Et c'était le cas ! Enfin, pas à Oxford, mais à l'université de la ville, où elle gagnait péniblement cinquante mille lires par mois pour enseigner la poésie anglaise. Elle avait donc décidé d'arrondir ses fins de mois comme ça.

– Et d'améliorer son anglais ?

– Dans le cas précis, plutôt son italien, monsieur. »

Brunetti étudia de nouveau le document. En imagination, il superposa les informations qu'il contenait et la carte d'Europe de l'Est qu'il avait étudiée l'avant-veille avec Paola. Il suivit l'itinéraire de Roberto, qui avait acheté de l'essence à la frontière de la Tchécoslovaquie ; un pneu neuf à un prix extravagant, quelque part en Pologne ; puis qui avait de nouveau fait le plein dans la ville où il avait reçu son visa d'entrée pour la Biélorussie. Il y avait une facture pour une chambre d'hôtel à Minsk, à un tarif bien plus élevé qu'à Rome ou à Milan, et un repas qui avait coûté les yeux de la tête. Trois bouteilles de bourgogne figuraient sur la note (c'était le seul mot que Brunetti reconnaissait), et il devait donc s'agir d'un dîner où le jeune homme n'avait pas été seul. Probablement l'un de ces repas d'affaires somptueux destinés à séduire la clientèle. Mais à Minsk ?

Comme la liste se présentait dans l'ordre chronologique, Brunetti n'eut pas de mal, non plus, à suivre son itinéraire de retour, assez proche de celui qu'il avait décrit comme probable à Paola : la Pologne, la Tchécoslovaquie, l'Autriche, puis enfin l'Italie, où il avait fait un plein de cinquante mille lires, à Tarvisio. Finalement, trois jours avant son enlèvement, les relevés s'interrompaient, le dernier étant une facture de pharmacie de plus de trois cent mille lires, un achat effectué près de son domicile.

« Qu'est-ce que vous en pensez ? demanda Brunetti.

– J'en pense qu'il ne m'aurait pas tellement plu, ce garçon, répondit froidement Elettra.

– Et pourquoi ?

– En règle générale, je n'apprécie pas beaucoup les gens qui ne paient pas eux-mêmes leurs factures.

– Et il ne les payait pas ? »

Elle revint jusqu'à la première page du rapport, et lui montra la troisième ligne, sur laquelle figuraient les coordonnées où devaient être envoyées les factures.

« Non. C'était les industries Lorenzoni qui payaient.

– C'était sa carte de société, alors.

– Pour ses dépenses en tant qu'homme d'affaires, c'est ce que vous voulez dire ? »

Brunetti acquiesça.

« Alors ça, qu'est-ce que c'est ? » demanda-t-elle, pointant le doigt sur une note de deux millions sept cent mille lires d'un tailleur de Milan.

« Ou ça ? »

Cette fois, il s'agissait d'un sac à main de la Bottega Veneta qui avait coûté la bagatelle de sept cent mille lires.

« Bah, objecta Brunetti, c'est la société de son père. »

Elle haussa les épaules.

Le policier se demanda pour quelle raison la signorina Elettra, jeune femme qu'il aurait crue moins conventionnelle en matière de morale, trouvait le comportement de Roberto aussi répréhensible.

« Vous n'aimez pas les riches, n'est-ce pas ? » demanda-t-il finalement.

Elle secoua la tête.

« Non, ce n'est pas ça du tout. Je crois plutôt que je n'aime pas les enfants gâtés qui gaspillent l'argent de leur papa pour se payer des putes. »

Elle poussa les papiers vers lui et se tourna vers son ordinateur.

« Même s'il est mort ?

– Je ne vois pas ce que ça change, Dottore. »

Brunetti ne chercha pas à cacher sa surprise, peut-être même sa déception. Il prit les documents et partit.

À la pharmacie, il apprit que l'ordonnance avait été rédigée par le médecin de famille de Roberto, qui, sans aucun doute, essayait de traiter les symptômes de malaise et d'asthénie du jeune homme. Personne, dans l'officine, ne se souvenait de lui, ni de qui s'était occupé de l'ordonnance.

Ayant l'impression d'être dans une impasse, mais néanmoins convaincu, viscéralement, qu'il y avait quelque chose qui clochait fondamentalement dans cet enlèvement, comme chez les Lorenzoni, il décida de se servir de la famille à laquelle son mariage l'avait lié et composa le numéro du comte Falier. C'est celui-ci en personne qui décrocha.

« C'est Guido.

– Oui ?

– Je me demandais si tu n'avais rien appris de neuf sur les Lorenzoni, depuis que nous nous sommes vus.

– J'ai parlé à un certain nombre de personnes. J'ai appris que la mère était très mal en point. »

De la part de quelqu'un d'autre, cette remarque aurait été une manière de demander des détails, les derniers ragots ; pour le comte, c'était la simple constatation d'un fait.

« Oui, je l'ai vue, et je peux le confirmer.

– J'en suis désolé... C'était une femme absolument délicieuse. Je la connais depuis longtemps, d'avant son mariage. Elle était pleine de vie, drôle et absolument ravissante. »

Surpris à l'idée qu'il n'avait pas encore pensé à s'enquérir de l'histoire de la famille, s'étant contenté de prendre comme allant de soi que les Lorenzoni étaient des gens riches, Brunetti demanda :

« Et lui, tu le connaissais ?

– Non, je n'ai fait sa connaissance qu'après leur mariage.

– Et moi qui croyais que les Lorenzoni étaient connus de tout le monde... »

Le comte poussa un soupir.

« Quoi ? demanda Brunetti.

– C'est le père de Ludovico qui a dénoncé les Juifs aux Allemands.

– Oui, je le savais.

– C'était un secret de Polichinelle, mais il n'y avait aucune preuve, si bien qu'il n'a pas eu d'ennuis, après la guerre. Mais personne ne lui adressait la parole. Même ses frères avaient coupé les ponts avec lui.

– Et Ludovico ?

– Il était en Suisse pendant la guerre, chez des parents. Il était enfant, à l'époque.

– Et après la guerre ?

– Son père n'a pas vécu longtemps. Ludovico ne l'a pas revu. Il n'est revenu à Venise qu'après sa mort. L'héritage se réduisait à peu de chose, mis à part le titre et le *palazzo*. À son retour, il s'est réconcilié avec ses oncles et tantes. Déjà, on avait l'impression qu'il n'avait qu'une seule idée en tête, rendre son nom tellement célèbre que tout le monde oublierait son père.

– On dirait qu'il a réussi, commenta Brunetti.

– Oui, tout à fait. »

Le policier en savait assez sur les intérêts de son beau-père pour se douter que ceux-ci étaient souvent plus ou moins en concurrence avec ceux des Lorenzoni, et le jugement du comte Falier n'en prenait que plus de valeur à ses yeux.

« Et maintenant ?

– Maintenant ? Il ne lui reste plus que son neveu. »

Brunetti sentit qu'ils étaient sur un terrain très peu sûr. Le comte Orazio n'avait pas de fils pour reprendre son nom, et même pas un neveu pour lui succéder à la tête de ses entreprises. Il avait simplement une fille, laquelle était mariée non pas à un homme du même niveau social que le sien, mais à un policier qui semblait ne jamais devoir s'élever au-dessus du rang de commissaire. La même guerre qui avait conduit le père du comte Ludovico à participer à un crime contre l'humanité avait fait du père de Brunetti un capitaine, enrôlé dans un régiment d'infanterie qu'on avait envoyé en Russie, en bottes à semelle de papier, combattre les ennemis de l'Italie. Mais en fait, ils n'avaient fait que mener une lutte perdue d'avance contre l'hiver russe et les rares survivants, dont le capitaine Brunetti, avaient disparu pendant des années dans le goulag soviétique. L'homme aux cheveux gris revenu en 1949 à Venise était toujours capitaine et avait vécu ses dernières années grâce à sa pension ; mais des crimes avaient été commis contre son esprit, et Guido avait bien rarement vu son père manifester l'humeur joyeuse et taquine du jeune homme que sa mère avait épousé.

Faisant un effort pour s'arracher à l'évocation de ces souvenirs et à son obsession des Lorenzoni, Brunetti dit alors à son beau-père qu'il avait essayé de parler avec Paola.

« Essayé ?

– Ce n'est pas facile.

– De dire à quelqu'un qu'on l'aime ? »

Stupéfait d'entendre le comte Orazio proférer quelque chose d'aussi évocateur de la passion, Brunetti resta coi.

« Guido ?

– Oui ? » fit Brunetti, se préparant à des reproches circonstanciés de la part du comte.

Au lieu de cela, c'est un long silence qui s'ensuivit. C'est son beau-père qui le rompit le premier.

« Je comprends. Je ne voulais pas t'agresser. »

Il n'ajouta rien, et Brunetti décida de considérer que c'était une manière de s'excuser. Pendant vingt ans, ils avaient tous les deux évité de prendre en compte le fait que, si le mariage avait fait d'eux des parents par alliance, ils n'en étaient pas devenus amis pour autant ; et pourtant, c'était le comte qui semblait faire le premier pas.

Un nouveau silence se mit à grandir. C'est une fois de plus le comte qui y mit un terme.

« Sois prudent avec ces gens, Guido.

– Avec les Lorenzoni ?

– Non, avec ceux qui ont enlevé leur fils. Ce garçon était sans méchanceté. Et son père aurait pu payer la rançon. C'est un autre détail que j'ai appris.

– Quoi ?

– Un de mes amis m'a rapporté un fait curieux. Il a entendu dire que quelqu'un avait offert au comte Ludovico de lui prêter la somme.

– L'intégralité ?

– Oui, tout ce qui était demandé. Les intérêts auraient été considérables, bien entendu. Mais cette offre a été faite.

– Par qui ?

– C'est sans importance.

– Crois-tu que ce soit vrai ?

– Oui, c'est vrai. Cela ne les a pas empêchés de le tuer. Lorenzoni aurait pu leur faire passer l'argent ; ça ne fait guère de doute. Et pourtant, ils l'ont tué avant même qu'il ait eu le temps d'essayer.

– Comment s'y serait-il pris ? Il était sous surveillance de la police. »

Le dossier de l'enlèvement montrait en effet clairement que les Lorenzoni et leurs biens avaient été l'objet d'un contrôle rigoureux.

« Des gens se font constamment enlever, Guido, et les rançons sont payées dans le dos de la police. Ce n'est pas si difficile que ça à organiser. »

Brunetti le savait bien.

« Est-ce qu'il a eu des nouvelles des kidnappeurs – lui ou la personne qui devait lui prêter l'argent ?

– Non. Il n'y a plus rien eu après la seconde demande, et il ne l'a donc jamais emprunté. »

Le dossier montrait que le crime avait laissé la police complètement désorientée. Pas la moindre piste, pas la moindre rumeur de ses informateurs ; le garçon avait été littéralement happé par le vide, et on avait perdu toute trace de lui jusqu'au jour où le hasard avait fait découvrir ses restes dans un champ.

« C'est pour cette raison que je te conseille la prudence, Guido. S'ils l'ont tué alors qu'ils savaient qu'ils auraient pu avoir l'argent, cela veut dire que ce sont des gens dangereux.

– Je ferai attention, promit Brunetti, frappé par l'idée que c'était une réponse qu'il avait souvent faite à la fille de son interlocuteur. Et merci pour tout.

– Ce n'est rien. Je t'appellerai si j'entends parler d'autre chose. »

Sur ces paroles, le comte raccrocha.

Pourquoi enlever quelqu'un et ne pas récupérer la rançon ? Voilà qui laissait Brunetti perplexe. Les différentes descriptions qu'on lui avait faites de l'état de santé de Roberto avant l'enlèvement rendaient encore moins probable l'hypothèse d'une résistance ou d'une tentative d'évasion de sa part. Il n'avait pas dû être bien difficile de garder ce captif. Et cependant, ils l'avaient tué.

Et l'argent ? En dépit des efforts de la police, le comte aurait pu se le procurer ; il était par ailleurs suffisamment intelligent et disposait d'assez de relations pour trouver le moyen de le leur faire parvenir.

En dépit de tout cela, il n'y avait pas eu de troisième demande de rançon. Brunetti se mit à fouiller dans les piles de papiers qui encombraient son bureau jusqu'à ce qu'il eût trouvé le rapport de la police de Belluno. Il en relut les premiers paragraphes. Le corps, y était-il dit, n'avait été recouvert, presque partout, que de quelques centimètres de terre, une des raisons pour lesquelles il avait été tellement « endommagé par les animaux ». Puis il alla à la fin du dossier et ouvrit l'enveloppe contenant les nombreuses photos des restes du cadavre. Il étala devant lui celles qui avaient été prises sur le site.

Oui, les ossements étaient bien là, près de la surface. Sur certains clichés, on voyait ce qui semblait être des fragments d'os dépassant de l'herbe, à côté du sillon, dans la partie du champ qui n'avait pas encore été labourée. Ce premier enterrement avait été hâtif et bâclé, comme si les assassins se souciaient peu que le corps fût découvert.

Et la chevalière... Il n'était pas impossible que Roberto, agissant comme sa petite amie, eût tenté de la dissimuler, à un moment où il pensait peut-être avoir affaire à de simples voleurs ; il l'aurait fourrée au fond d'une poche où il l'aurait oubliée ou laissée. Comme tant de choses, dans la disparition et la mort du jeune homme, il n'y avait aucun moyen de savoir ce qui s'était passé.

Les réflexions de Brunetti furent brusquement interrompues par Vianello qui faisait irruption dans le bureau, hors d'haleine d'avoir escaladé l'escalier quatre à quatre.

« Qu'est-ce qui se passe ?

– Lorenzoni ! haleta le sergent.

– Quoi, Lorenzoni ?

– Il a tué son neveu. »

22

VIANELLO PARAISSAIT complètement abasourdi par la nouvelle. Il resta quelques instants incapable de parler, appuyé d'une main au chambranle de la porte, la tête baissée, respirant à grands coups. Finalement, lorsqu'il eut retrouvé son souffle, il poursuivit son récit.

« On vient juste de nous appeler.

– Qui ça, on ?

– Lui. Lorenzoni.

– Comment c'est arrivé ?

– Je ne sais pas. C'est Orsoni qui a pris la communication. Il lui a dit que le garçon l'avait agressé et qu'ils s'étaient battus.

– C'est tout ? » dit Brunetti qui s'était levé et, passant devant le sergent, gagnait le corridor.

Ensemble, ils dévalèrent l'escalier et se dirigèrent vers la sortie et les vedettes de la police. Brunetti leva une main pour attirer l'attention de l'homme de faction.

« Où est Bonsuan ? cria-t-il, attirant les regards tant il y avait de tension dans sa voix.

– Il est déjà sorti, monsieur.

– Je l'ai fait venir, dit Vianello lorsqu'il fut à la hauteur du commissaire.

– Raconte-moi le reste en chemin », lui demanda Brunetti en poussant les lourdes portes de verre.

Saluant Bonsuan d'un signe de tête, il sauta sur le pont de la vedette et se tourna pour aider Vianello à en faire autant – déjà, le bateau s'éloignait du quai.

« Bon, alors ?

– Alors ? Rien, c'est tout ce qu'il a dit.

– Comment ça, le garçon l'a attaqué ? Avec quoi ? »

Brunetti dut élever la voix pour couvrir le rugissement du moteur en pleine accélération.

« Je ne sais pas, monsieur.

– Orsoni ne lui a pas demandé ? s'écria le commissaire, dirigeant sa colère contre Vianello.

– Il a dit qu'il avait raccroché. Qu'il avait simplement donné son message et raccroché. »

Brunetti frappa la rambarde du bateau de la paume de la main et, comme si elle venait d'être éperonnée, la vedette bondit dans les eaux dégagées du Bacino, coupant le sillage d'un taxi et retombant brutalement. Bonsuan brancha la sirène, et son hululement deux tons les précéda sur le Grand Canal, jusqu'au moment où ils accostèrent au quai privé du Palazzo Lorenzoni.

Le portail donnant sur l'eau était ouvert, mais personne n'était là pour les accueillir. Vianello voulut descendre le premier ; dans sa précipitation, il rata la marche du haut et n'atterrit que sur la suivante. Il eut de l'eau jusqu'à la cheville, mais c'est à peine s'il y fit attention. Il se tourna et, tirant et tenant à la fois Brunetti, lui permit d'atteindre directement la marche au sec. Ils coururent ensemble jusque dans le hall d'entrée à demi plongé dans l'obscurité, franchirent une porte, sur leur droite, qui conduisait à un escalier bien éclairé. En haut se tenait la domestique que Brunetti avait vue la fois précédente. Elle était blême et serrait les bras contre le corps, s'étreignant elle-même comme si elle venait de recevoir un coup violent à l'estomac.

« Où est-il ? » demanda Brunetti.

Elle écarta un bras et montra un autre escalier, au bout du couloir qui s'ouvrait devant eux. Elle refit le geste une seconde fois, la main tendue.

Les deux hommes partirent aussitôt dans cette direction et grimpèrent vivement les marches. Au premier palier, ils s'arrêtèrent, tendirent l'oreille, n'entendirent rien et poursuivirent leur ascension. En approchant du haut, un son commença à leur parvenir, faible au début, puis bientôt identifiable : une voix d'homme. Elle leur parvenait d'une porte ouverte sur la gauche.

Brunetti entra sans hésiter dans la pièce. Le comte Lorenzoni était assis à côté de sa femme ; il tenait une de ses mains dans les siennes et lui parlait doucement. Quiconque aurait observé ce tableau sans rien savoir de ce qui s'était passé aurait cru à une paisible scène domestique : un homme d'un certain âge conversant tranquillement avec son épouse dans une attitude de tendresse. Ou du moins, il l'aurait cru jusqu'au moment où il aurait vu que le bas du pantalon de l'homme et ses chaussures étaient couverts de sang, et que des gouttes rouges lui tachaient les mains et les manchettes.

« *Gesu bambino...* » murmura Vianello.

Le comte leur jeta un coup d'œil, puis revint à sa femme.

« Ne t'inquiète pas, ma chère, tout va bien, à présent. Je vais très bien. Il n'est rien arrivé. »

Le comte relâcha la main de son épouse, et le mouvement produisit un faible bruit de succion. Il se releva et s'éloigna d'elle ; on avait l'impression que la comtesse ne s'était pas rendu compte qu'il lui avait parlé ou qu'il venait de la quitter.

« Par ici », dit Lorenzoni.

Il les précéda hors de la pièce et ils redescendirent d'un étage. Là, ils empruntèrent le corridor jusqu'à la pièce où Brunetti s'était déjà entretenu par deux fois avec lui. Le comte poussa la porte mais n'entra pas ; il ne dit rien, se contentant seulement de secouer la tête lorsque Brunetti lui fit signe de les précéder.

Brunetti entra le premier, Vianello sur les talons, et ce qu'il vit lui fit comprendre pourquoi le comte avait préféré ne pas franchir le seuil. Le plus affreux était le haut des rideaux de la fenêtre du fond ; ils avaient absorbé ce qui restait de puissance à la balle, mais aussi subi l'impact de la matière grise et du sang qu'avait répandus Maurizio lorsque sa tête avait explosé. Le corps du jeune homme gisait au pied des rideaux, recroquevillé sur lui-même en position fœtale, à moins qu'il fût simplement tombé ainsi. Le visage du garçon avait échappé à l'impact ; c'était tout l'arrière de son crâne qui s'était envolé. Le canon de l'arme devait avoir été placé sous son menton au moment du coup de feu. C'est ce que Brunetti eut le temps de voir avant de se détourner.

Il retourna dans le corridor, pensant déjà à ce qu'il fallait faire, se demandant si quelqu'un, tant son départ de la vice-questure avait été précipité, avait pensé à lui envoyer l'équipe d'experts.

Le comte avait disparu. Vianello sortit à son tour, respirant aussi fort et laborieusement que lorsqu'il s'était présenté dans le bureau de son supérieur.

« Tu veux bien appeler et voir s'ils ont pensé à envoyer une équipe ? » lui demanda Brunetti.

Vianello voulut parler, mais se contenta finalement de hocher la tête.

« Il doit bien y avoir un autre téléphone quelque part, grommela Brunetti. Essaie dans les chambres. »

Vianello eut un mouvement de tête pour dire *et vous ?*.

Brunetti répondit de la même manière, pointant le menton en direction de l'escalier.

« Je vais aller leur parler.

– Leur parler ?

– Lui parler. »

L'acquiescement de Vianello, cette fois, prouvait qu'il avait repris son sang-froid. Il se retourna et s'éloigna dans le corridor, évitant de regarder, au passage, dans la pièce où se trouvait le cadavre de Maurizio.

Brunetti se força à revenir jusqu'au seuil et à examiner l'intérieur. Le fusil était tombé à droite du corps et la flaque de sang qui s'agrandissait n'était plus qu'à un centimètre de sa crosse luisante. Deux petits tapis, empilés en désordre l'un sur l'autre, témoignaient en silence de l'âpre lutte qui avait eu lieu. Un veston d'homme gisait en tas juste de l'autre côté de la porte, couvert de sang sur le devant.

Il se tourna, referma la porte derrière lui et remonta l'escalier. Il trouva le couple dans la même attitude que lorsqu'il était arrivé, si ce n'est que le comte Ludovico n'avait plus de sang sur les mains. Quand il entra, ce dernier leva les yeux sur lui.

« Puis-je vous parler ? » demanda Brunetti.

Le comte acquiesça et relâcha les mains de sa femme.

Une fois les deux hommes dans le couloir, le policier lui demanda où ils pourraient aller pour s'entretenir.

« Ici, cela fera aussi bien l'affaire. Je voudrais pouvoir garder un œil sur elle.

– Sait-elle ce qui s'est passé ?

– Elle a entendu le coup de feu.

– D'ici ?

– Oui, oui. Et elle est descendue.

– Est-elle allée jusque dans la pièce ? » demanda Brunetti, incapable de dissimuler son horreur.

Le comte acquiesça.

« Quand j'ai entendu qu'elle arrivait – c'est le bruit de ses pas qui m'a alerté –, je me suis avancé jusqu'à la porte. J'espérais pouvoir lui cacher la vue... »

Brunetti, se souvenant du veston ensanglanté, se demanda quelle différence cela aurait pu faire.

Brusquement, Lorenzoni se détourna.

« Il vaut peut-être mieux aller par là », dit-il, entraînant Brunetti dans une pièce voisine.

Elle contenait un bureau et son siège, ainsi que des étagères couvertes de livres de comptes. Lorenzoni s'installa dans le fauteuil le plus proche de la porte et laissa aller un instant sa tête contre le dossier rembourré, les yeux fermés. Puis il les rouvrit et regarda Brunetti. Mais il ne dit rien.

« Êtes-vous en mesure de m'expliquer ce qui s'est passé ?

– Tard hier soir – ma femme était déjà couchée –, j'ai demandé à Maurizio si je pouvais lui parler. Il était nerveux. Moi aussi. Je lui ai dit que j'avais longuement repensé à la manière dont s'était déroulé l'enlèvement, et en particulier que ses auteurs devaient savoir beaucoup de choses sur la famille et les allées et venues de Roberto. Comment auraient-ils pu lui tendre une embuscade à la villa, s'ils n'avaient pas été au courant de ce qu'il faisait ce soir-là ? »

Le comte Ludovico se mordit la lèvre et jeta un coup d'œil de côté.

« Je lui ai dit que je ne croyais plus qu'il s'agissait d'un enlèvement, d'une simple demande de rançon en échange de Roberto. »

Il s'arrêta, attendant que Brunetti l'eût relancé.

« Et qu'est-ce qu'il vous a répondu ?

– Il paraissait ne pas comprendre. Il m'a dit qu'il y avait eu deux demandes de rançon, et qu'il ne pouvait donc s'agir d'autre chose que d'un enlèvement. »

Le comte se redressa dans son fauteuil.

« Il a passé l'essentiel de sa vie avec nous. Lui et Roberto ont été élevés ensemble. Il était mon héritier. »

Au moment où il prononça ces derniers mots, les yeux du comte s'emplirent de larmes.

« C'est pour cette raison... » murmura-t-il d'une voix tellement basse que Brunetti dut faire un effort pour le comprendre.

Il n'ajouta rien.

« Que s'est-il passé d'autre ?

– Je lui ai demandé de me dire ce qu'il faisait au moment où Roberto avait disparu.

– J'ai lu dans le dossier qu'il se trouvait ici, avec vous.

– C'est exact. Mais je me rappelais qu'il avait annulé un rendez-vous, ce soir-là, un dîner d'affaires. Comme s'il avait tenu à être ici, en notre compagnie.

– Ce n'est donc pas lui qui a pu le faire.

– Mais il a pu payer des gens pour ça, observa le comte, et Brunetti ne douta pas qu'il y croyait.

– C'est ce que vous lui avez dit ? »

Le comte Ludovico acquiesça.

« Et aussi que je voulais lui laisser le temps d'y réfléchir. Qu'il avait la possibilité de se rendre de lui-même à la police. (Lorenzoni se redressa un peu plus sur son siège.) Ou de faire ce qui était honorable.

– Honorable ?

– Oui, honorable, répéta le comte sans prendre la peine de s'expliquer davantage.

– Et ensuite ?

– Hier, il a disparu pendant toute la journée. Il n'était pas à son bureau ; j'ai appelé. Puis, ce soir, alors que ma femme s'était déjà retirée, il est entré dans cette pièce... avec le fusil à la main... il devait être allé le chercher à la villa. Et il a dit... il a dit... que j'avais vu juste. Il a dit des choses horribles sur Roberto, des mensonges. »

Cette fois, Lorenzoni ne put contenir davantage ses larmes, qui se mirent à couler sur son visage sans qu'il fasse le moindre effort pour les essuyer.

« Il a dit... que Roberto était un bon à rien, un play-boy, un enfant gâté, et qu'il était, lui, le seul à comprendre les affaires, le seul qui méritait d'hériter des entreprises. »

Le comte regarda Brunetti pour voir si celui-ci pouvait mesurer toute l'horreur qu'il ressentait à l'idée d'avoir élevé un monstre.

« Ensuite, il s'est approché de moi avec le fusil. Sur le moment, je n'y ai pas cru ; je n'arrivais pas à prendre au sérieux tout ce qu'il me révélait. Puis il a dit qu'il fallait que ça ait l'air d'un suicide. Comme si je n'avais pas supporté mon chagrin. J'ai compris alors qu'il était sérieux. »

Brunetti attendit.

Le comte Ludovico déglutit et s'essuya le visage de la manche de sa chemise, déposant sur ses traits des traces du sang de Maurizio.

« Il s'est avancé sur moi et a appuyé le canon du fusil contre ma poitrine, avant de me placer l'extrémité sous le menton. Il a dit qu'il avait bien réfléchi, qu'il ne voyait pas comment faire autrement... »

Le comte se tut, revoyant l'horreur de la scène.

« C'est sans doute ce qui m'a rendu furieux. Pas tellement l'idée qu'il voulait me tuer, mais qu'il puisse envisager cela de sang-froid, qu'il ait pu faire froidement un calcul aussi sordide. Et aussi ce qu'il avait fait à Roberto. »

Le comte s'interrompit une nouvelle fois, l'esprit submergé par ce souvenir. Brunetti risqua une question.

« Et qu'est-ce qui est arrivé ? »

Lorenzoni secoua la tête.

« Je ne sais pas très bien. Je crois que je lui ai donné un coup de pied, ou que je l'ai repoussé. La seule chose dont je me souvienne, c'est d'avoir écarté le canon vers lui, d'un coup d'épaule, je crois. Je voulais le faire tomber au sol. C'est alors que le coup est parti, et je me suis retrouvé aspergé de son sang. Et du reste. »

Pour la troisième fois, la violence de l'évocation – cette cascade de sang – l'obligea à interrompre son récit.

Il étudia ses mains, propres à présent.

« Puis j'ai entendu les pas de ma femme, qui courait dans le corridor et qui m'appelait par mon nom, et je me rappelle avoir été au-devant d'elle. Mais rien d'autre, en tout cas pas clairement.

– De nous avoir appelés ? »

Le comte acquiesça.

« Oui, je crois. Et puis vous êtes arrivé...

– Comment êtes-vous remontés à l'étage, vous et votre femme ? »

Le comte secoua la tête.

« Je ne m'en souviens pas. Sincèrement, je ne me souviens pratiquement de rien, entre le moment où je l'ai arrêtée à la porte et celui où vous êtes entré. »

Brunetti regarda alors cet homme, qu'il voyait pour la première fois dépouillé de tous les attributs liés à sa richesse et à sa situation ; le personnage qu'il avait devant lui était un vieil homme, grand, émacié, le visage couvert de larmes et de mucosités, la chemise imbibée de sang humain.

« Vous souhaitez peut-être vous changer ? » suggéra le commissaire, seule chose qui lui vint à l'esprit.

Il savait, y compris en le disant, que c'était loin d'être professionnel, et qu'il aurait dû obliger le comte à conserver ses vêtements sur lui jusqu'à ce qu'il puisse être photographié par l'équipe des experts. Mais cette idée le révolta et il répéta donc au comte que celui-ci, s'il le désirait, pouvait se changer.

Lorenzoni parut tout d'abord ne pas très bien comprendre pourquoi le policier lui faisait cette suggestion ; puis il s'examina, et sa bouche se tordit de dégoût.

« Oh, mon Dieu », murmura-t-il.

Il se leva en s'appuyant pesamment sur les accoudoirs du fauteuil dans une attitude maladroite, bras écartés, comme s'il avait peur de toucher des mains ses vêtements souillés.

Il se rendit compte que Brunetti le regardait, et il se détourna. Le policier le suivit hors de la pièce et le vit, à un moment donné, qui vacillait fortement ; le temps que Brunetti se précipitât, le comte avait eu le temps de se retenir en posant la main contre le mur. Il prit appui dessus pour se redresser et, une fois au bout du couloir, entra dans une pièce sur la droite, sans prendre la peine de refermer derrière lui. Brunetti, qui l'avait suivi, s'arrêta sur le pas de la porte. Entendant brusquement couler l'eau, il regarda à l'intérieur et vit la piste laissée par les vêtements abandonnés du comte, se dirigeant vers une porte qui devait être celle de la salle de bains, dans ce qui ressemblait à une chambre d'amis.

Brunetti attendit au moins cinq minutes, sans entendre autre chose que le bruit de l'eau. Il commençait à se demander s'il ne devait pas aller vérifier que le comte Ludovico allait bien, lorsque ce bruit s'arrêta. C'est alors, dans le silence revenu, que lui parvinrent d'en dessous les coups sourds et le tapage familiers qui trahissaient la présence de l'équipe du laboratoire de la police. Abandonnant son rôle de protecteur du comte, le commissaire descendit pour retourner dans la pièce où le deuxième héritier des Lorenzoni avait connu une fin terrible.

23

BRUNETTI PASSA les quelques heures suivantes dans le même état psychologique que les survivants d'un accident, quand ils se souviennent de l'arrivée de l'ambulance, d'avoir été transportés jusqu'en salle de soins d'urgence, et peut-être même du masque qui, en descendant sur leur visage, leur a enfin apporté l'anesthésie bienfaisante. Il se tenait dans la pièce où Maurizio était mort, disait aux uns et aux autres ce qu'il fallait faire, répondait aux questions, posait les siennes ; mais pendant tout ce temps, il n'eut à aucun moment l'impression d'être tout à fait présent.

Il se souvenait des photographes, se souvenait même de l'obscénité ignoble proférée par l'un d'eux lorsque son trépied s'était replié par inadvertance et que l'appareil photo était tombé lourdement au sol. Il se rappelait aussi avoir pensé, en cet instant-là, qu'il était vraiment ridicule de se sentir offensé par un écart de langage au milieu de tout ça, devant le spectacle que l'on photographiait. Il se rappelait également l'arrivée de l'avocat de Lorenzoni, puis d'une infirmière venue prendre la comtesse en charge. Il s'entretint avec l'avocat, un homme qu'il connaissait depuis des années, et lui expliqua que la famille ne pourrait récupérer le corps de Maurizio avant plusieurs jours, car il fallait attendre que fût pratiquée l'autopsie.

Pendant qu'il expliquait ceci, l'absurdité de cette démarche lui apparut soudain dans toute son étendue. Les preuves de ce qui s'était passé étaient toutes rassemblées ici, d'un seul côté de la pièce : sur les rideaux, sur les tapis, déjà infiltrées entre les fines rainures du parquet, tout comme elles étaient répandues sur les vêtements sordides que le comte avait éparpillés en allant sous la douche. Brunetti avait conduit les hommes du labo jusqu'à ces effets, leur avait demandé de les rassembler et de les étiqueter, de même qu'il leur avait dit de tester les mains du comte pour y rechercher des traces de poudre brûlée. Celles de Maurizio aussi.

Il avait interrogé la comtesse, ou du moins essayé, car elle n'avait réagi à ses questions qu'en continuant d'égrener les mystères de son chapelet à voix haute. Il lui avait demandé si elle avait entendu quelque chose, et elle avait répondu : « Le Christ a accepté sa croix. » Si elle avait parlé avec Maurizio, et elle avait dit : « Jésus a été déposé au tombeau. » Il avait rapidement renoncé et laissé la comtesse aux mains de l'infirmière et à la garde de son dieu.

L'équipe avait pensé à apporter un magnétophone, et Brunetti s'en servit pour faire répéter à Lorenzoni, lentement, le récit de tous les événements de la veille et du jour même. La douche avait effacé sur le comte les traces matérielles de ce qui s'était passé ; mais on lisait toujours dans ses yeux le coût moral de son acte et de ce que Maurizio avait voulu faire. Il raconta toute l'histoire, en hésitant et en l'entrecoupant de longs silences pendant lesquels il paraissait perdre le fil de ce qu'il disait. À chaque fois, Brunetti lui rappelait l'endroit où il en était, et ce qui était arrivé ensuite.

À neuf heures, tout était fini, et il n'y avait plus de raison de s'attarder au Palazzo Lorenzoni. Brunetti renvoya les équipes du labo et les photographes à la vice-questure, et prit lui-même congé. Le comte le salua, mais il ne parut pas se souvenir qu'il était de coutume de se serrer la main, dans ce genre de situation.

Vianello était resté en compagnie de Brunetti, et les deux hommes allèrent se réfugier dans le premier bar ouvert qu'ils trouvèrent. Ils commandèrent chacun un grand verre d'eau minérale, puis un second. Aucun des deux n'avait envie d'alcool, et ils détournaient les yeux des sandwichs avachis disposés dans un présentoir en verre, sur un côté du bar.

« Retourne chez toi, Lorenzo, dit finalement Brunetti. Il n'y a rien d'autre à faire. En tout cas pour ce soir.

– Pauvre homme... » murmura Vianello.

Il fouilla dans sa poche et posa quelques billets de mille lires sur le bar.

« Et sa femme... quel âge peut-elle bien avoir ? À peine la cinquantaine, et on dirait qu'elle a soixante-dix ans. Ou plus. Cette histoire va la tuer. »

Brunetti hocha tristement la tête.

« Il pourra peut-être faire quelque chose.

– Qui ça ? Lorenzoni ? »

Brunetti acquiesça mais ne dit rien.

Ils quittèrent le bar ensemble, sans répondre au salut que leur adressa le barman. Arrivé au Rialto, Vianello dit au revoir au commissaire et alla prendre le bateau qui le ramènerait jusqu'à son foyer, dans le quartier de Castello. Le *traghetto* interrompait son service à dix-neuf heures, et Brunetti n'eut pas d'autre choix que d'emprunter le pont pour regagner son domicile à pied, de l'autre côté du Grand Canal.

Le spectacle du corps de Maurizio et des preuves terribles de la manière dont il avait été tué répandues partout sur les rideaux et le mur poursuivit Brunetti pendant tout le trajet, jusqu'au seuil de sa porte. De l'intérieur lui parvenait le bruit de la télévision ; sa famille était rassemblée pour regarder une série policière hebdomadaire qu'ils avaient pris l'habitude de suivre. Il la regardait avec eux, en général, dans son fauteuil, ne manquant pas de faire remarquer toutes les invraisemblances dont l'histoire était en général émaillée.

Deux vigoureux « *Ciao*, papa ! » retentirent, et il dut faire un effort pour répondre gentiment.

La tête de Chiara apparut dans l'entrebâillement de la porte donnant sur le séjour.

« Tu as mangé, papa ? demanda-t-elle.

– Oui, mon ange », mentit-il tout en accrochant son veston.

Il avait pris soin de rester le dos tourné.

Elle attendit une seconde sans rien dire puis s'éclipsa dans le séjour. Paola arriva un instant plus tard, tendant la main vers lui.

« Qu'est-ce qui ne va pas, Guido ? » demanda-t-elle d'une voix qui trahissait la peur.

Il restait près de son veston, dont il fouillait les poches comme s'il cherchait quelque chose. Elle passa un bras autour de sa taille.

« Qu'est-ce que Chiara t'a dit ? réussit-il à demander.

– Que quelque chose de terrible avait dû t'arriver. »

Elle lui prit les mains pour qu'elles arrêtent leurs fouilles inutiles.

« Raconte-moi, ajouta-t-elle, portant à ses lèvres une de ses mains pour l'embrasser.

– Je ne peux pas en parler pour le moment. »

Elle acquiesça et, sans lui lâcher la main, l'entraîna vers le fond de l'appartement et leur chambre.

« Mets-toi au lit, Guido. Mets-toi au lit et je vais t'apporter une tisane.

– Je ne peux pas en parler, Paola », insista-t-il.

Elle garda son expression sérieuse.

« Je ne te le demande pas, Guido. Je voudrais simplement que tu te mettes au lit, que tu boives cette tisane et que tu dormes.

– D'accord », répondit-il, retombant dans le même bizarre état d'irréalité qu'un peu plus tôt.

Un moment plus tard, déshabillé et sous les couvertures, il but sa tisane (tilleul et miel) puis tint la main de Paola, à moins que ce ne fût elle qui tînt la sienne, jusqu'au moment où il s'endormit.

Il passa une nuit paisible, ne reprenant vaguement conscience que par deux fois, à chacune dans les bras de Paola, la tête sur son épaule. Il ne s'était jamais réveillé complètement, et elle l'avait aidé à se rendormir en l'embrassant sur le front et en lui faisant sentir, de manière rassurante, qu'elle était là, qu'elle le serrait contre elle.

Au matin, après le départ des enfants pour le lycée, il raconta à Paola ce qui s'était passé, mais pas tout. Elle lui laissa dévider sa version expurgée sans rien lui demander, sirotant son café et le regardant pendant qu'il parlait.

« C'est donc bien fini, cette fois ? »

Brunetti secoua la tête.

« Je ne sais pas. Reste encore les auteurs de l'enlèvement.

– Mais si c'est le neveu qui les a envoyés, c'est lui le seul véritable responsable.

– C'est justement la question.

– Comment ça ? demanda Paola, qui ne l'avait pas suivi.

– Si c'est lui qui les a envoyés. »

Elle le connaissait assez bien pour ne pas gaspiller son temps à lui demander ce qu'il voulait dire.

« Hum », dit-elle avec un hochement de tête, avant de se remettre à siroter son café, attendant qu'il voulût bien continuer.

« Il y a quelque chose qui cloche dans tout ça, reprit finalement Brunetti. Le neveu ne m'a pas donné l'impression d'être capable d'un tel acte.

– Un scélérat peut sourire et pourtant être un scélérat », dit Paola sur le ton qu'elle utilisait lorsqu'elle faisait une citation, mais Brunetti pensait trop à autre chose pour lui demander ce que c'était*.

« Il m'a paru sincèrement attaché à Roberto ; il avait quelque chose de presque protecteur. »

Brunetti secoua la tête.

« Je ne suis pas convaincu.

– Mais qui, alors ? Les gens ne tuent tout de même pas leurs enfants comme ça. Un homme ne tue pas le seul fils qu'il ait !

– Je sais bien, je sais bien, répondit Brunetti, concédant que l'hypothèse était impensable.

– Je te le répète : qui, alors ?

– C'est justement ce qui cloche. C'est qu'il n'y a aucune autre possibilité.

* *Hamlet*, acte I, scène V. *(N.d.T.)*

– Est-il possible que tu te sois trompé, en ce qui concerne le neveu ? demanda-t-elle.

– Bien entendu, admit Brunetti. Je pourrais même m'être trompé sur toute la ligne. Parce que, en réalité, je n'ai aucune idée de ce qui s'est passé. Ni des raisons, ni des mobiles.

– Le mobile, c'est l'argent, non ? C'est toujours l'argent, dans ces affaires d'enlèvement.

– Je me demande si c'était bien un enlèvement, en fin de compte.

– Mais tu viens juste de parler toi-même des "auteurs de l'enlèvement".

– Oh, il a été enlevé, aucun doute là-dessus. Et quelqu'un a bien envoyé les demandes de rançon. »

Il lui parla de l'offre de prêt faite par quelqu'un au comte Lorenzoni.

« Comment l'as-tu appris ?

– Par ton père. »

Pour la première fois depuis le début de cette conversation, elle sourit.

« Ça me plaît que tu fasses confiance à ma famille. Quand lui as-tu parlé ?

– Il y a une semaine. Et hier.

– À propos de cette affaire ?

– Oui, et d'autres choses.

– Quelles autres choses ? demanda-t-elle, soudain soupçonneuse.

– Il m'a dit que tu n'étais pas heureuse. »

Brunetti attendit de voir quelle allait être la réaction de Paola ; cela lui paraissait la manière la plus honnête de la conduire à parler de ce qui la préoccupait.

Elle resta longtemps silencieuse, se leva, remplit à nouveau leurs tasses de café, y ajouta lait et sucre, puis se rassit en face de lui.

« Les psycho-machin-trucs, dit-elle finalement, appellent ça un comportement projectif. »

Brunetti prit une gorgée de café, rajouta un peu de sucre et la regarda.

« Tu sais bien comment les gens ont toujours tendance à voir leurs propres problèmes chez les autres, reprit-elle.

– Mais lui... Qu'est-ce qui le rend malheureux ?

– Et à propos de quoi a-t-il prétendu que j'étais malheureuse ?

– De notre mariage.

– Eh bien, voilà, dit-elle simplement.

– Ta mère t'a-t-elle dit quelque chose ? »

Elle secoua la tête.

« Tu ne parais pas tellement surprise, s'étonna-t-il.

– Il vieillit, Guido, et il commence à s'en rendre compte. C'est pourquoi je pense qu'il tente de faire le tri entre ce qui est important pour lui et ce qui l'est moins.

– Et son mariage ne l'est pas ?

– Bien au contraire. J'ai l'impression qu'il commence à se rendre compte à quel point il compte pour lui, à quel point il n'en a pas eu conscience – pendant des années, des dizaines d'années, même. »

Ils n'avaient jamais discuté entre eux du couple formé par les parents de Paola, mais cela n'avait pas empêché Brunetti d'entendre parler du goût que le comte Falier avait pour les jolies femmes. Il aurait été certes facile pour lui de découvrir quelle part de vérité contenaient ces rumeurs, mais il n'avait jamais posé les bonnes questions.

Italien jusqu'à l'âme, il ne faisait aucun doute pour lui qu'un homme pouvait être passionnément dévoué à son épouse tout en la trompant avec d'autres femmes. De même, il ne doutait absolument pas que le comte aimait profondément la comtesse. La similitude des titres lui fit penser aux Lorenzoni : de manière évidente, il en allait de même pour le comte Ludovico, chez qui l'amour qu'il portait à sa femme était ce qu'il y avait de plus humain.

« Je ne sais pas », dit-il, cet aveu de confusion étant aussi valide pour l'un que pour l'autre.

Elle se pencha par-dessus la table et l'embrassa sur les deux joues.

« Tant que je serai avec toi, je ne pourrai pas être malheureuse. »

Brunetti baissa la tête. Il rougissait.

24

BRUNETTI AURAIT PU écrire le dialogue – ou plutôt le monologue. Patta allait prendre la parole, ce matin, pour faire de sévères remarques sur la double tragédie qui frappait cette famille aristocratique, le terrible mépris manifesté pour les liens les plus sacrés que pouvaient contracter les hommes, la faiblesse structurelle de la société chrétienne et ainsi de suite *ad nauseam*, martelant l'idée que tout changeait, famille, foyer... Il aurait pu reconstituer d'avance tout ce que ce discours allait avoir de creux et de pompeux, le naturel parfaitement calculé de tous ses gestes, et même noter, entre parenthèses, les endroits où il allait marquer une pause et se couvrir les yeux de la main, lorsqu'il parlerait de ce crime qui n'osait pas dire son nom.

Tout aussi facilement, il aurait pu rédiger les manchettes racoleuses qui, à coup sûr, allaient s'étaler sur la devanture de tous les marchands de journaux, dans la ville : *« Delitto in Famiglia »* ; *« Caino e Abèle »* ; *« Figlio Addotivo-Assassino »*. Afin d'éviter ces deux calamités, il téléphona à la questure pour avertir qu'il n'arriverait qu'après le déjeuner, et refusa de jeter un seul coup d'œil sur la presse que Paola était allée chercher pendant qu'il dormait encore.

Ayant compris que son mari avait dit tout ce qu'il voulait dire sur les Lorenzoni, Paola abandonna le sujet et le laissa pour aller acheter du poisson au marché du Rialto. Brunetti, se retrouvant sans rien à faire pour la première fois depuis ce qui lui paraissait des semaines, décida d'imposer à ses livres l'ordre qu'il semblait incapable d'imposer aux événements ; il alla donc dans le séjour et se mit à étudier sa bibliothèque, dont les rayonnages s'élevaient jusqu'au plafond. Des années auparavant, les ouvrages avaient été classés selon la langue ; mais quand ce procédé était devenu plus ou moins caduc, il avait essayé la chronologie. La curiosité des enfants n'avait pas tardé à y mettre la pagaille, si bien que Pétrone se retrouvait à côté de saint Jean Chrysostome et qu'Abélard voisinait avec Emily Dickinson. Il examina les reliures alignées, en tira une, puis deux, puis encore deux. Mais tout aussi soudainement, l'exercice perdit tout intérêt pour lui, et il remit les cinq livres n'importe où, dans un espace assez grand, sur l'une des étagères du bas.

Il prit alors son exemplaire de Cicéron et, dans l'épître *Le Bonheur*, tomba sur le passage où il est question des devoirs et de la répartition des biens moraux. « Le premier est la capacité de distinguer le vrai du faux, lut-il, et de comprendre la relation entre un phénomène et un autre, et les causes et les conséquences de chacun. Le deuxième est la capacité de restreindre ses passions. Et le troisième est de se comporter en faisant preuve de considération et de compréhension dans nos relations avec les autres. »

Il referma le livre et le remit à la place que la fantaisie et les caprices de la famille Brunetti lui avaient assignée : entre John Donne et Karl Marx. « ... Comprendre la relation entre un phénomène et un autre, et les causes et les conséquences de chacun », dit-il à haute voix, sursautant presque au son de sa propre voix. Il se rendit dans la cuisine, écrivit un mot pour Paola et quitta l'appartement pour se rendre à la vice-questure.

Le temps d'arriver, à onze heures largement passées, les journalistes étaient venus, avaient festoyé et étaient repartis ; au moins avait-il échappé à la nécessité de subir le pathos de Patta. Il monta jusqu'à son bureau par l'escalier de derrière, referma la porte derrière lui et s'assit pour ouvrir le dossier Lorenzoni, qu'il relut intégralement, sans sauter une seule page. En commençant par l'enlèvement, deux ans auparavant, il établit une liste chronologique détaillée des événements et des faits qu'il connaissait. Il lui fallut quatre feuilles de papier pour tout relever, la mort de Maurizio mettant un point final à la liste.

Cela fait, il étala les quatre feuilles devant lui, comme autant de cartes de tarot à l'image de la mort. « Distinguer le vrai du faux... comprendre la relation entre un phénomène et un autre, et les causes et les conséquences de chacun. » Si Maurizio avait été l'instigateur du kidnapping, tous les événements s'enchaînaient et s'expliquaient, les causes et les conséquences étaient claires. Le désir du pouvoir et de la richesse, peut-être même la jalousie, auraient été les mobiles de l'enlèvement. Lequel conduisait logiquement à la tentative d'assassinat de son oncle. D'où le sang et la matière grise sur les rideaux Fortuny et le veston.

En revanche, si Maurizio n'avait pas commandité l'enlèvement, il n'y avait aucun rapport entre les événements. Les oncles peuvent à la rigueur tuer les neveux, mais les pères ne tuent pas leurs fils, en tout cas pas de sang-froid.

Le commissaire leva les yeux et se mit à contempler la fenêtre. Sur l'un des plateaux de la balance, il y avait ce vague sentiment que Maurizio n'avait pas l'étoffe d'un tueur, ni même d'un commanditaire de meurtre. Sur l'autre, un scénario dans lequel le comte Ludovico abattait son neveu, ce qui voulait dire, par conséquent, qu'il avait auparavant organisé l'assassinat de son propre fils.

Il lui était déjà arrivé de se tromper dans son évaluation des gens et de leurs motivations. Cela n'avait-il pas été le cas encore récemment, avec son propre beau-père ? Il n'avait eu aucun mal à croire que sa femme était malheureuse, aucun mal à admettre que son mariage était en danger, alors que le problème était d'inverser la proposition et que la vérité se trouvait dans la simple protestation d'amour de Paola.

Il avait beau tourner et retourner les faits et les possibilités, les glisser d'un plateau à l'autre, sur cette terrible balance, le poids des indices de culpabilité faisait toujours pencher le côté de Maurizio. Et cependant, le policier doutait toujours.

Il pensa à la façon qu'avait eue Paola de se moquer de lui, pendant des années, à cause de sa répugnance viscérale à jeter un vêtement quelconque, veston, lainage, même une paire de chaussettes, qu'il trouvait particulièrement confortable. Cette attitude n'avait rien à voir avec l'argent, ni avec le fait de remplacer ce qui était usé : cela relevait de la certitude dans laquelle il était qu'aucun vêtement neuf ne pourrait jamais être aussi confortable et rassurant que l'ancien. Et il se rendait compte que sa situation actuelle était le résultat du même genre de répugnance à rejeter ce qui était confortable en faveur de ce qui était nouveau.

Il prit ses notes et se rendit dans le bureau de Patta pour une dernière tentative, avec pour seul résultat de se trouver impliqué dans un scénario qu'il n'aurait eu aucun mal à écrire, Patta rejetant d'emblée « l'offensante et trompeuse suggestion » voulant que le comte Lorenzoni pût être impliqué, de quelque manière, dans ce qui s'était passé. Patta n'alla pas jusqu'à lui demander d'aller présenter ses excuses au comte ; après tout, Brunetti n'avait fait que spéculer, mais même ce genre de spéculation avait le don de révulser quelque chose de profondément atavique chez le vice-questeur ; celui-ci eut du mal à contenir sa rage, mais il ne se retint cependant pas de lui ordonner de sortir de son bureau.

De retour dans le sien, Brunetti joignit les quatre feuilles de papier au dossier et replaça celui-ci dans le tiroir sur lequel il avait l'habitude de poser les pieds. Il referma le tiroir du talon et reporta son attention sur un nouveau dossier, que quelqu'un avait disposé bien en vue sur son bureau pendant qu'il s'était trouvé chez son supérieur hiérarchique : on avait volé les moteurs hors-bord de quatre bateaux pendant que leurs propriétaires déjeunaient dans une *trattoria*, sur la petite île de Vignole.

Le téléphone lui épargna de mesurer toute l'insignifiance de cette affaire.

« *Ciao*, Guido, fit la voix de son frère. Nous venons juste de rentrer.

– Vous ne deviez pas rester plus longtemps ? »

Sergio éclata de rire.

« Oui, mais les Néo-Zélandais sont partis après avoir donné leur communication, alors j'ai décidé de rentrer.

– Comment c'était ?

– Si tu me promets de ne pas rire, je dirai que nous avons fait un triomphe. »

Tout est une question de timing, dans la vie. S'il avait reçu le même coup de fil dans d'autres conditions, même si son frère l'avait tiré en pleine nuit de son sommeil, Brunetti aurait été content d'écouter le récit qu'il s'apprêtait à lui faire de son séjour à Rome ; il aurait suivi ses explications avec curiosité, il aurait aimé savoir comment avait été reçue sa communication. Au lieu de cela, tandis que Sergio lui parlait de roentgens et de traces résiduelles de ceci ou de cela, il contemplait les numéros de série des moteurs hors-bord. Sergio lui parlait de foies détériorés, et il examinait l'éventail de leur puissance, allant de cinq à quinze chevaux. Sergio répétait une question que quelqu'un lui avait posée à propos de la rate, et il apprenait que seul l'un des moteurs avait été assuré contre le vol – et pour la moitié de sa valeur.

« Eh, Guido, tu m'écoutes ?

– Oui, oui, répondit Brunetti avec une inutile précipitation. Je trouve tout ça très intéressant. »

Sergio éclata de rire mais sut résister à l'envie de lui demander de répéter ce qu'il venait de dire, préférant lui demander des nouvelles de Paola et des enfants.

« Tout le monde va bien, merci.

– Raffi sort toujours avec cette fille ?

– Oui. Elle nous plaît beaucoup.

– Ça va bientôt être le tour de Chiara, dis-moi.

– Le tour de Chiara ? demanda Brunetti, qui n'avait pas compris.

– Oui, de se trouver un petit ami. »

En effet. Brunetti ne sut que répondre.

Dans le silence qui se prolongeait, Sergio lui demanda

s'ils ne voulaient pas tous venir dîner chez lui et Maria Grazia, vendredi soir prochain.

Brunetti fut sur le point d'accepter, puis dit :

« Il faut que je demande à Paola et que je voie si les enfants n'ont pas quelque chose de prévu. »

C'est d'un ton redevenu soudain sérieux que Sergio remarqua :

« Qui aurait jamais cru qu'on verrait ça un jour, Guido ?

– Qu'on verrait quoi ?

– Consulter nos épouses, demander à nos enfants s'ils n'ont pas d'autres projets. C'est la quarantaine, mon vieux.

– Oui, ça doit être ça. »

Il n'y a guère qu'à Paola qu'il aurait pu poser la question qui lui vint ensuite à l'esprit.

« Ça t'embête ?

– Que ça m'embête ou non, je ne crois pas que ça fasse beaucoup de différence ; on ne peut rien faire pour arrêter ça... Je te trouve bien sérieux, aujourd'hui. »

En guise d'explication, Brunetti lui posa une question.

« Tu n'as pas lu les journaux ?

– Si, dans le train, en revenant. Cette affaire avec les Lorenzoni ?

– Oui.

– C'est toi qui t'en occupes ?

– Oui, répondit Brunetti sans donner plus de précisions.

– Terrible. Les pauvres gens. Tout d'abord le fils, et maintenant, le neveu. À se demander ce qui est le pire. »

Mais il était évident que Sergio, fraîchement débarqué de Rome et baignant encore dans l'euphorie de ses succès professionnels, n'avait pas très envie de parler de ces choses ; c'est pourquoi Brunetti changea de sujet.

« Je vais demander à Paola. Elle se chargera de rappeler Maria Grazia. »

25

Il n'y aurait rien d'exagéré à observer que l'ambiguïté est la caractéristique maîtresse de la justice italienne, ou plutôt – ce concept étant trop vaguement général – du système de justice créé par l'État italien pour la protection de ses citoyens. Car nombre d'entre eux ont l'impression que lorsque la police ne travaille pas à traîner les criminels devant les tribunaux, elle enquête ou arrête les juges censés présider ces derniers. Les condamnations, difficiles à obtenir, sont souvent annulées en appel ; les assassins négocient des accords et sortent libres du prétoire ; les parricides ont un fan-club et reçoivent, derrière les barreaux, des lettres d'admirateurs ; le pouvoir et la Mafia dansent main dans la main et concourent à la ruine de l'État – en vérité, à la ruine du concept même d'État. Le Docteur Bartolo devait sans doute penser aux cours d'appel italiennes lorsque Rossini lui faisait chanter *Qualche garbuglio si troverà*.

Pendant les trois journées suivantes, Brunetti, vivant avec l'impression d'être prisonnier de ténèbres spirituelles tant il avait conscience de la futilité absolue de ses efforts, médita sur la nature de la justice et, tandis qu'en lui la voix de Cicéron refusait de se taire, sur celle du bien moral. Tout cela pour rien, lui semblait-il.

Comme le troll à l'affût sous un pont, dans un conte pour enfants qu'il avait lu des dizaines d'années auparavant, la liste qu'il avait établie restait tapie dans son tiroir, silencieuse, mais pas oubliée.

Il assista aux funérailles de Maurizio, se sentant encore plus dégoûté par la horde des charognards équipés d'appareils photo que par l'idée de ce qu'il y avait dans le lourd cercueil, scellé au plomb pour lutter contre l'humidité qui régnait dans la crypte des Lorenzoni. La comtesse n'assista pas à la cérémonie ; le comte, en revanche, l'œil rougi et s'appuyant sur le bras d'un homme plus jeune, suivit depuis l'église le cercueil contenant le corps de celui qu'il avait tué. Sa présence et la noblesse de son comportement propulsèrent l'Italie dans un paroxysme d'admiration sentimentale, comme on n'en avait jamais vu depuis la fois où les parents d'un petit garçon américain assassiné avaient fait don des organes de leur fils pour que de jeunes Italiens, compatriotes de son assassin, puissent vivre. Brunetti arrêta de lire les journaux, mais seulement après avoir lu que le juge d'instruction chargé de l'affaire avait décidé de la classer comme un cas de légitime défense avéré.

Il se consacra entièrement, telle la victime d'une rage de dents qui ne cesse de tâter le chicot douloureux du bout de la langue, à l'histoire des moteurs de bateau volés. Dans un monde aussi absurde, des moteurs étaient aussi vitaux que la vie elle-même, et donc, pourquoi ne pas s'acharner à les retrouver ? Malheureusement, rien ne fut plus facile. On les récupéra sans coup férir au domicile d'un pêcheur de Burano ; ses voisins avaient trouvé tellement anormal de le voir décharger les quatre moteurs les uns après les autres que, pris de soupçons, ils avaient appelé la police.

Quelques heures après ce triomphe, en fin d'après-midi, la signorina Elettra se présenta à l'entrée de son bureau.

« *Buon giorno*, Dottore », dit-elle en entrant, le visage dissimulé et la voix étouffée par l'immense bouquet de glaïeuls qu'elle tenait dans les bras.

« Qu'est-ce que c'est que ça, Signorina ? demanda Brunetti, qui se leva précipitamment pour lui faire éviter la chaise placée devant son bureau.

– Des fleurs en plus, répondit-elle. Vous n'avez pas de vase ? »

Elle posa le bouquet sur le bureau, puis plaça à côté une liasse de papiers qui avait doublement souffert : de la manière dont elle l'avait tenue, et de l'eau qui dégoulinait des fleurs.

« Il y en a peut-être un dans le placard. »

Il était perplexe, se demandant pour quelle raison elle lui apportait ce bouquet – et pourquoi il était « en plus ». D'ordinaire, les fleurs lui étaient livrées les lundis et jeudis ; or, on était mercredi.

Elle alla ouvrir le placard, fouilla parmi les objets posés dans le fond et se redressa, les mains vides. Sans rien dire, elle lui adressa un signe et repartit vers la porte.

Brunetti regarda les fleurs, puis les papiers qu'elle avait posés à côté. Il s'agissait d'un fax du docteur Montini, à Padoue. Les résultats des analyses de laboratoire de Roberto Lorenzoni, autrement dit. Il les rejeta sur le bureau. Les fleurs parlaient de la vie, de la possibilité d'être heureux ; il n'avait plus aucune envie d'avoir affaire au jeune homme défunt, ni aux sentiments de deuil que lui et sa famille lui faisaient éprouver.

La signorina Elettra fut rapidement de retour, avec un vase de Barouvier qu'il avait souvent eu l'occasion d'admirer dans l'antichambre où elle travaillait.

« Je crois qu'il ira très bien. »

Elle posa le récipient déjà rempli d'eau à côté des fleurs qu'elle entreprit de prendre une par une pour les disposer dedans.

« Pourquoi sont-elles *en plus*, Signorina ? » demanda Brunetti, incapable de s'empêcher de sourire.

C'était en vérité la seule réaction que l'on pouvait avoir devant le spectacle de la signorina Elettra arrangeant des fleurs dans un vase.

« J'ai fait les comptes de la note de frais du vice-questeur pour le mois, Dottore, et je me suis rendu compte qu'il nous restait environ cinq cent mille lires.

– Restait de quoi ?

– De ce qu'il est autorisé à dépenser en frais de bureau chaque mois, répondit-elle, glissant un glaïeul rouge entre deux blancs. Et donc, comme nous sommes à un jour de la fin du mois, j'ai eu l'idée de commander des fleurs.

– Pour moi ?

– Oui, et aussi pour le sergent Vianello, et quelques-unes pour Pucetti. Des roses, aussi, pour les hommes de la grande salle.

– Pas pour les femmes du Bureau des étrangers ? voulut-il savoir, se demandant si la signorina Elettra ne serait pas du genre à n'offrir des fleurs qu'aux hommes.

– Non. Elles en ont eu deux fois par semaine, sur les commandes habituelles, au cours des deux derniers mois. »

Elle avait fini de disposer les fleurs et se tourna vers lui.

« Où voulez-vous les mettre ? Ici ? demanda-t-elle en montrant un coin du bureau.

– Non ; plutôt sur le rebord de la fenêtre, je crois. »

Elle alla aussitôt poser le vase sur l'appui de la fenêtre centrale et se tourna vers Brunetti pour voir si cela lui convenait.

« Oui, dit-il, souriant de nouveau. Elles sont superbes. Merci, Signorina.

– Je suis contente qu'elles vous plaisent, Dottore. »

Elle lui rendit son sourire avant de sortir.

Il retourna derrière son bureau et envisagea de placer le fax dans le dossier sans le lire ; au lieu de cela, il lissa les feuillets du plat de la main et commença à les étudier. Bien inutilement, parce que ce n'était rien de plus qu'une liste de termes barbares et de chiffres. Les termes ne signifiaient rien pour lui, même s'il se doutait qu'il s'agissait des différents examens que le médecin avait prescrits pour le jeune homme fatigué. Les chiffres, quant à eux, auraient tout aussi bien pu être les résultats de matchs de cricket ou ceux de la Bourse de Tokyo : ils n'avaient, eux non plus, aucun sens. Il ressentit une bouffée de colère, heureusement passagère, à l'idée de ce nouveau contretemps. Il eut un instant la tentation de renoncer, puis une idée lui vint. Il décrocha le téléphone et composa le numéro de Sergio.

Lorsqu'il eut dit à sa belle-sœur toutes les choses qu'il convenait de dire et renouvelé sa promesse de venir dîner vendredi soir, il demanda à parler à son frère, déjà rentré du laboratoire. Fatigué à la seule idée d'échanger les plaisanteries habituelles, il lui demanda d'emblée s'il saurait interpréter des résultats d'analyse médicale.

Sergio sentit de quelle humeur était son frère et ne posa pas de questions.

« Pour la plupart, oui.

– Glucose, soixante-quatorze.

– Ça, c'est pour les diabétiques. Chiffre normal.

– Triglycérides. Quelque chose comme deux cent cinquante.

– Pour le cholestérol. Un peu haut, mais rien d'inquiétant.

– Globules blancs, mille.

– Quoi ? »

Brunetti répéta le chiffre.

« Tu en es sûr ? »

Le policier regarda une nouvelle fois les résultats tapés à la machine.

« Oui, globules blancs, mille.

– Hum, c'est difficile à croire. Est-ce que tu te sens bien ? Tu n'as pas la tête qui tourne ? »

Il y avait de l'inquiétude dans la voix de Sergio, et même quelque chose de plus.

« Quoi ?

– Quand as-tu passé ces examens ?

– Non, non ! Ce ne sont pas les miens.

– Ah... j'aime autant. »

Sergio se tut un instant, puis lui demanda de lui lire le reste.

« Mais celui-ci, qu'est-ce qu'il veut dire ? voulut savoir Brunetti.

– Je ne peux pas être sûr tant que tu ne me donnes pas les autres, Guido. »

Brunetti lui lut donc le reste des entrées, avec les chiffres correspondants.

« Il n'y a rien d'autre ?

– Si. En dessous, une note manuscrite précise que les fonctions de la rate semblent réduites... et il y a quelque chose sur... »

Brunetti se pencha sur le griffonnage du médecin.

« On dirait qu'il a écrit un truc comme *membranes* quelque chose... *hyaline*, peut-être. »

Au bout d'un long silence, Sergio demanda :

« Quel âge avait cette personne ?

– Vingt et un ans. »

Puis, se rendant compte que son frère avait employé l'imparfait, il s'étonna :

« Pourquoi dis-tu *avait* ?

– Parce que aucun être humain ne peut survivre à de tels taux.

– Taux de quoi ? »

Au lieu de répondre à la question, Sergio en posa une.

« Est-ce qu'il fumait ? »

Brunetti se souvint alors de ce qu'avait dit Francesca Salviati : que Roberto était pire qu'un Américain par sa manière de se plaindre des fumeurs.

« Non, il ne fumait pas.

– Il buvait ?

– Tout le monde boit, Sergio. »

Il y eut une soudaine note de colère dans la voix de Sergio.

« Ne sois pas stupide, Guido. Tu sais bien ce que je veux dire. Buvait-il beaucoup ?

– Probablement plus que la normale.

– Des maladies ?

– Pas que je sache. Il était en excellente santé – enfin, en bonne santé, jusqu'à environ deux semaines avant sa mort.

– De quoi est-il mort ?

– On lui a logé une balle dans la tête.

– Était-il encore vivant à ce moment-là ?

– Bien enten... » commença à dire Brunetti.

Puis il s'arrêta. En réalité, il l'ignorait.

« On a supposé que oui.

– À ta place, je vérifierais.

– Je ne sais pas si ce sera possible.

– Pourquoi ? Tu n'as pas le corps ?

– Il n'en restait pas grand-chose.

– C'est le jeune Lorenzoni ?

– Oui », répondit Brunetti.

Puis, comme le silence se prolongeait, il demanda :

« Qu'est-ce qu'ils signifient, tous ces chiffres que je t'ai lus ?

– Je ne suis pas médecin, tu sais. »

Mais Brunetti ne le laissa pas poursuivre.

« Nous ne sommes pas au tribunal, Sergio. Je veux juste savoir. Pour moi, à titre personnel. Qu'est-ce que signifient les résultats de tous ces examens ?

– On dirait bien un empoisonnement à la radioactivité. »

Comme Guido restait sans réaction, Sergio poursuivit :

« La rate ne pouvait être dans un tel état sans une maladie organique. Et le taux de plaquettes est terriblement bas. La capacité pulmonaire aussi est très réduite. Il en restait beaucoup ? »

Le policier se souvint du médecin disant que les poumons de la victime avaient l'air d'être ceux d'un gros fumeur qui aurait été beaucoup plus âgé que Roberto, quelqu'un qui aurait fumé pendant des dizaines d'années. À l'époque, Brunetti ne s'était pas intéressé aux contradictions entre cette remarque et le fait avéré que Roberto ne fumait pas. Il expliqua tout cela à Sergio, puis lui demanda s'il voyait autre chose.

« Non, tout concorde, la rate, le sang, les poumons.

– Tu en es sûr, Sergio ? »

Il oubliait qu'il parlait à son frère aîné, à un homme qui venait juste de faire une communication retentissante au cours d'un congrès international sur la contamination radioactive de Tchernobyl.

« Oui. »

Mais déjà le policier était loin de Venise, et remontait la piste laissée par la carte de crédit de Roberto Lorenzoni, dans son voyage à travers l'Europe. Jusque dans les anciennes républiques de l'ex-Union soviétique, des contrées dont le sol était riche en ressources naturelles et tout aussi riche en armes abandonnées par les armées russes lors de leur départ hâtif, se rapatriant à la sauvette devant l'effondrement général de leur empire.

« *Madre di Dio* », murmura-t-il.

Ce qu'il croyait comprendre l'effrayait.

« Qu'est-ce qu'il y a, Guido ? lui demanda son frère.
– Comment transporte-t-on ces trucs ?
– Quels trucs ?
– Les produits radioactifs – je crois qu'on appelle ça comme ça, non ?
– Ça dépend.
– De quoi ?
– De la quantité et du type de radioactivité.
– Donne-moi un exemple. »

Sentant lui-même ce que sa demande avait d'impératif, il la tempéra en ajoutant :

« C'est important, Sergio.
– S'il s'agit d'éléments radioactifs comme ceux qu'on utilise en radiothérapie, ils sont transportés dans des conteneurs individuels.
– De quelle taille ?
– Une valise. Ou même quelque chose de plus petit, si c'est pour une machine qui en consomme peu, ou pour des dosages plus faibles.
– Et pour les autres types d'éléments radioactifs ?
– Il y en a beaucoup, Guido.
– Celui qu'on met dans les bombes. Il est allé en Biélorussie. »

Aucun son ne sortit du téléphone. Rien que le silence, un silence parfait dû aux dernières innovations technologiques – le réseau laser – des Telecom italiennes. Brunetti avait néanmoins l'impression d'entendre tourner les rouages dans le cerveau de son frère.

« Ah... Dans la mesure où le conteneur est doublé d'une épaisseur de plomb suffisante, il peut être très petit. Un porte-documents, une petite valise. Il sera lourd, mais il pourra être petit. »

Cette fois-ci, c'est le policier qui laissa échapper un soupir.

« Une petite valise suffirait ?
– Je ne suis pas certain de ce que tu as à l'esprit, Guido, mais si tu veux dire “suffirait à transporter assez de produit pour fabriquer une bombe”, la réponse est oui. »

Il ne leur restait plus grand-chose à dire. Au bout d'un long silence, Sergio observa :

« À ta place, j'irais vérifier l'endroit où vous l'avez trouvé avec un compteur Geiger. Le corps, aussi.

– Ce serait possible ? dit Brunetti, sans avoir à expliquer ce qu'il voulait dire.

– J'en ai bien peur, oui. »

Il y avait, dans la voix de Sergio, la certitude du scientifique mêlée à la tristesse de l'homme.

« Les Russes ne leur ont rien laissé d'autre à vendre.

– Dieu nous vienne en aide, dans ce cas. »

26

PAR SON TRAVAIL, Brunetti était depuis longtemps habitué à l'horreur que suscitent les diverses indignités que les hommes s'infligent mutuellement ; mais rien, dans ce qu'il avait vécu jusqu'ici, ne l'avait préparé à cette révélation. Admettre ce que le coup de téléphone à Sergio lui avait fait comprendre revenait à être confronté à l'impensable. Il ne lui était pas difficile d'imaginer un trafic d'armes, même à grande échelle ; il n'avait d'ailleurs pas de difficulté particulière à accepter le fait que des armes puissent être vendues, y compris à des acheteurs dont on savait qu'ils étaient des tueurs. Mais cela, si du moins ce qu'il soupçonnait – ou redoutait – était vrai, allait au-delà de tout ce dont il avait pu être témoin, en termes de potentiel de malfaisance.

Pas un instant il ne douta que les Lorenzoni étaient impliqués dans le transport illégal de matières nucléaires ; pas un instant il ne pensa que ces matières pussent être destinées à autre chose qu'à de l'armement : il n'existait aucun marché noir des appareils de radiographie. Qui plus est, il était impossible de croire un seul instant que Roberto aurait pu organiser un tel trafic. Tous les témoignages concordaient et disaient la même chose : le garçon n'était pas très intelligent et manquait singulièrement d'initiative. Il était donc bien loin d'avoir l'étoffe et l'abattage nécessaires pour mettre en place un commerce illégal de cette envergure.

En revanche, Maurizio, le neveu, le brillant jeune loup,

l'héritier le plus valable, présentait le profil idéal. Il était ambitieux, s'interrogeait sur les opportunités commerciales qu'allait offrir le XXIe siècle, s'intéressait aux nouveaux marchés et aux fournisseurs des pays de l'Est. Le seul obstacle entre lui et le pouvoir et la fortune, autrement dit la direction des entreprises Lorenzoni, était Roberto, son imbécile de cousin, tout juste bon à aller faire les commissions et à rapporter, comme le gentil toutou de la famille.

Le seul point sur lequel Brunetti nourrissait des doutes était le degré d'implication dans ce trafic du comte Ludovico lui-même. Il lui paraissait cependant difficile d'admettre qu'une telle entreprise, susceptible de faire courir les plus grands risques à tout l'empire Lorenzoni, pût avoir été pensée et organisée sans qu'il l'eût su et sans son consentement. Avait-il lui-même décidé d'envoyer son fils en Biélorussie pour qu'il en rapportât les produits mortels ? Quelle meilleure couverture aurait-il pu choisir, pour assurer son invisibilité, qu'un play-boy coureur de putes maniant la carte de crédit à tout va ? Regarde-t-on dans le porte-documents d'un homme qui boit du champagne comme si c'était de l'eau minérale ? Inspecte-t-on les bagages d'un fils de famille ?

Roberto ignorait probablement tout de ce qu'on l'avait chargé de transporter, estimait le policier. Tout ce qu'il savait sur le jeune homme allait en ce sens. Mais comment, dans ce cas, avait-il été exposé au rayonnement mortel ?

Brunetti essaya d'imaginer ce garçon qu'il n'avait jamais vu dans une luxueuse chambre d'hôtel, se retrouvant seul, après avoir renvoyé ses prostituées, en présence du porte-documents qu'il était chargé de rapporter à l'Ouest. Il ne se serait certainement pas aperçu d'une fuite radioactive quelconque de ce bagage, et aurait ramené avec lui les bizarres symptômes de malaise qui l'avaient fait consulter médecin après médecin.

Il en aurait parlé, non pas à son père, mais à son cousin, celui qui avait été son compagnon depuis l'enfance et le temps de l'innocence. Et Maurizio n'aurait sans doute pas tardé à être pris de soupçon devant ce que lui décrivait Roberto, à comprendre ce que ces symptômes trahissaient : la condamnation à mort du jeune homme.

Brunetti resta longtemps assis derrière son bureau, contemplant la porte, oublieux du bouquet de glaïeuls, méditant sur les notions de bien et de morale, et commençant à saisir la relation qui unissait les phénomènes les uns aux autres, l'enchaînement des événements. Ce qu'il ne comprenait pas, ou pas encore, était comment le comte avait fini par être au courant.

Cicéron conseillait de mettre un frein à ses passions. Si quelqu'un assassinait son propre fils de sang-froid, Brunetti savait qu'il serait incapable de réfréner sa soif de vengeance, qu'il serait sauvage, féroce, impitoyable, oublierait qu'il était policier pour n'être plus qu'un père et pourchasser le ou les meurtriers pour les détruire. Il ferait tout pour les punir. Cicéron n'admettait aucune exception à la notion de bien moral, mais un crime comme celui-ci devait forcément libérer un père de l'injonction voulant qu'il se comportât en faisant preuve de considération et de compréhension ; on ne pouvait lui refuser le droit humain de chercher à se venger.

Il médita sur ce thème, debout devant la fenêtre, jusqu'au coucher du soleil ; la disparition de l'astre sous l'horizon le priva du peu de clarté qui filtrait encore jusque dans le bureau. Il attendit que l'obscurité fût presque complète pour allumer. Il retourna alors à son bureau, retira le dossier du tiroir du bas et le relut encore une fois, très lentement. Il ne prit pas de notes, mais releva souvent la tête, son regard plongeant dans l'obscurité qui régnait au-delà des fenêtres, comme s'il pouvait y déchiffrer les nouvelles formes et structures que cette lecture engendrait. Il lui fallut une demi-heure pour en venir à bout ; lorsqu'il eut terminé, il replaça le dossier dans le tiroir et referma celui-ci en douceur avec la main, et non pas d'un coup de pied. Puis il quitta la vice-questure, prenant la direction du pont du Rialto et du Palazzo Lorenzoni.

La domestique qui lui répondit commença par dire que le comte ne recevait aucune visite. Brunetti lui demanda de lui donner son nom. Lorsqu'elle revint, le visage crispé par l'irritation devant ce qui était une intrusion intempestive au beau milieu d'un chagrin familial, elle lui déclara que le comte n'avait fait que répéter la même chose : il ne recevait pas de visite.

Brunetti exigea alors que la domestique transmette le message suivant : il était à présent en possession d'informations importantes concernant le meurtre de Roberto et il tenait à avoir un entretien avec le comte avant de rouvrir l'enquête officielle sur sa mort, laquelle démarrerait dès le lendemain matin si le signor Lorenzoni refusait de lui parler.

Comme il s'y était attendu, à son retour, la servante lui demanda de le suivre et elle le conduisit, nouvelle Ariane dépourvue de fil, par des escaliers et des couloirs, jusque dans une aile du *palazzo* dans laquelle Brunetti n'avait jamais pénétré.

Le comte Ludovico se trouvait seul dans ce qui devait être un bureau, peut-être bien celui de Maurizio, car il était rempli de terminaux d'ordinateur ; il y avait aussi un photocopieur et quatre téléphones. Les tables en plastique de couleur claire sur lesquelles était disposé tout ce matériel paraissaient déplacées, à côté des rideaux de velours et des fenêtres à ogive par lesquelles on apercevait les toits anciens de Venise.

Le comte était assis derrière l'une des tables, un écran d'ordinateur à sa gauche. Il leva les yeux à l'entrée de Brunetti et lui demanda sèchement ce qu'il voulait sans se lever ni lui offrir un siège.

« Je suis venu parler avec vous des nouvelles informations qui sont en notre possession », répondit Brunetti.

L'homme restait rigide sur son siège, les mains posées devant lui.

« Il n'y a aucune nouvelle information. Mon fils est mort. Mon neveu l'a tué. Et maintenant, lui aussi est mort. Après cela, que voulez-vous qu'il y ait de neuf ? Je ne veux rien savoir de plus. »

Brunetti lui adressa un long regard, sans chercher à déguiser son scepticisme devant ce petit discours.

« Les informations dont je dispose peuvent peut-être permettre de mieux comprendre ce qui s'est passé.

– Je me moque bien de mieux le comprendre, rétorqua le comte. Pour ma femme et moi, il suffit déjà que cela soit arrivé. Je ne veux plus en entendre parler.

– J'ai bien peur que ce ne soit plus possible.

– Que voulez-vous dire, plus possible ?

– Nous détenons la preuve qu'il s'est passé quelque chose de bien plus compliqué qu'un simple enlèvement. »

Se rappelant soudain ses devoirs d'hôte, Lorenzoni fit signe à Brunetti de s'asseoir et éteignit l'ordinateur, dont le doux ronronnement s'arrêta.

« Quelle nouvelle information ?

– Votre société, ou plutôt vos sociétés, traitent énormément d'affaires avec l'Europe de l'Est.

– Est-ce une affirmation ou une question ?

– Les deux, j'en ai bien l'impression. Je sais que vous êtes en relations commerciales avec ces pays, mais j'ignore quelle est l'importance de ces relations. »

Brunetti s'interrompit et attendit l'instant précis où le comte allait répondre quelque chose pour ajouter :

« Et quel est le genre d'affaires que vous traitez avec eux.

– Signor... Je suis désolé, j'ai oublié votre nom.

– Brunetti.

– Signor Brunetti, cela fait maintenant plus de deux ans que la police enquête sur ma famille. Autrement dit largement assez de temps, même pour la police, pour découvrir quelles sont la nature et l'étendue de mes relations commerciales avec l'Europe de l'Est. »

Comme Brunetti ne réagissait pas à cette provocation, le comte reprit :

« Vous ne croyez pas ?

– Nous avons découvert beaucoup de choses sur les affaires que vous traitez là-bas, mais un fait nouveau est parvenu à ma connaissance, faisant état de transactions ne figurant nulle part dans le dossier que vous, ou votre neveu, nous avez fourni sur vos entreprises.

– Et de quoi s'agit-il ? s'enquit le comte d'un ton qui

disait à quel point il se désintéressait de ce que le policier pouvait avoir à lui dire.

– Trafic d'armes nucléaires », répondit calmement Brunetti.

Ce n'est que lorsqu'il entendit les mots sortir de sa bouche qu'il prit conscience de la faiblesse de ses preuves et de la hâte impulsive avec laquelle il avait traversé la ville pour confronter le comte Ludovico à celles-ci. Sergio n'était pas médecin, Brunetti n'avait pas fait vérifier si l'emplacement d'où avait été exhumé Roberto, ou les restes de celui-ci, portaient des traces de contamination radioactive, et il n'avait même pas essayé de savoir si les entreprises Lorenzoni entretenaient d'autres liens commerciaux avec l'Est. Au lieu de cela, il avait bondi comme un enfant qui entend sonner la cloche du vendeur de crèmes glacées, dans la rue, et couru jusqu'à ce *palazzo* pour jouer au super-détective devant cet homme.

Le menton du comte se crispa, il serra les lèvres, et il s'apprêtait à parler lorsque son regard quitta Brunetti pour se porter sur sa gauche, vers la porte, où sa femme venait de faire soudainement une silencieuse apparition. Il se leva et se dirigea vers elle, tandis que Brunetti se mettait aussi debout par courtoisie. Mais, lorsque ce dernier étudia plus attentivement la personne qui se tenait sur le seuil, il se demanda un instant si cette vieille femme frêle, voûtée et courbée, qui s'appuyait sur sa canne d'une main qui ressemblait plus à une serre qu'à autre chose, était bien la comtesse. Ses yeux donnaient l'impression d'être troubles, comme si la dernière vague de chagrin qui l'avait envahie y avait laissé de la fumée.

« Ludovico ? fit-elle d'une voix trémulante.

– Oui, ma chère ? dit-il en la prenant par le bras et en la faisant avancer de quelques pas dans la pièce.

– Ludovico ? répéta-t-elle.

– Que veux-tu, ma chère ? »

Il se penchait sur elle, il se penchait même plus que jamais, à présent qu'elle était devenue si petite.

Elle resta un instant sans rien dire, prit le pommeau de

sa canne à deux mains et leva les yeux vers son mari. Puis elle regarda autour d'elle, revint vers lui.

« J'ai oublié. »

Elle esquissa un sourire, oublia aussi qu'elle avait oublié, et soudain, son expression changea ; elle se mit à scruter son époux comme s'il était une présence étrange et menaçante dans la pièce. Elle leva un bras devant elle, paume ouverte et doigts écartés vers lui, comme si elle voulait parer un coup. Puis elle parut oublier également cela, fit demi-tour et, précédée du claquement de sa canne, comme si celle-ci cherchait le chemin pour elle, quitta la pièce. Les deux hommes écoutèrent s'éloigner le bruit irrégulier jusqu'à ce qu'il eût disparu, au bout du corridor. Puis une porte se referma et les deux hommes prirent conscience qu'ils étaient de nouveau seuls.

Lorenzoni retourna s'asseoir derrière sa table, mais lorsqu'il se retrouva en face de Brunetti, on aurait dit qu'il avait été contaminé par les symptômes de vieillissement qui accablaient sa femme, car ses yeux étaient devenus plus ternes, sa bouche moins ferme.

« Elle sait tout, dit le comte d'une voix qui ne trahissait que noir désespoir. Et vous, comment avez-vous appris ? »

Brunetti se rassit et, d'un geste de la main, rejeta la question.

« C'est sans importance.

– Je vous l'avais dit », répliqua Lorenzoni.

Devant l'air perplexe de Brunetti, il ajouta :

« Rien n'a d'importance.

– Les raisons pour lesquelles Roberto est mort en ont, à mes yeux. »

La seule réaction du comte fut un bref haussement d'épaules. Le policier continua néanmoins.

« Elles ont de l'importance pour que nous puissions trouver les coupables.

– Vous savez qui l'a fait, lui fit remarquer le comte.

– Oui, je sais qui les a envoyés. Nous le savons tous les deux. Mais je les veux, eux. »

Brunetti s'était levé à demi de son siège, surpris lui-même par la passion avec laquelle il s'exprimait, et incapable de se retenir.

« Je veux leurs noms », insista-t-il avec la même ferveur dans le ton.

Puis il reprit place sur sa chaise, les yeux baissés, gêné par cette manifestation de colère.

« Paolo Frasetti et Elvio Mascarini », dit simplement Lorenzoni.

Un instant, Brunetti crut ne pas avoir très bien saisi ; puis, lorsqu'il comprit, il resta une seconde incrédule : toute la configuration qu'il avait élaborée autour du meurtre des deux jeunes Lorenzoni, configuration qui avait commencé à se mettre en place avec la découverte des restes d'un cadavre dans un fossé, se redisposa différemment, lui proposant une vue des choses infiniment plus grotesque et horrible que le corps en putréfaction du garçon. Brunetti réagit instantanément ; au lieu de rester bouché bée d'étonnement, il prit un calepin dans sa poche et nota les noms.

« Où pouvons-nous les trouver ? »

Il avait réussi à parler d'un ton calme, parfaitement serein, tandis que dans son esprit se bousculaient les questions qu'il devait poser au comte avant que celui-ci ne prenne conscience de sa fatale méprise.

« Frasetti vit du côté de Santa Marta. Pour l'autre, je ne sais pas. »

Le commissaire exerçait un contrôle suffisant de ses émotions pour se sentir capable de lever les yeux et de regarder le comte en face.

« Comment les avez-vous trouvés ?

– Ils ont effectué un travail pour moi, il y a quatre ans. Je les ai relancés. »

Ce n'était pas le moment de lui demander quel avait pu être cet autre travail ; ce qui lui importait était de découvrir les auteurs du kidnapping et la vérité sur ce qui était arrivé à Roberto.

« Quand avez-vous été mis au courant que votre fils était contaminé ? »

Il ne pouvait, en effet, y avoir d'autre raison.

« Peu après son retour de Biélorussie.

– Comment cela est-il arrivé ? »

Le comte se mit à étudier ses mains, qu'il avait croisées devant lui.

« Dans un hôtel. Il pleuvait, et il ne voulait pas sortir. Comme la télévision était seulement en allemand ou en russe, il n'avait pas envie de la regarder. Et l'hôtel ne pouvait pas ou ne voulait pas lui fournir de femme. Il s'est retrouvé sans rien à faire, et il s'est mis à se demander ce qu'on avait bien pu l'envoyer chercher. »

Lorenzoni jeta un coup d'œil à Brunetti.

« Suis-je obligé de vous raconter tout ça ?

– Je crois qu'il faut que je le sache, oui. »

Le comte hocha la tête, mais le geste était purement machinal. Il s'éclaircit la gorge.

« Il a dit – il l'a raconté plus tard à Maurizio – que sa curiosité avait été piquée, qu'il trouvait vraiment bizarre qu'on l'ait envoyé à l'autre bout de l'Europe rien que pour rapporter une valise, et qu'il avait eu envie de regarder ce qu'elle contenait. Il pensait que c'était de l'or ou des pierres précieuses, parce qu'elle était très lourde... vous comprenez, elle était doublée de plomb. »

Il hésita à nouveau, plus longtemps, cette fois, et Brunetti se demanda comment le relancer.

« Aurait-il pu vouloir les voler ? »

Le comte releva la tête.

« Oh, non. Roberto n'aurait jamais rien volé, et encore moins à moi.

– Pourquoi, alors ?

– De la simple curiosité. Je suppose aussi qu'il était jaloux, qu'il pensait que j'avais assez confiance en Maurizio pour lui dire ce qu'il y avait dans la valise, alors qu'avec lui...

– Et c'est ainsi qui l'a ouverte ? »

Lorenzoni acquiesça.

« Il a raconté qu'il s'était servi d'un vieux modèle d'ouvre-bouteilles qu'il avait trouvé dans l'hôtel. Vous savez, ceux qui se terminent par une pointe triangulaire. On les utilisait autrefois pour ouvrir les bières. »

Ce fut au tour de Brunetti d'acquiescer.

« Si cet objet ne s'était pas trouvé dans cette chambre, il n'aurait pas été capable d'ouvrir la valise, et rien de tout ceci ne serait arrivé. Mais c'était en Biélorussie, où ils ont encore ce genre d'ouvre-bouteilles... Il a forcé la serrure et ouvert la valise.

– Que contenait-elle ? »

Lorenzoni le regarda, étonné.

« Vous venez de me le dire vous-même.

– Je sais, mais j'aimerais savoir sous quelle forme le matériau était conditionné.

– Sous forme de petites billes. Elles font penser à des crottes de lapin, en plus petit. »

Le comte leva la main, laissant un minuscule intervalle entre le pouce et l'index pour indiquer quelle était leur taille exacte.

« Des crottes de lapin », répéta-t-il.

Brunetti garda le silence ; il savait d'expérience qu'il y avait des moments où il fallait laisser les gens poursuivre à leur propre rythme, à leur manière, car sinon ils s'arrêtaient, tout simplement.

Et finalement le comte enchaîna.

« Il a ensuite refermé la valise, mais il l'avait laissée trop longtemps ouverte. »

Lorenzoni n'avait pas besoin d'expliquer ce qu'il voulait dire par là. Brunetti avait lu la description des symptômes engendrés par l'exposition de Roberto aux radiations.

« Quand avez-vous découvert qu'il avait forcé cette valise ?

– Lorsque nous avons livré ce matériel à notre client. Il m'a appelé pour me dire que la serrure avait été forcée. Mais je ne l'ai su que deux semaines après. La valise avait voyagé par bateau. »

Brunetti préféra, pour le moment, ne pas s'appesantir sur cet aspect de la question.

« Et quand commença-t-il à avoir des ennuis ?

– Des ennuis ?

– Des ennuis de santé – des symptômes, si vous préférez ?

– Ah... Au bout d'une semaine, environ. J'ai d'abord pensé qu'il avait la grippe, ou quelque chose comme ça. Le client ne nous avait pas encore appelés. Puis il s'est mis à aller plus mal, et c'est alors que j'ai appris que la valise avait été ouverte. Il n'y avait qu'une explication possible.

– Lui en avez-vous demandé la confirmation ?

– Non, pas du tout. C'était inutile.

– En a-t-il parlé à quelqu'un ?

– Oui, à Maurizio, mais seulement quand il a commencé à être très mal.

– Et alors ? »

Le comte regarda de nouveau ses mains, écarta les doigts de la droite comme s'il mesurait à nouveau quelque chose, quelque chose de la taille des billes irradiées qui avaient tué son fils, ou conduit à l'assassinat de ce dernier. Puis il releva la tête.

« J'ai alors pris ma décision. Sur ce qu'il fallait que je fasse.

– Ce qu'il fallait que vous fassiez ? demanda Brunetti avant de pouvoir s'en empêcher.

– Oui. »

Le policier crut qu'il n'allait pas s'expliquer davantage, mais le comte poursuivit.

« Si ça s'était su, si on avait appris ce qu'il avait, alors tout le reste aurait aussi été dévoilé au grand jour, toute la transaction.

– Je vois, murmura Brunetti en acquiesçant.

– Nous aurions été non seulement ruinés, mais déshonorés. Je ne pouvais pas laisser cela se produire. Pas après toutes ces années. Ces siècles.

– Ah, oui, fit Brunetti un ton encore plus bas.

– J'ai donc décidé de ce qu'il fallait faire et j'ai convoqué ces deux hommes, Frasetti et Mascarini.

– De qui est venue l'idée sur la manière de s'y prendre ? »

Lorenzoni haussa les épaules pour montrer que c'était sans importance.

« C'est moi qui leur ai dit ce qu'il fallait faire. Ce qui comptait était de faire en sorte que ma femme souffre le moins possible. Si elle avait appris ce que Roberto avait fait et pour quelles raisons il était mort... je ne sais pas ce qui lui serait arrivé. »

Il leva un instant les yeux sur Brunetti.

« Mais à présent, elle sait.

– Comment l'a-t-elle appris ?

– Elle m'a vu avec Maurizio. »

Brunetti évoqua la silhouette d'oiseau, frêle et courbée, de la comtesse, ses mains minuscules agrippées à la canne. Son époux avait voulu lui épargner la souffrance et la honte. Il avait réussi.

– Et l'enlèvement ? Pourquoi n'ont-ils pas envoyé de troisième demande ?

– Parce qu'il était mort, répondit le comte d'une voix dépouillée de toute expression.

– Roberto ? Roberto est mort à ce moment-là ?

– C'est ce qu'ils m'ont dit. »

Brunetti hocha la tête, comme s'il comprenait tout cela et suivait, en témoin sympathisant, le chemin tortueux dans lequel l'entraînait son interlocuteur.

« Et alors ?

– Et alors ils ont été obligés de lui tirer une balle dans la tête, pour faire croire que c'était comme ça qu'il était mort. »

Tandis que l'homme poursuivait ses explications, il devenait de plus en plus évident, pour Brunetti, qu'il était persuadé d'avoir agi en toute logique, d'avoir pris les bonnes décisions dans tout ce qui avait été fait. Sa voix ne trahissait aucun doute, aucune incertitude.

« Mais pourquoi l'avoir enterré là-bas, près de Belluno ?

– L'un d'eux possédait une sorte de petit chalet dans les bois, pour la chasse. C'est là qu'ils avaient emmené Roberto ; et quand il est mort, je leur ai dit de l'enterrer sur place. »

Le visage du comte perdit soudain sa dureté.

« Mais je leur ai demandé de ne pas creuser une tombe trop profonde. »

Voyant que Brunetti ne comprenait pas, il ajouta :

« Pour qu'on puisse le trouver. Pour sa mère. Il fallait qu'elle sache. Je ne pouvais pas la laisser dans l'incertitude. Ne pas savoir s'il était vivant ou mort, cela aurait fini par la tuer.

– Oui, je vois », murmura Brunetti.

D'une manière délirante, en effet, il voyait.

« Et Maurizio ? »

Lorenzoni inclina la tête de côté, évoquant peut-être l'image de son neveu, disparu lui aussi à présent.

« Il ignorait tout de ce qui s'était passé. Mais lorsqu'on a découvert le corps à Belluno et que vous avez commencé à nous interroger... il s'est mis à me poser des questions sur Roberto et l'enlèvement. Il voulait aller à la police et tout raconter. »

Le comte secoua la tête, à l'idée de tant de faiblesse et d'inconséquence.

« Mais dans ce cas, ma femme aurait tout appris. S'il était allé parler à la police, elle aurait appris la vérité sur ce qui était arrivé et sur ce qui se passait.

– Et vous ne pouviez pas le laisser faire, c'est ça ? demanda Brunetti d'un ton calme.

– Non, bien sûr que non. Ç'aurait été trop pour elle.

– Je vois. »

Le comte tendit la main vers Brunetti, cette même main avec laquelle il avait évoqué la taille des billes, les petites billes de radium, ou de plutonium, ou d'uranium.

S'il avait tourné le bouton de réglage d'un appareil de télévision, ou celui d'une radio, pour débarrasser la réception d'un bruit parasite, le changement n'aurait pas été plus apparent : car c'est à partir de cet instant que Lorenzoni commença à mentir. Il n'y eut pas de modification dans son timbre, qui passa sans effort de l'agitation, en évoquant sa femme, à ce qu'il commença ensuite à expliquer, mais la transformation fut aussi évidente pour Brunetti que s'il avait soudain sauté sur la table pour arracher ses vêtements.

« Il est venu ce soir-là et m'a dit qu'il avait tout compris, qu'il savait ce que j'avais fait. Et il m'a menacé. Avec le fusil de chasse. »

Le comte ne put s'empêcher de jeter un coup d'œil à Brunetti pour voir comment le policier accueillait cette confidence, mais celui-ci ne donna pas la moindre indication d'avoir compris ce qui se passait.

« Il est arrivé avec le fusil, reprit le comte. Il l'a braqué sur moi et m'a dit qu'il allait tout dire à la police. J'ai essayé de le raisonner, mais il s'est approché et a mis le canon du fusil contre ma figure. Et je crois que j'ai été victime d'un accès de folie passagère, à ce moment-là, parce que je ne me souviens de rien de ce qui s'est passé. Je sais simplement que le coup est parti. »

Brunetti acquiesça, mais uniquement pour valider son opinion voulant que tout ce que Lorenzoni disait, à présent, était pur mensonge.

« Et votre client ? Celui qui vous a acheté le matériel ? »

Le comte n'hésita qu'une fraction de seconde.

« Il n'y avait que Maurizio qui le connaissait. C'était lui qui avait tout organisé. »

Brunetti se leva.

« Je crois que cela suffit, Signore. Si vous le souhaitez, vous pouvez appeler votre avocat. Mais je vous demanderai ensuite de bien vouloir me suivre à la questure. »

Le comte fut visiblement surpris.

« Pourquoi là-bas ?

– Parce que vous êtes en état d'arrestation, Ludovico Lorenzoni, pour le double meurtre de votre fils et de votre neveu. »

L'expression de confusion qui se peignit sur le visage du comte, elle, n'avait rien de simulé.

« Mais je viens de vous le dire... Roberto est mort de causes naturelles. Et Maurizio a essayé de m'assassiner ! »

Il se leva à son tour, mais resta derrière la table. Il déplaça quelques papiers, repoussa le clavier de l'ordinateur sur le côté de la table. Mais ne trouva rien à ajouter.

« Comme je vous l'ai dit, vous pouvez appeler votre avocat, mais il faudra ensuite me suivre. »

Il vit l'homme renoncer ; un changement aussi subtil que celui qui s'était produit quand il avait commencé à débiter ses mensonges, même si Brunetti savait que ceux-ci n'auraient plus de fin, maintenant.

« Puis-je aller dire au revoir à ma femme ? demanda-t-il.

– Oui. Bien entendu. »

Sans un mot, le comte Ludovico contourna la table, passa devant Brunetti et quitta la pièce.

Brunetti s'avança jusqu'à la fenêtre et regarda les toits de Venise. Il espérait que le comte allait faire ce qui était honorable. Il l'avait laissé partir sans avoir vérifié s'il n'y avait pas d'autres armes dans le *palazzo*. Le comte était ligoté par ses aveux, sa femme savait qu'il était l'assassin de leur fils et de leur neveu, sa réputation et celle de sa famille n'allaient pas tarder à être détruites, et il pouvait très bien y avoir des armes à feu quelque part. Si le comte était homme d'honneur, il ferait ce qu'il était honorable de faire.

Brunetti, cependant, savait qu'il ne le ferait pas.

27

« QU'EST-CE QUE ÇA peut faire, qu'il soit puni ou non ? » lui demanda Paola trois jours plus tard, un soir, alors que la frénésie avec laquelle la presse s'était goinfrée de l'arrestation du comte commençait à se calmer. « Son fils est mort. Son neveu est mort. Sa femme sait qu'il les a tués. Il est totalement déshonoré. C'est un vieil homme, et il mourra en prison. »

Elle s'assit sur le bord du lit, emmitouflée dans une vieille robe de chambre en tissu éponge de Guido, par-dessus laquelle elle avait enfilé un gros chandail de laine.

« Qu'est-ce qui pourrait lui arriver d'autre ? »

Brunetti, en position assise sur le lit, les couvertures remontées jusqu'à la poitrine, lisait au moment où Paola était entrée dans la chambre pour lui apporter une grande tasse de thé, copieusement sucrée de miel. Elle la lui avait tendue avec un petit signe de tête pour dire que non, elle n'avait pas oublié d'y ajouter du cognac et du citron, avant de s'asseoir à côté de lui.

Tandis qu'il prenait une gorgée de thé, elle repoussa du pied les journaux qui traînaient sur le plancher, éparpillés autour du lit. La photo du comte n'apparaissait plus qu'en page quatre, où elle avait été reléguée à cause d'un règlement de comptes sanglant à Palerme ; cela faisait plusieurs semaines que la Mafia n'avait pas fait parler d'elle. Depuis qu'il avait procédé à l'arrestation de Lorenzoni, Brunetti n'avait pas parlé une fois de lui, et Paola avait respecté son silence. À présent, cependant, elle voulait aborder le sujet ;

non pas parce qu'elle éprouvait un plaisir malsain à évoquer l'assassinat d'un enfant par son père, mais parce qu'elle savait, de longue expérience, que cela aiderait son mari à se débarrasser de ce que l'affaire avait eu de douloureux pour lui.

C'est pourquoi elle lui avait demandé ce qu'il adviendrait du comte ; lorsqu'il avait commencé à lui répondre, elle avait repris la tasse pour boire à son tour, par petites gorgées, le liquide chaud et sucré, tandis qu'il lui expliquait les manœuvres des avocats de Lorenzoni, qui s'y étaient mis à trois, et son sentiment sur ce qui allait probablement arriver. Il lui était impossible de dissimuler, et à Paola moins qu'à n'importe qui, le profond dégoût qu'il éprouvait à l'idée que les deux meurtriers se tireraient vraisemblablement d'affaire et que le comte n'irait en prison que sur un seul chef d'inculpation, le transport de substances illégales : il prétendait en effet maintenant que l'enlèvement avait été une machination conçue par Maurizio.

On avait déjà lancé dans la bagarre les bataillons de la presse stipendiée, et toutes les premières pages des journaux, sans parler de ce qui, en Italie, cherche à se faire passer pour des éditoriaux, se lamentaient sur le tragique destin de cet aristocrate, de ce représentant de la vieille noblesse vénitienne, trahi par quelqu'un de son sang, et qui avait nourri dans son sein et accueilli comme un fils, et cela pendant plus d'une dizaine d'années, la vipère qui l'avait mordu en frappant au cœur. Et peu à peu, le sentiment populaire réagit en fonction des vents dominants. On finit presque par oublier le scandale du trafic de produits radioactifs destinés à l'armement nucléaire, grâce à un artifice de langage qui le transformait en « transaction illicite de substances illégales » ; comme si ces billes mortelles, dont la puissance aurait pu anéantir une ville, étaient l'équivalent, disons, du caviar iranien ou de statuettes en ivoire. On vérifia la tombe temporaire de Roberto avec un compteur Geiger, à Col di Cugnan, mais on ne trouva aucune trace de contamination.

Les livres de comptes des entreprises Lorenzoni avaient

été mis sous séquestre et une équipe de la brigade financière, aidée par des experts en informatique, s'était penchée dessus pendant des jours, pour essayer de suivre le chemin emprunté par la valise tapissée de plomb jusqu'au client dont le comte prétendait ne pas connaître l'identité. Le seul envoi qui leur parut douteux fut un colis de dix mille seringues en plastique parties de Venise pour Istanbul en camion, deux semaines avant la disparition de Roberto. La police turque fit savoir à son homologue italienne que d'après l'entreprise d'Istanbul qui en était la destinataire, le chargement était reparti, toujours en camion, pour Téhéran, où sa trace disparaissait.

« C'est lui qui a tout orchestré », persista Brunetti, se sentant aussi remonté que le jour où il avait conduit Lorenzoni à la questure.

Mais même à ce moment-là, dès le tout début, il s'était fait manœuvrer. Le comte avait exigé l'envoi d'une vedette de la police : un Lorenzoni ne va nulle part à pied. Même pas en prison. Comme Brunetti avait refusé, il avait fait appeler un bateau-taxi, si bien qu'il était arrivé une demi-heure plus tard à la questure, en compagnie du policier qui l'avait arrêté, pour y être accueilli par la presse. Personne ne sut jamais qui avait alerté les journalistes.

Depuis le tout début, donc, toute l'affaire s'était trouvée présentée de manière à faire appel à la pitié, en jouant à fond la carte de la sentimentalité, trait de caractère de ses concitoyens que Brunetti détestait. On avait publié des photos, montées en épingle par la main magique des émotions faciles : Roberto fêtant ses dix-huit ans, un bras passé autour des épaules de son père ; le comte et la comtesse Lorenzoni, un cliché vieux d'une dizaine d'années montrant le couple en train de danser – minces, élégants, débordants de jeunesse et de richesse ; et même le pauvre Maurizio eut droit à une apparition : on le voyait marcher le long de la Riva degli Schiavoni, trois pas en arrière de son cousin Roberto, l'air humilié.

Frasetti et Mascarini s'étaient présentés d'eux-mêmes à la questure deux jours après l'arrestation du comte, accompagnés par deux des avocats de Lorenzoni. Oui, confirmèrent-ils, c'était bien Maurizio qui avait commandité l'enlèvement et expliqué ce qu'ils devaient faire. Ils insistèrent sur le fait que le jeune homme était mort de cause naturelle ; c'était également Maurizio qui leur avait demandé de tirer une balle dans la tête du cadavre pour dissimuler la cause du décès. Ils avaient également tenu à subir un examen médical complet pour déterminer s'ils n'avaient pas été contaminés, à l'époque, par leur victime. L'examen s'était révélé négatif.

« C'est lui qui a tout orchestré », répéta Brunetti en reprenant la tasse pour finir le thé.

Il se tourna pour la déposer sur la table de nuit, mais Paola la lui prit et la garda entre ses mains pour profiter de la chaleur restante.

« Et il ira en prison, remarqua-t-elle.

– Ça, ça m'est égal.

– Mais alors, qu'est-ce qui compte, pour toi ? »

Brunetti se laissa couler un peu plus dans le lit, remontant les couvertures jusque sous son menton.

« Tu ne vas pas rire, au moins, si je te dis que ce qui compte pour moi, c'est la vérité ? »

Elle secoua la tête.

« Non, bien sûr que non... Mais la vérité est-elle si importante que ça ? »

Il sortit une main de sous les couvertures, prit la tasse que Paola tenait toujours et la posa sur la table de nuit. Puis il emprisonna les mains de sa femme dans les siennes.

« Je crois que pour moi, elle est importante.

– Pourquoi ? demanda-t-elle, même si elle pensait connaître la réponse.

– Parce que j'ai en horreur de voir des types comme lui, des gens comme ça, des gens qui s'en sortent sans jamais avoir à payer pour ce qu'ils ont fait.

– Et tu ne crois pas que la perte de son fils et de son neveu suffit ?

– Il a engagé deux tueurs pour faire enlever son fils et pour qu'ils l'assassinent. Et il a tué son neveu de sang-froid.

– Ça, tu n'en sais rien. »

Il secoua la tête.

« D'accord, je n'en ai pas la preuve formelle, et je ne l'aurai jamais. Mais j'en suis aussi certain que si j'avais été présent. »

Paola ne répondit rien à ça, et leur conversation s'arrêta pendant environ une minute.

C'est finalement Brunetti qui reprit la parole.

« Certes, ce pauvre garçon allait mourir. Mais pense à ce qu'il a vécu avant cela ! La terreur, l'incertitude sur ce qui allait lui arriver. C'est ce que je ne lui pardonnerai jamais.

– Ce n'est pas à toi de pardonner, Guido, tu ne crois pas ? » demanda-t-elle, mais avec de la tendresse dans la voix.

Il lui sourit et secoua la tête.

« Non, en effet. Mais tu sais ce que je veux dire. »

Comme elle ne répondait pas, il insista :

« N'est-ce pas ? »

Elle hocha la tête.

« Oui... dit-elle d'un hésitant, puis, plus fermement : Oui.

– Toi, que ferais-tu ? » voulut-il soudain savoir.

Elle dégagea ses mains pour replacer une mèche de cheveux qui lui était tombée devant les yeux.

« Que veux-tu dire ? Si j'étais le juge ? Si j'étais la mère de Roberto ? Ou si j'étais toi ? »

Il sourit de nouveau.

« C'est une façon de me dire de laisser tomber, j'en ai bien l'impression. »

Paola se leva du lit pour aller ramasser les journaux qu'elle remit en ordre, puis elle se tourna vers Guido.

« Je pense à ce qui est dit dans la Bible, depuis quelque temps », dit-elle, laissant Brunetti stupéfait.

Elle était la plus athée de toutes les personnes qu'il connaissait.

« Tu sais, ce passage dans lequel il est dit œil pour œil, dent pour dent », reprit-elle.

Comme il acquiesçait, elle enchaîna :

« Autrefois, je considérais cela comme l'une des pires

choses qu'avait déclarées ce dieu particulièrement déplaisant... Cette façon de crier vengeance, cette soif de sang. »

Elle serra les journaux contre sa poitrine et détourna les yeux, cherchant comment formuler ce qu'elle voulait dire.

Puis elle revint vers lui.

« Mais récemment, il m'est venu à l'esprit que ce qu'il voulait dire, peut-être, était juste le contraire.

– Je ne comprends pas.

– Au lieu d'exiger un œil ou une dent, ce qu'il nous dit est qu'il y a une limite, que, si nous perdons un œil, nous ne pouvons pas demander davantage qu'un œil, que si nous perdons une dent, nous ne pouvons exiger qu'une dent ; pas une main... et encore moins un cœur. »

Elle sourit, se pencha sur lui et l'embrassa sur la joue, dans le froissement de protestation des journaux.

« Je vais en faire un paquet, dit-elle en se redressant. La ficelle est toujours dans la cuisine ?

– Oui, toujours. »

Elle lui adressa un petit signe de tête et sortit.

Brunetti chaussa ses lunettes, ouvrit son Cicéron et reprit sa lecture. Un peu plus d'une heure plus tard, le téléphone sonna, mais quelqu'un décrocha avant qu'il ait eu le temps de le faire.

Il attendit un moment, mais Paola ne l'appela pas. Il revint à Cicéron ; il n'y avait personne avec qui il aurait eu envie de parler au téléphone.

Quelques minutes plus tard, Paola entra de nouveau dans la chambre.

« C'était Vianello, Guido. »

Brunetti posa son livre ouvert à l'envers sur les couvertures et la regarda par-dessus ses lunettes.

« Eh bien ?

– La comtesse Lorenzoni. »

Mais elle n'alla pas plus loin et ferma les yeux.

« Quoi, la comtesse Lorenzoni ?

– Elle s'est pendue. »

Sans réfléchir, Brunetti murmura :

« Le pauvre homme... »

Photocomposition CMB Graphic
44800 Saint-Herblain

Impression réalisée sur CAMERON par

BRODARD & TAUPIN
GROUPE CPI

La Flèche

pour le compte des Éditions Calmann-Lévy
3, rue Auber, Paris 9e
en mai 2001

N° d'impression : 7814
Dépôt légal : mai 2001
N° d'éditeur : 13150/02
Imprimé en France